文春文庫

静おばあちゃんと要介護探偵

中山七里

文藝春秋

目次

初出　「オール讀物」
二〇一七年二月号、五月号、六月号、
八月号、九月号、十二月号
二〇一八年三月号、四月号

単行本　二〇一八年十一月　文藝春秋刊

DTP制作　エヴリ・シンク

この作品はフィクションです。
実在の個人・団体等とは一切関係ありません。

静おばあちゃんと要介護探偵

第一話　二人で探偵を

1

年寄りだからといって老成しているとは限らない、と今年八十歳の高遠寺静《こうえんじしずか》はそう思う。

年寄りは何かと言えばすぐに若者を見下し、昔話を長々と語りたがる。未来がないから昔語りをする以外にないのだが、本人たちはそれに気づかないか気づかないふりをしている。

「その法廷の裁判長というのが以前はわたしの部下だった男でしてね。弁護する側裁く側と立場が逆になってしまいましたが、そこはやはり人間力の違いというのでしょうね。裁判官席から絶えず私の顔色を窺《うかが》っておるのですよ」

たとえば今、静の前で自慢たらたら話し掛けているのは判事を退官した後弁護士に商売替えしたヤメ判だが、往年の栄華を誇るばかりで聞いていて鬱陶《うっとう》しいことこの上ない。茶飲み友達でもないのに、この類の話をしてくるのは節操よりも自己顕示欲が強い人間と相場が決まっている。そして節操のない年寄りはただの老害だ。

だから少し意地悪な気分になった。

「それで、その裁判には勝ったのですか」

途端にヤメ判の顔が不満げに歪む。

「いや。それは元々有罪率九九・九パーセントの刑事裁判なので、勝ち負けよりはどう負けるかが弁護の肝要であって」

静は思わず眉根を寄せそうになる。いったいこのヤメ判は誰のために闘っているのか。いくら法曹関係者とは言え、こういう人物と同等に扱われた自分の不徳を大いに恥じるばかりだ。しかもこの後、この男とともに演壇に立たねばならないと考えると気が萎《な》えてしまった。

静が東京高裁の判事を退官して既に十六年が経つ。同僚の中には弁護士への転身を勧める者もいたが夫はとうに他界し、たまに娘夫婦の家を訪ねて孫の面倒をみたりはするものの、基本的には気楽な独り身だ。定年を一年残した退官だったが、女一人食っていける程度の蓄えと年金支給がある。長年の法曹界暮らしで心身も疲労気味なのでしばらくは休ませてもらおうと考えていた。

ところが世間はそんな静を放っておいてくれなかった。何と言っても日本では二十番目の女性裁判官なのでそれなりに知名度もあり、静本人への信望も厚い。各地の法科大学院からは客員教授への誘いは引きも切らず、静も後進への指導が嫌いではないので、ずるずると要請に応じているうちに法科大学院の臨時講師や講演が職業のようになってしまった。

もちろん臨時講師や講演が定職と呼べないのは承知しているが、十六年も続けていれば生活の一部になっていく。加えて静自身が後進の育成や法律問題を広く喧伝《けんでん》することに使命感を抱いていたのも一因だった。

そういう経緯もあり、今日は名古屋法科大学創立五十周年の記念講演に招かれている。講演は慣れているものの、記念講演となれば聴講するのは学生たちばかりではないだろう。静には、それが唯一の関心事だった。


「以上説明した通り、少年法が制定された昭和二十三年から今日に至るまで、少年犯罪は突出して増加している訳ではありません。昨今、少年犯罪がマスコミ報道で大きくクローズアップされていますが、その犯罪態様の残酷さが際立っているだけで発生件数は全体の比率で言えばむしろ減少気味なのです」

話しながら静は講堂の中を見渡す。一般教室でも同様なのだが、壇上からは聴衆一人一人の表情までが明確に捉えられる。予想していた通り聴講しているのは学生が半分、残り半分は大学のＯＢや招待客らしき高齢者のようだ。

講義の内容は予《あらかじ》め決めてある。これから話す内容は高齢者にとってあまり面白くない話題だが、生憎《あいにく》と聴衆の面子《メンツ》で軌道修正するような小器用さは持ち合わせていない。

「それより注目すべきは高齢者による犯罪が確実に増加しているという事実です。件数も比率もじわじわと増加しています。犯罪は社会の鏡という言葉が示す通り、この増加も社会情勢と無縁だとは思えません。少子高齢化が進み、六十五歳以上の人口が全体の四分の一にもなれば一人一人への社会保障額が目減りするので、老人たちの犯罪が急増するのは自明の理だとも思います。わたしたちの世代は名もなく貧しく美しくと教えられてきましたが、残念ながら貧しさは犯罪を生む温床でもあるからです」

聴衆の反応を確かめてみたが、露骨に顔を顰《しか》めている者は皆無に近い。それを見て静はゆっくりと合点した。

ここに集った老人たちは、少なくとも経済的には貧しくないらしい。考えてみれば、その日の食費にも事欠くような人間はこの場に呼ばれていないだろうし、呼ばれていたとしても今晩の献立《こんだて》以上に興味ある演目にはならない。そしてカネに苦労していない人間は苦労している人間に無関心だ。おそらく犯罪に手を染めるような者は、自分とは別の世界の住人とでも思っているに違いない。

いや、例外がいた。

聴講席の最前列にいる車椅子《いす》の老人が、ひどく達観したような目で静を見上げていた。その他の老人たちとは明らかに異なる目だ。小洒落《こじゃれ》たシャツに好々爺《こうこうや》然とした顔立ちはまさしく近所のご隠居といった風貌《ふうぼう》で、イタリアン・レッドの派手な車椅子も不思議と嫌味に見えない。

「社会保障と犯罪は表裏一体です。現在の人口グラフを眺めていると、十年後の日本が老人犯罪大国になっているような気がしてなりません。全国各地の刑務所は、さながら老人ホームと化しているかも知《し》れません」

ここで聴衆からは笑い声が洩《も》れる。狙っていた笑いではなかったので静自身が意外に思ったが、彼らには刑務所の老人ホーム化が冗談にしか思えないらしい。

冗談などであるものか。示されたデータを基《もと》に考えれば当然に見えてくる未来図であり、現段階においても収監された受刑者の高齢化が報告されている。

人間という生き物は信じたくないものを信じないようにできている。たとえそれが真実であったとしても、自分に都合が悪ければ絵空事で済まそうとする。ここに集っている老人たちの多くもそうなのだろう。

だが件《くだん》の車椅子の老人はやはり異なる反応を見せた。周囲に嘲《あざけ》りめいた笑いが飛び交う中、彼だけは敗訴濃厚な法廷に立たされた弁護人のような顔をしている。

「現状、わたしが懸念しているのは、人口グラフでも歪《いびつ》に突出している所謂《いわゆる》団塊の世代が六十五歳になる二〇一二年以降の話です。青春時代を反抗すること、反権力を標榜することで存在意義を見出していた世代が財源の乏しい社会保障という現実に向かい合った時、どういったリアクションを起こすのか。正直申し上げて、わたしは不安を禁じ得ません。今からでも刑事施設を含めた関係各所が対応に乗り出してくれることを願ってやまないものです」

綺麗ごとを言っているつもりはない。今のうちに法務省あたりが施設の拡充や人員の確保に回らなければ、将来全国の刑事施設は収容率の飽和と人手不足で劣悪な環境になるのが目に見えている。

「刑事施設は社会の縮図でもあります。社会が高齢者を養いきれず、セーフティ・ネットの隙間から零《こぼ》れ落ちた社会的弱者が理性と倫理を切り売りする時代がすぐそこまで来ている……わたしには、そんな風に思えてなりません」

演壇に登ってから三十分、聴衆が法科の学生だけではないので一般的な演題にしたのだが、そろそろ潮時だろう。

そして静が結びの言葉を探していると、何の前触れもなく聴衆の中から声が上がった。

「あんたの講話は面白うないな」

一瞬、その場が水を打ったように静まり返る。

声の主は件の老人だった。なりは小さいのに声は朗々《ろうろう》として会場いっぱいに響き渡る。

「ギャラをもらっておるのなら、もうちっと工夫してくれんと」

途端にあちらこちらから忍び笑いが洩れる。普段は聴衆の野次《やじ》や揶揄《やゆ》にも鷹揚《おうよう》な静も、この無礼を見過ごすことはできなかった。

壇上から車椅子の老人を見下ろす。老人は己《おのれ》の発言を何とも思っていない様子だった。

「話が退屈に思われたのなら、わたしにも勉励の余地があるのでしょう。しかし今の雑《ぞう》言《ごん》は年相応のものとは言えませんね」

「ああ、それはあんたの言う通りやね。年相応の行儀や枯淡は好かんのでな」

「失礼ですが、お名前を」

「玄太郎《げんたろう》。香月《こうづき》玄太郎という者や」

何故か老人は嬉しそうに見得《みえ》を切った。

講演終了後、打ち上げを兼ねて小規模ながら立食パーティーが催《もよお》された。ただしホテルに場所を移してというのではなく、講演会場の椅子を片付けて急遽《きゅうきょ》パーティー会場を設《しつら》えたので豪華さなどは微塵《みじん》もない。静もそういう質素が嫌いではないので、快くパーティーに参加した。唯一気になったのは、会場で玄太郎の姿が目に入ったことだ。

「あの人は、いったいどういう方なのですか。法曹関係者には見えませんが」

静が訊《たず》ねると、総務部長の片淵《かたぶち》は困ったように小首を傾げる。記念講演を企画した当人なので、招待客に心当たりがあるのが当然だろう。

「ええ、法曹関係者ではありません。不動産会社〈香月地所〉の代表取締役で、商工会議所の会頭も務めていらっしゃいます」

つまり地元の名士ということか。

「名古屋では立志伝中の人物ですよ。今回の記念事業にもひとかたならぬご協力を頂戴《ちょうだい》しまして……」

どうやらそれが招待の理由らしい。当の玄太郎は介護士らしい女性に車椅子を押させ、ずらりと並んだピンチョスをひょいひょいと自分の皿に運んでいる。嬉々としている姿は、とてもではないが法科大学の事業に多大な援助をするような素封家《そほうか》には見えない。

「不動産会社の代表取締役が大学の記念事業に興味をお持ちなのですか」

「はい。ご自分が若い時分には碌《ろく》に学校に通えなかったので、せめて今の若者の教育環境の拡充に尽力したいと」

その時、静たちの会話に割り込む者がいた。

「へっ、あれがそんなタマか」

野卑《やひ》な声に振り向くと、早くも振る舞い酒に顔を赤らめた招待客の一人がこちらを見ていた。この人物は講演の直前に紹介されたので静も憶えている。この大学の補修工事全般を請け負っている寺坂《てらさか》とかいう地元の業者だ。

「あの爺《じい》さんには関わらん方がええですよ、高遠寺先生。あの御仁は確かに商工会議所会頭やけど、別に人徳や信望で選ばれたんやない。札ビラで票を集めただけや」

「社長、飲み過ぎです」

部下らしき男が諫《いさ》めるが寺坂はグラスを手放そうとしない。この部下からも名刺をもらったが、確か才賀《さいが》という男だ。

「世の中、カネで買えんものはないと思っとる。名古屋の政財界にもカネをばら撒《ま》いて権力まで買っとるんだ」

本人に分からないよう、寺坂は静たちにだけ聞こえるように囁《ささや》く。それだけで寺坂と玄太郎の力関係が垣間見《かいま》れる。

「あれは同業者の間じゃ銭ゲバで通っとる。生まれた時にゃ一銭硬貨咥《くわ》えて出てきよったとな」

「何じゃとおっ」

いきなり向こう側から玄太郎の怒号が轟《とどろ》き、寺坂はびくりと首を引っ込めた。

驚いたことに玄太郎はヘルパーをその場に残し、自らハンドリムを駆使して突進してくる。寺坂は足が竦《すく》んだのか、そこから一歩も動こうとしない。

「何や、とびきり下卑た声やと思やあ、やっぱり寺坂かあっ」

「い、いや、会頭。わしはですね、ただ会頭が一銭も無駄にしないということをですな」

「一銭硬貨を咥えて母親の腹から出てきたやとお。お前はわしを誰だと思っとる、このくそだわけめが」

「いや、その」

「一銭銅貨なんぞとケチ臭いことを吐《ぬ》かすな。ちゃあんと拾圓兌換紙幣《じゅうえんだかん》を咥えて生まれてきたわ」

呆気《あっけ》に取られた様子の寺坂に向かって、玄太郎は唾《つば》が掛かるのも構わず喋《しゃべ》り出す。寺坂は気圧《けお》されるように尻餅をつく。

「乳首を咥えるしか能のない唇《くちびる》で何を偉そうに言うとるかと思えば片腹痛い。どうせわしには聞こえんと思うたやろうが、それならそれでもうちっと景気のいい陰口を叩かんか、この寄生虫めが」

「き、き、寄生虫」

「おうよ。己《おのれ》んとこはどれもこれも公官庁絡《がら》みの請け負いばっかじゃ。それも玄人《くろうと》が見りゃ、ごっそり中抜きしたのが一目瞭然の仕事やなあ。裏でどんだけ薄汚いカネを回しとるか、よもや知られとらんとでも思うとったか。中抜きゅうのは工費を安く上げられる分、裏ガネが作りやすいからな。しかも己は中抜きどころか手ェまで抜いとる。四年も前やったか、己が工事を請け負った体育館がたかだか震度四の地震で半壊したのを忘れたとは言わさんぞ」

「あれは下請けが材料費をケチって」

「たわけ。己が中抜きして受注したから、最終的に下請けがそんな真似《まね》をしたんやろうが。最前はわしのことを銭ゲバと言うたな。銭ゲバ大いに結構、この不景気に名もなく貧しく美しくなんぞしとったら、それこそ従業員と家族が飢えて死ぬわ。がめつく稼いで賢く使う。それが真っ当な商人や。がめつい癖にまともなカネの使い道も知らんような者はただの亡者でな。亡者のするこたあ大抵が非生産的よ。建築屋の風上にも置けん。どうや、まだ何か言うことあるか」

ほとんど抗弁する暇《ひま》を与えられず、寺坂はただ口をぱくぱくとするだけだった。赤ら顔がいつの間にか白くなっている。傍《かたわ》らにいた才賀が失礼しますと消え入るような声を洩《も》らしたかと思うと、そのまま寺坂を抱き起こして玄太郎の許《もと》から逃げていった。

それと入れ違うようにヘルパーがやってくる。おそらく今のような悶着《もんちゃく》が過去にもあったのだろう。ヘルパーの顔には諦観《ていかん》と申し訳なさが滲《にじ》み出ている。

「ふん。もう少し持ちこたえると思うたがなあ。最近あいつも腰が弱うなった」

玄太郎は不満げに寺坂の消えた方角を見ていたが、ふと静に顔を向ける。

「こりゃあ女性判事さん。見苦しいものを見せてしまったな」

「ええ。大変見苦しゅうございました。酔った勢いで陰口を叩いたあの人もそうですが、それ以上に衆人環視の中でほとんど無抵抗の人間相手に罵詈讒謗《ばりざんぼう》を吐き散らかしたあなたが大変に見苦しかったですね」

「おや、判事さん。ひょっとして、さっきのわしの野次を根に持っておられるかね」

玄太郎の不思議そうな顔が、静の怒りに油を注ぐ。

「根に持つ持たないの問題ではありません。あなたには高齢者としての慎みがないのですか」

「慎みというのは、講演中は静聴し、手前の悪口を耳にしても聞かんかったふりをするゆうことかね」

「いくら報復とは言え、その言葉尻を捕まえて罵倒し、あまつさえ旧悪を暴露して悦に入るのは品がありませんよ」

「品、なあ」

玄太郎は困ったように頭を掻く。

「しかしなあ、判事さんよ」

「もう退官しているので判事ではありません」

「それでは高遠寺さんよ。まず前提としてわしは上品な年寄りではないし、年寄りが上品でなきゃいかんとも思っとらん。あんたが演壇で喋った内容はなるほどその通り。こんだけ若い連中が結婚を躊躇《ためら》ったり渋ったりしとったら、年寄りは増える一方でその中の大半は貧乏になるやろうから悪さをするヤツが出てくるのもまた当然。しかしなあ、だからとゆうてセーフティ・ネットを張れだの刑務所の設備を拡充しろだのは建前や」

「何がどう建前なのですか」

「環境だけが人を犯罪に走らせる訳やない。そんなことを言い出したら貧乏人はみいんな犯罪予備軍になっちまう。あんたの理屈は、頑丈な箱に入れといたら果物も傷《いた》まんということやが、実際は違うな。警察にパクられるような悪さをするのは一部だけ。あんたも本当のところは分かっとるんやないか。悪さをするしないは、最終的にそいつの性根の問題や。ええ悪いやなくて、剛《つよ》いか弱いか」

元より静は人の真性を善良と捉《とら》えている。生まれながらの悪人はいないという信念がなければ公正な目で人を裁けない。だから玄太郎の言説を聞いていると胸の奥からむらむらと反発心が湧いてくる。

「そやからな、高遠寺さん。本当に将来を憂うんなら性根の弱いヤツを徹底的に抑えとくんが一番なんや。今の寺坂なんぞその筆頭みたいな輩《やから》で、今まで散々胡散臭《うさんくさ》い仕事をやっときながら愛知県警が能無し揃いやから一度もお縄になっとらん。ああいうのは日頃から頭を押さえつけとく必要がある」

「まるでお目付け役だと。お目付け役を自任されているような言い方ですね」

「お目付け役だと。たわけたことを言わんでくれ。あんな男を始終見張るほど、わしゃ暇《ひま》やない。顔を合わした際にちょいと注意を促す程度や。なあ、みち子さんや」

みち子と呼ばれたヘルパーは口をへの字にして頷《うなず》こうともしない。

「何を今更言うとりんさる。玄太郎さんがあの男をいたぶるのは、自分のストレスを発散させるためでしょうが」

「まあ、そういう一面もあるな。否定はせんよ、うん」

玄太郎は平然と言い放ち、得意げに顎《あご》を突き出す。

何を得意に思ってのことなのか、静には全く理解できない。玄太郎の主張には一部肯定できるところがないではないが、それでも寺坂に対する振る舞いは会頭という立場を利用した己の権勢誇示にしか思えない。

「いくら胡散臭くとも、警察が逮捕なり立件なりしていない以上、単なる噂《うわさ》なのでしょう。それを根拠に衆人の面前で糾弾《きゅうだん》するのは立派な名誉毀損《めいよきそん》に当たりますよ。先ほどわたしに向けられた野次も似たようなものです」

ほう、と玄太郎は愉快そうに顔をほころばす。それが相対する者の目には挑発にしか映らないことを承知しているのだろうか。

「糾弾とは面妖《めんよう》なことを言いんさる。わしとしては意見したつもりなんやが。第一、本人に聞こえなんだら、そりゃただの陰口やろう」

「大勢の前で論《あげつら》うのはただの罵倒ですよ」

「ふうむ。やっぱり長年裁判官席に座っていただけあるな。あんたは退官した後も判事なんやな」

意味ありげな言葉に棘《とげ》を感じた。

「ひょっとしたら、わたしが世間知らずとでも仰るのかしら」

「いやいやいや四十五十の鼻ッタレならいざ知らず、あんたを世間知らずと呼ばわるつもりは一切ない。ただし目線がちいっと上からやなあ。言い方は悪いかも知れんが、壇上から人を見ることに慣れとりゃせんかね」

棘どころではない。

玄太郎の言葉は錐《きり》のように静の胸を刺す。

「高い視座からやとな、人の顔は見えても足元が見えん。そいつが腐った板の上に立っておるのか、それとも大理石の上におるのかもな。背筋をしゃんとしとるのは瘦《や》せ我慢かも知れん。俯《うつむ》き加減なのは手前の立ち位置を確認しとるのかも知れん。そんな風に頭の天辺《てっぺん》から爪先まで眺めんかったら、観察とは言えんだろう。配られたパンフレットで、あんたの経歴を拝見した。定年を一年残して退官したのは、案外その辺りに理由がありやせんか」

静は年甲斐もなく、この無礼な男を張り倒してやりたくなった。だが、さすがに傘寿《さんじゅ》を超えての暴力沙汰を思い留まるだけの良識は持ち合わせている。

「わたしの個人的事情を開陳するつもりは毛頭ありませんが、そこまで踏み込むのが下品だという常識はお持ちかしら」

「ああ、それは済まんこっちゃね。何しろわしは上品というのがとんと苦手でな。それに、これしきの物言いで立腹するようなお方には見えんかったもので。それじゃあ失礼する」

玄太郎の指図でみち子は車椅子のハンドルを握り、今きた方へと引き返していく。途中で一度振り返り、深く頭を下げたのは彼女なりの謝罪だろう。今までこうした悶着が起こる度に頭を下げ続けたかと思うと、彼女が少し気の毒になった。

「あのう……何と申しますか、大変お疲れ様でした」

玄太郎の剣幕《けんまく》に押されて発言の機会も与えられなかった片淵が、面目なさそうに近づいてくる。

「まるで台風みたいな人ですね」

言い得て妙とでも思ったのか、片淵はこくこくと頷《うなず》いてみせる。

「あんな風に拝金主義だと貶《おとし》める人がいる一方で、清濁併《あわ》せ呑んだ傑物と心酔している者も少なくありません。まことに毀誉褒貶《きよほうへん》の激しい人物ですが……」

それでも大学に多大な協力をしてくれる限り下に置くような真似はできない――言いかけて途切れた続きは、おそらくそんなところだろう。

年寄りだからといって老成しているとは限らない。足腰が衰えたといっても精神まで萎《な》えているとは限らない。底意地の悪さだけを増長させた者、ただ狭量さを拗《こじ》らせた者、先祖よりもカネを敬《うやま》う者。さしずめ香月玄太郎という男は、真っ当な老い方ができなかった老人たちの頭目のような印象がある。

「毀誉褒貶が激しそうだというのは理解できます。きっと立志伝中の人物というのは、得てしてそんなものなのでしょうね」

皮肉を利かせたつもりだが、どこまで片淵に通じたのかは分からない。

「高遠寺さんはご出身、というか最後の任地が東京でしたね。東京では、ああいった人物はいらっしゃいませんか」

「地域性ではなく、人間性の問題ではないでしょうか」

その時だった。

突然、耳を劈《つんざ》くような轟音と共に窓ガラスが勢いよく破砕した。

「何だ」

2

「何が爆発した」

咄嗟《とっさ》のことに静は身動き一つ取れなかったが、幸か不幸か飛散したガラス片は静から離れた位置に落下した。ガラス片にコンクリートの欠片《かけら》が混じっているところを見ると、爆風ではなくコンクリートの直撃を受けて窓ガラスが割れたのだろう。

割れた窓の向こう側は中庭になっており、確か正面にはモニュメントが設置されていたはずだ。では爆発したのはそのモニュメントなのだろうかと静は推測する。

だが静のように冷静でいられた者は少なく、会場内の客たちは一斉に騒ぎ始めた。

「警察を呼べ」

「いや、救急車」

「出口」

「年寄りを先に」

爆発は一回きりだったというのに、男も女も老いも若きも出口に殺到する。出口は二カ所しかないため、どうしても押し合いへし合いになる。

即席で設えたテーブルは引っ繰り返され、ピンチョスが皿ごと床に散乱する。グラスが割れ、ボトルの酒が池を作る。

「皆さん！　落ち着いて、落ち着いてください」

大学の職員が声を張り上げるが、恐怖と焦燥で判断力を失った客の耳には届かない。慌てた拍子に転ぶ者も出てきた。倒れた客に足を取られ、別の客がまた倒れる。

このままでは爆発以外の二次被害が出るかも知れない。静は危惧《きぐ》するが、かといって何ができる訳でもない。せいぜい彼らから距離を置き、自分の身を護《まも》るのが精一杯だ。

ところがほとんどの客が出口に向かって殺到する中、会場の隅でじっと動かない影があった。

車椅子の玄太郎とヘルパーのみち子だった。

玄太郎は必死の形相《ぎょうそう》の客たちをつまらなそうに眺めると、手近にあった机の上に拳を振り下ろす。

ばんっ。

あの小さい身体のどこにそんな力があるのかと思えるほどの音だった。

瞬間、会場内はしんと静まり返る。客たちは何が起こったのかと呆気に取られながら玄太郎を見る。

「静かにせんかあああっ、この臆病者どもめらあっ」

腕力も意外だったが、声の大きさはそれ以上だった。まるで凶暴な楽器のようにわんわんと響き渡り、客たちは完全に動きを封じられた。

「まず深呼吸の一つもしやあ。爆発は一度きりで後は何も起こっとりゃあせん。騒がしいのは外で野次馬どもが喚《わめ》き立てとるからや。慌てふためいた顔を眺めて、お互いに恥ずかしいとは思わんか」

玄太郎の一喝で悪夢から醒《さ》めたのか、客たちはいったん落ち着きを取り戻し、職員の避難誘導に従い始める。傍若無人《ぼうじゃくぶじん》の立ち居振る舞いもこういう局面では効果を発揮すると感心していたら、当の玄太郎が静に向かって手招きをしていた。

「高遠寺さん、早う、こっちへ来んさい」

「何故ですか」

「いくらあんたがお偉いさんやからちゅうて所詮はお客や。こういう時はわしの近くにおるのが一番安全や」

何がどう安全なのか見当もつかなかったが、騙《だま》されたつもりで玄太郎の傍にいるとすぐに理由が判明した。

「お待たせしました、香月さま。わたしの後に続いてこちらまで」

髪を乱したままの片淵が馳せ参じて玄太郎たちを先導していく。

来賓《らいひん》とは一度限りの邂逅《かいこう》だが、地元の有力者とは今後も付き合っていかなければならない。優先順位は自ずと明らかという訳だ。癪《しゃく》に障《さわ》ったので、ちょっと皮肉を浴びせてやりたくなった。

「こういうことに慣れてるんですね。何度か同じような目に遭ったんですか」

「ああ。十歳の頃、空襲に遭《お》うた。あれに比べやあ、こんなのは爆竹みたいなもんやな」

玄太郎とみち子、そして静の三人は優先的に会場から避難させられる。自分もいい齢《とし》なので優先されることを拒絶するつもりはないが、玄太郎のコネを使っていると思われるのはどうにも業腹《ごうはら》だ。

　ところが玄太郎は講堂の外に出た途端、意外なことを口にした。

「総務部長よ、爆発現場に案内せえ」

「えっ」

「何を驚いとるか。このひ弱な年寄りを死ぬより恐ろしい目に遭わせた原因を見せろと言うておる。ほれ、早うせんか」

「いや、しかしまだ危険が」

「何を寝惚《ねぼ》けとる。中署はこの大学のすぐ傍やろう。さっきの爆発音と学生らの騒ぎを聞きつけて押っ取り刀で駆けつけてくるわ。ほれ。聞こえんか、あの音が」

　静が耳を澄ませてみると、なるほど彼方からサイレンの音が近づいてくる。ずいぶんと耳のいい爺さまだ。

「そんなら行こか。ああ、高遠寺さんはここらでゆっくりしとったらええ」

「とんでもない」

　静は言下に断った。

「恐ろしい目に遭ったのはわたしも同じなのですから、それは見せていただかないと気が済みませんねえ」

「ほお、とてもそんな風には見えんかったが……まあ、ええ。旅は道連れや。一緒に行こまいか」

片淵は躊躇《ちゅうちょ》していたようだが、静も同行すると聞いて諦《あきら》めたらしい。渋々といった体《てい》で三人を中庭へと連れていく。

少し歩くと人だかりが見えてきた。静の予想した通り、現場はモニュメントのあった場所らしい。

「ちょおおっと退《の》いてくれんかあっ」

玄太郎の割れんばかりの大声で人だかりが二つに分かれる。静はまるで海を割ったモーゼのようだと思ったが、車椅子を押すみち子は半ば諦めたように顔を顰《しか》めている。現場には倒れている人間もいなければ流血の痕跡もないので人的被害はないようだった。

講堂に入る際に通りかかったのでモニュメントの意匠は何となく憶えていた。全高は四メートルほどで、大理石の台座に金色のオブジェを乗せていたはずだ。

そのオブジェが今は見る影もなかった。

右半分が破壊されて、内部の芯が顔を覗かせている。爆発の中心がそこだったらしく、土台の部分が根こそぎ欠落している。

台座だけでも高さは一メートル以上、上底が三メートルほど、下底に至っては五メートルもあるだろうか。欠落はその台座にも及び、中の空洞が露《あら》わになっている。その中に異様なものが見えた。

人の頭だった。

「何だよ、あれ」

「どうしてモニュメントの中に人が入ってるんだよ」

野次馬の中からざわめきが起こり始める。静も至近距離から台座を眺めてみたが、中の人間は両目が開いており、とても生きているようには見えない。

玄太郎は眉間《みけん》に皺を寄せて台座の中の人間を注視している。そればかりかみち子を促して更に接近しようとしていた。

「どうかしましたか、香月さん」

静が話し掛けても玄太郎は不機嫌そうな面持ちのまま答えようとしない。

そのうち、正門の方から数人の警官たちが駆けつけてきた。

「中署の者です。道を開けてください」

「一般の人は下がって、下がって」

人ごみを掻き分けるようにして現れたのは制服警官三人に私服の刑事が一人。刑事は玄太郎を見るなり目を丸くした。

「香月社長じゃありませんか。どうしてこんなところに」

「わしが学究の場所におったら悪いか」

「いえ、決してそんなことは」

「ぐだぐだ言っとらんで早う強行犯係を呼ばんか。大方、爆発騒ぎの通報で飛んできたんやろうが、これは人死に担当や」

　玄太郎の指差す方向を見て、刑事はうっと呻《うめ》く。

「中署の署長は洪田《こうだ》やったな。玄太郎が現場におると伝えてくれ。知りたいことがある」

「何をお知りになりたいんですか」

「台座の中に埋められとるヤツに見覚えがある」

　どうして警察官たちが、この高慢な老人に従っているのか静には不思議でならない。

　片淵に尋ねると、こんな答えが返ってきた。

「国民党の副幹事長がどなたかご存じですか」

「宗野友一郎《むねのゆういちろう》でしょう」

「彼の選挙区は愛知二区でしてね。後援会長は香月社長が務めていらっしゃいます」

「おやおや、まさかあの人が国政を裏で操っているとかの生臭い話なのですか」

「操っていらっしゃるかどうかは存じませんが、そういう事実が存在するということです。付け加えれば国家公安委員長の則竹《のりたけ》さんとも昵懇《じっこん》の仲のようです」

　結局は財力にものを言わせて権勢をほしいままにしているだけの老人ではないか。あの傍若無人の振る舞いも居丈高の態度も、全ては権力を笠に着ての行いなのだ。

　一般市民がカネの力で政《まつりごと》を操作するなど醜悪でしかない。その類いの話が嫌いな静は玄太郎への嫌悪をますます強める。自分は既に隠居の身の上であり愛知県警とは何の関わりもなかったが、それでも元法曹関係者としてここはひと言添えておくべきだろう。

警官たちに野次馬の整理を任せた刑事を捕まえる。静が身分を名乗ると、刑事は即座に畏《かしこ》まった。

「これは判事。お疲れ様です」

「元、ですよ。それにしても何ですか、あの香月という人は。いくら政界との繋《つな》がりがあるにしても、あれではあからさまな捜査介入ではありませんか」

「いやあ……」

「いやあ、ではないでしょう。地方警察とは言え、地元経済界との癒着《ゆちやく》は厳に慎むべきです。そういった癒着が市民感覚との乖離《かいり》を引き起こし、延《ひ》いては汚職に繋がる。そういった例は過去に何度も糾弾されたじゃありませんか」

己こそ過去の身分を振り翳《かざ》して口幅ったい物言いをしているのは自覚している。しかし嫌われても尚、表明しなければならないことがある。

刑事は面目なさそうに頭を掻くが、静の苦言が応えているようには見えなかった。

「判事が仰るのもごもっともなのですが……あんな風に香月社長が介入されるのは、ご自身に直接関係のあることに限られていて……それに香月社長の采配で解決した事件もあるので、上の方もまるっきり無視はできないようなんです」

「警察が民間人の力を借りたんですか」

「中部経済界の重鎮と言われるだけのことはありますよ。深い洞察力と的確な判断が、そのまま犯罪捜査に役立ったらしいです。我々の間では〈要介護探偵〉という綽名《あだな》で通ってますよ」

玄太郎の指図に従ったのか、それから五分もしないうちに新たな捜査員たちが到着した。現場周囲に立ち入り禁止のテープを張り、急遽《きゅうきょ》ブルーシートのテントも設営された。テントの前に玄太郎がでんと構える。さながら本陣に待機する大将のような佇《たたず》まいに、静も思わず苦笑しそうになる。

第二陣の捜査員たちを指揮するのは中署強行犯係の桐山《きりやま》という刑事だった。やはり以前から面識があるらしく、忠犬よろしく玄太郎の傍に駆け寄ってきた。

「台座に埋められた被害者はとうに死亡しているようです」

「そうやろうな。あれはとても生きとる人間の顔やなかった」

「被害者とお知り合いだとか」

「わしの目に狂いがなきゃ、あれは彫刻家の櫛尾《くしお》奈津彦《なつひこ》ちゅう男や。公立図書館の建築やら駅前ロータリーの補修工事やらで、何度か顔を合わせたことがある」

検視官により台座の中にいた人物の死亡が確認されると、モニュメントの撤去が検討された。遺体は台座の中に埋められた状態であり、破損部分も頭がやっと見える程度なので強引に引き摺《ず》り出す訳にもいかない。台座を削って遺体を露出させるしかないが、大理石でできているためオブジェを撤去しても相当の重さがある。このままの状態で遺体を搬出するのは到底不可能だ。

幸いキャンパスの反対側では寺坂建設が補修工事を請け負っている関係で、大小の建設機械と工具が置かれていた。早速桐山が寺坂と相談し、台座を慎重に削ることとなった。

鑑識が台座表面の指紋を採取した後、命を受けた作業員が様々な工具を持ってきた。それを見た玄太郎がぽつりと呟く。

「ほ。さすがに手作業か。まあ仕方ないな」

静の好奇心がむくむくと湧き起こる。

「大理石ってとても頑丈なのですよね。あんな小さな工具で割れるのですか」

「硬いものちゅうのは一カ所に綻《ほころ》びができると案外脆《もろ》くてな。だから、まず割れ目を作るんさ。ダイヤモンドカッターで切れ目を入れて、その切れ目に沿ってタガネを叩き込む。腕の確かな職人なら、中のもんには傷一つつけんと真っ二つにしよるよ」

「ちょっと意外ですね」

「何がさ」

「あの人たちは、最前香月さんが罵倒した寺坂さんの従業員でしょう。やはり社長の品格と従業員の質は別ですか」

「何や、そんなことかい」

玄太郎は面白くなさそうに唇を曲げる。

「あれんたちゃあ、寺坂が他所《よそ》から引っこ抜いてきた職人や。札ビラで頬を叩いただけあって仕事は確かよ。寺坂ンとこの生え抜きとは素地も年季も違う」

玄太郎が説明したように、作業員たちはダイヤモンドカッターで四方から切れ目を入れていく。甲高い癖に重心の低い音が、静の腹にまで響く。音とともに火花が散る。自動車の中に閉じ込められた者を救い出すのにドアを断ち切ることはあっても、相手が大理石というケースはそうそうないだろう。

切れ目が入ると作業員たちは慎重にタガネを打ち込んでいく。硬質な音が規則的に心地良く響き渡り、静はいっとき作業の目的を忘れそうになる。

「ええ音やろ、高遠寺さんよ。熟練した腕はな、こんな音さえ気持ちよう聞かせよる」

やがて大理石は重い音を立てて真っ二つに割れた。中からは崩れるようにして男の死体が転がり出た。

うぬ、と玄太郎が呻く。

「やはりお前やったか、櫛尾」

露わになった死体を捜査官がテントの中に運び込む。これより着衣を剝ぎ取り、正式な検視を行うためだ。玄太郎はついと後ろを振り返る。

「みち子さんは検視を見物したいか」

「今、わたしが必死に横向いておったのを知らんのですか。そんな趣味はありません」

待つこと数十分、テントの中から桐山が出て玄太郎の許にやってきた。

「被害者の札入れに運転免許証がありました。被害者は櫛尾奈津彦氏に間違いありません。櫛尾氏についてご存じのことをお教えください」

「わしも大したことを知っとる訳やない。伏見《ふしみ》に自宅兼用のアトリエを構えとった。確か、まだ独身《チヨンガー》のはずや」

「最後にお会いになったのはいつ頃ですか」

「去年の三月。西枇杷島《にしびわじま》駅の改修工事の際や。で、どうなんや」

「何がですか」

「どうやって殺された。刺されたのか、それとも首を絞められでもしたか」

「捜査情報なので大っぴらには……」

「大っぴらやない。わしに言うだけのことや」

「しかし」

逡巡《しゆんじゆん》を見せる桐山に、玄太郎はいきなり怒号を飛ばす。

「訊くだけ訊いたんや。そっちも情報を開示せんかあっ。それとも親玉の洪田をここに引っ張り出さんと、碌《ろく》に話もせんと言うのかあっ」

「いえっ、あのっ」

見るに見かねて、つい静は口を差し挟む。

「いい加減になさい、香月さん。あなたにどんな権力があるのかは知りませんけど、現場保存と訓練された警察官の仕事こそが犯罪捜査の本流です。間違っても一般市民が面白半分に介入するものではありません」

「あんたの話は演壇の外でも一緒か。建前ばかりでちいとも面白うないな」

「人が死んでいるのですよ。面白いとか面白くないとかの尺度は持ち込まないでください」

「なあ、高遠寺さんよ。仮に容疑者が家族やったら、警官や検察官は担当から外されるらしいな」

「もちろんです。公僕であっても感情に左右される可能性がありますからね」

「わしは公僕でも何でもないから、感情に左右されようが上下に飛び跳ねようが自由っちゅうこっちゃ。だからあんたの指図は受けん」

一瞬、静は耳を疑う。これは理屈でも何でもない。玄太郎が口にしているのは単なるわがままではないか。

「わしは好き嫌いが激しい」

「それはそうでしょうとも。この短いやり取りでも即座に理解できましたから」

「法律にも遵法《じゅんぽう》精神にもあんまり関心がない」

「それも何となく分かります」

「しかし死ぬには早過ぎるヤツ、死なれては惜しいヤツは気になる。クルマに撥ねられたり病気でおっ死ぬでもない限り、真相を確かめとうなる。櫛尾とは仕事上の付き合いだけやったが、歳の割に仕事の本質ちゅうもんを知った男やった。あいつの怪体《けったい》な飾り物にどんだけの価値があるかは分からんが、少なくとも私利私欲だけで動くような男やなかった。その男がほれ、モニュメントの中に埋め込まれたまま死んどる。まあ自殺や事故の可能性はないやろう。誰かが櫛尾を陥《おとしい》れ、そして手に掛けた。わしとしてはどうにも腹に据えかねる」

「だからといってあなたが首を突っ込む謂《いわ》れはないでしょう。そのためにプロの捜査員がいるのですから」

「生憎《あいにく》と、わしはこやつらに全幅の信頼を置いておらん」

玄太郎は事もあろうに桐山の目の前でそう告げた。

「最近のヤツらは目が開いておっても、碌《ろく》にモノを見ておらん。あんたはそう思ったことがないかね」

束の間、静は言いよどむ。

何て小憎らしい爺《じじい》なのだろう。粗暴な物言いなのに、時折こちらの内心を見透《みす》かしたような指摘をする。

「ふふん。当たらずとも遠からずちゅう顔をしとるね。あんた、見掛け通りの正直者だわ」

「過去にあなたが自分の裁量でいくつかの事件を解決したと聞きました。そんな実績があれば警察の能力を十全に信頼しないのも分かります。しかしそれは傲慢《ごうまん》に過ぎますよ。人には関わっていいこととよくないことがあります」

「だったらわしは関わることにした。わしがそう決めたからには、誰にも邪魔はさせせん。それで、いったいぜんたい櫛尾はどうやって殺された。さっさと報告せい」

普段から言い慣れているのか、玄太郎の命令口調には思わず知らず従ってしまう迫力がある。桐山はつられるようにして口を開く。

「検視官の見立てでは首を絞められた上の窒息死。ただ、扼殺《やくさつ》のように両手で頸動脈を絞めたものでもないようです」

「はっきりせんな」

「後は司法解剖の結果待ちでしょう。それにしても犯人は冷酷なヤツですよ。櫛尾氏を殺した後、モニュメントの台座の中に死体を隠したんですからね。ここの学生や教職員たちは毎日死体のすぐ傍を通り過ぎていたことになる。それにですね、香月社長。何とモニュメントの作者は櫛尾氏本人なんですよ」

「何やと」

「作品名は〈飛翔〉。以前から付き合いのあった寺坂社長の発注を受け、三年の歳月を費やして作り上げたそうです」

皮肉な話に静は思わず鼻白む。自分の制作した作品の中に閉じ込められた芸術家の無念は、想像するに余りある。

「香月社長、こういったモニュメントは最終段階まで作者が関与するものなのでしょうか」

「どういう意味や」

「このモニュメント、オブジェと台座を合わせれば数トンの重さになるそうです。大きさも一般家屋から出し入れできる規模じゃありません」

材料をここに集めて作ったという見方だが、これは理に適《かな》っている。櫓《やぐら》でも拵《こしら》えれば屋外での作業も可能だし、完成品を搬送する手間も省ける。

「モニュメントの制作が設計図に従うだけで出来るのなら、途中から設計者である櫛尾氏は不可欠の存在でもありません。台座の制作中に櫛尾氏を埋め込み、その後は工程に任せてモニュメントの完成を待つ……誰もこんなモノの中に死体が隠されているなんて想像もしませんからね。隠し場所としては最適ですよ」

「……たわけが……死体を見てみ。制作途中で埋めてたら今ごろ骨だて」

玄太郎の言葉に桐山はうなだれた。静もこれには反発しない。

「わたしが奇妙に感じた理由はもうお分かりでしょう。台座に埋め込まれたプレートには、このモニュメントの建立《こんりゅう》されたのが五年前の八月六日であると明記されている。つまり被害者は、少なくともモニュメントが完成した五年前に埋め込まれていたことになるんです」

その時、テントの中から検視官が姿を現した。何やら難しそうに小首を傾げている。

「どうかしましたか、検視官」

「それが妙なんですよ」

検視官は首を振りながら桐山に答える。

「腐敗進行の状況でおおよその死亡推定時刻は判明しました。周囲を大理石に囲まれていた事実を考慮しても、誤差はさほどありますまい。司法解剖すれば更に時刻は絞り込めるでしょうが、被害者が死亡したのは二月十二日、つまり一昨日から昨日にかけてです」

一同は呆気に取られたようだった。もちろん静も同様だ。

3

「香月社長。榊尾氏と仕事上のお付き合いがあったのならお伺いしたいのですが、榊尾氏の商売敵《がたき》というか、彼を憎み嫌っていた人物に心当たりはありませんか」

「容疑者のリストか。残念やがそういう人間には思い当たらん」

玄太郎は吐き捨てるように言う。

「信念を持ち、報酬以上の成果を目標にしておった。一方では妥協を許さず、納期も破らんかった。芸術性を売り物にする個人制作ではなく、請負仕事なら一番重要なのが納期やいうのをちゃんと心得ておった。やれクリエイターやとかアーチストやとか青臭く語ることは一切なかった。仕事の流儀としては至極当たり前やが、髭《ひげ》を生やした芸術家気どりの小童《こわっぱ》どもには煙たい存在ではあったろうな。しかし高いところに漂う煙やから手も届かん。やっかみはあったやろうが、さりとて殺されるほどでもなかったように思う。榊尾一人殺して己《おのれ》らに仕事が回ってくるとは限らんしな。もっとも、こんなことは犯人に訊いてみんと分からんが」

「参ったな」

その場にいる者全員の思いを代弁するかのように、桐山が唸《うな》る。その雰囲気を自分への不信とでも受け取ったのか、検視官はむっとしたように言葉を継ぐ。

「しかし事実だから仕方がない。プロの作業員がダイヤモンドカッターで大理石を切り分けた現場を皆さんも見ていたでしょう。重量を軽減するために中心が空洞だったとは言え、台座は一体型で、部分的に切断したり入れ替えたりした形跡はない。オブジェとの接続面を見ても補修した跡は皆無だから、モニュメントは当初設置された五年前から何も手が加えられていない。同様に、あの死体にも防腐処理のようなものが加えられた形跡はない。そして検視官として断言してもいいが、少なくとも五年前に殺された死体じゃない」

検視官は気分を害した様子でその場を立ち去る。後に残された格好の桐山は気まずさを誤魔化すためか、しきりに頭を掻いた。

だが空気を読むことを知らないのか、それとも読んだ上で空気を蹴散らそうとしているのか、玄太郎はひどく場違いな台詞を口にする。

「さあて、今度はわしが貴様に訊く番やなあ」

玄太郎が自分に視線を向けているのを知り、桐山は猛犬に出くわしたような顔をする。

「え。それはどういうことでしょうか」

「建築物について多少なりとも知識を披露した。櫛尾の人物評についても教えてやった。今度は貴様らが知り得たことをわしに教えろ」

まだそんな世迷言《よまいごと》を言うのかと静は玄太郎の前に回り込もうとするが、正面に立った桐山が拝むような仕草を見せるので思い留まった。

「しかし、その、香月さんは民間人でありまして、犯罪捜査にご協力いただくのは有難いのですが……」

「警察が職務としてする捜査を、わしは義理と柵《しがらみ》でやる。それだけの違いや。捜査で何か判明したら逐一わしに報告せえ」

「そんな無茶な」

「無茶やと？　本当にそう思うか」

車椅子からだと桐山を仰ぎ見る格好になるが、玄太郎の視線は決して弱者のそれではない。それどころか捕食動物が獲物をいたぶる時のような優越感さえ仄《ほの》見える。

「言うておくが警察の立場や捜査権を軽々《けいけい》に見とる訳やないぞ。わしは自分がやりたいと思うことをするまでや。そのためには立っている者でも何でも使う。何せ腰から下がこのザマやからな」

静はまたも鼻白む。この男は我がままに振る舞うことを露悪的に誇っている。権力者の驕《おご》りというよりは子供の自慢話に近い。しかも腰から下は不自由かも知れないが、それ以外は傍《はた》迷惑なほど達者ではないか。

「しかし香月さん。民間人に捜査情報を洩らしたなんてことがマスコミにバレでもしたら」

「今更何を言うとるか。今までも散々洩らしまくっとったやないか。寝小便の常習犯が格好つけても恥ずかしいだけやぞ。それに貴様が喋らんのであれば、洪田に直々問い質すまでよ。自分も泥を被るのがいいか、それとも上司を巻き込んだ不甲斐なさを叱責されるのがいいか、ここで決めよ」

やり取りを見ていて分かったのは、玄太郎の警察嫌いだった。おそらく桐山個人にではなく、この男は警察の権威や面子といった外面を嘲《あざけ》りたくて仕方ないのだ。たとえお節介と思われようが、これはもう自分が口を差し挟むべきだろう——そう決めたのと、桐山が近づいてきたのがほぼ同時だった。

「高遠寺判事、少しお時間を」

そう言って、静を玄太郎から離れた位置に連れていく。

「どうしました」

「どうやら香月さんの振る舞いがお気に召さないようですね」

「当たり前でしょう。傍から見ていてこれほど醜悪なものはありませんよ。香月さんにしても、あなた方愛知県警にしても」

「耳が痛いです」

「そう感じるのなら、今すぐ香月さんの介入をやめさせてはどうですか」

すると桐山は物憂《ものう》げに視線を落とした。

「そういうことを一介の警察官に言わんでくださいよ。東京辺りはどうか知りませんけど、地方警察ってのは地元あってのものなんですから。殊に香月社長は政権政党に太いパイプを持つ人です。わたしごときが何を言ったところでカエルの面に小便です。いや、下手したら窓際業務へ直行ですね」

自嘲気味の口調に静はふと黙り込む。この刑事を職業倫理で論《あげつら》うのは、玄太郎が専横で彼らを支配しているのと五十歩百歩であることに思い至ったからだ。

「ただですね、判事。あの中部経済界の怪物にも弱味があるんですよ」

「身内にどうしようもない放蕩《ほうとう》息子でもいるのですか」

「年上の女性に弱い」

聞いた刹那《せつな》、腰が砕けそうになった。

「いや、別に色恋云々の話ではなく、年上の女性相手には乱暴な振る舞いが影を潜めるようなんですよ。何と言いますか頭が上がらない、みたいな感じですか。先《さっき》から判事に対する反応を観察していて、その思いを強くしました」

「それは敬意を払っているという意味ですか」

「それが一番近い意味合いでしょうね。だからわたしみたいなぺーぺーの刑事の話は一顧だにしなくても、判事のお話でしたら耳を傾けてくれると思います」

言葉尻で嫌な予感がした。

「まさかわたしに、あのどら猫の首に鈴をつけろと言ってるんですか」

「猫と言うより虎ですけどね、あれは」

「こんな言い方は無責任じみて嫌なのですけれど、わたしは中部経済界とも愛知県警とも無縁の人間なのですよ。そのわたしがどうして」

「判事にそのお力があると考えるからです。加えて判事は比類なき職業倫理をお持ちです。だからこそ香月社長の言動が目に余るんでしょう」

嫌な予感が、今は確実な重責になって伸《の》し掛かろうとしている。現役時代、上司から難儀な仕事を押しつけられそうになった際に覚えた圧迫感そのままだった。

「もう薄々お気づきでしょうが、あの人は走り出したら止まりません。過去に首を突っ込んだ事件では幾度となく暴走したこともあります」

「おやおや、何か犯罪紛《まが》いのことでも仕出かしたんですか」

「いえ。とある事件の犯人を炙《あぶ》り出すために文字通り車椅子で暴走したんです。まあ一事が万事向こう見ずな方なので、今回の件でもどんな風に暴走されることやら皆目見当もつきません。それこそあなたのお嫌いな、司法システムへの政治的介入が露骨に行われることが充分予想されます。それを止めることは誰にもできないでしょう。唯一あの人が敬意を払う人物を除いては」

静はようやく桐山の狡猾《こうかつ》さに気づいた。この男は自分の倫理観を見越した上で、玄太郎のお目付け役を押しつけようとしているのだ。

「弁護する訳じゃありませんが、香月社長が事件に介入してくるのは、そんじょそこらの野次馬根性ではなく、親しい者、目をかけていた者の無念を晴らすという、非常に昭和チックな動機からです。そして判事もご存じの通り、薄っぺらな好奇心や野次馬根性よりも、そうした個人的な復讐心の方が、はるかに始末が悪い」

だから自分にそんな仕事をさせようというのか。

静は桐山の勝手な理屈に腹が立ったが、一方で自分に白羽の矢を立てたのは侮《あなど》れないと思った。現に静は不承不承ながら玄太郎の攻略法を巡らせ始めている。

「東京から名古屋くんだりまで来られたお客さんに、しかも功成り名遂げた判事にこんなお願いをするのは、とても心苦しいのですけれどね」

「本当かしら」

「こんな恥ずかしいこと、冗談じゃ言えませんって」

桐山は最後にそう言い残すと、また玄太郎の許《もと》へ戻っていく。

「何を貴様はわしの話を中断して」

「いや、あの」

「それで先刻の回答はどうした。お前が情報を寄越すのか。それとも洪田の手を煩《わずら》わせにゃならんか」

「署長と直接話される前に、せめてワンクッションください。まずわたしから署長に事情を説明しますので」

会話を聞いて、桐山が静を巻き込むべく話を進めているのが分かった。そうでなければ上司の判断を仰ごうなどと、あからさまな退避行動は取らないはずだ。

「ふん、まあええ。とにかく早く進めんか。遅い仕事なら亀でもできるぞ。犬が亀に負けたいか」

静は短く嘆息する。よもやこの齢《とし》になって孫以外の面倒をみる羽目になるとは、全く予想外のことだった。

ほうほうの体《てい》で桐山が退出したのを見計らい、静も玄太郎に向かう。

「香月さん」

「玄太郎でええよ。わしもあんたを静さんと呼ぶから」

「そんなにこの国の警察や司法システムが信じられませんか」

「人間のすることっちゃから完璧は有り得ん。現に警察や検察の不見識や不祥事など山のようにある」

「では市井《しせい》の一人であるあなたは間違いを犯さないというんですか」

「少なくともな、わしは自分で仕出かした間違いには責任を取れる。逆に言うたら、手前で責任も取れんような仕事はするもんやない」

「傲慢《ごうまん》だこと」

「謙虚な無責任よりは責任ある傲慢の方がいい」

二人の会話を聞いているみち子は露骨にうんざりとしている。言ってみれば、彼女も玄太郎禍の犠牲者の一人なのだろう。

「静さんは、そんなにわしのやり方が気に食わんかね」

「わたしの趣味嗜好の問題ではないでしょう」

「ところがわしにとっては趣味嗜好であってな。別にあんたのことじゃないが、どうもわしは正義やら正当さやらを声高に叫ぶのは性に合わん。ちゅうか、物事を正しいか正しくないかで二分するのが、どうにも胡散臭うてならん」

「焼け跡世代の言いそうな言葉だこと」

「あんたがどう思おうとも、わしは自分がしたいようにするよ。しかしまあ」

そして挑発気味に静を見上げた。

「その邪魔をしたいというのも静さんの勝手だ。何なら、わしの狼藉《ろうぜき》を真横で観察するかね」


玄太郎というのは悪い意味で有言実行の男であり、殺害される前の櫛尾の行動が明らかになったと聞くなり、みち子を従えて中署に直行したと言う。

『今から向かうので、捜査の責任者を待たせておけと有無を言わさぬ調子でして。現場で指揮を執《と》っているのはわたしなんで、結局はわたしが説明することになりそうです』

桐山が情けない声で連絡を寄越してきた。半ば強引にではあるが、玄太郎のお目付け役を任された身としては無視する訳にもいかない。渋々ながら静もホテルに戻ったあと中署に向かった。

　中署の受付で来意を告げると既に桐山から根回しがあったらしく、静はすぐ刑事部屋に案内された。もっとも親切に案内されなくても、部屋に近づくと中から玄太郎の大声が洩れてきた。静も年齢の割に矍鑠《かくしゃく》としている方だと自認しているが、玄太郎は矍鑠どころか人のかたちをした核融合炉のようなものだ。

「司法解剖の結果、櫛尾の死亡推定時刻は二月十二日の午後十時から十二時にかけてであることが判明しました」

　部屋へ入ると、桐山に対峙しているのはやはり玄太郎とみち子だった。桐山は表情を押し隠している様子だが、それでも尚言葉の端々に緊張が聞き取れる。

「ほほほ、静さん。やっぱり駆けつけたか」

「あなたという人は他人の忠告や諫言《かんげん》を聞き入れるのができない体質なのかしら」

「なに、犬や猫と一緒でな。自分の身体が受けつけんモノは吐き出すようにできておるだけや。まあ折角きたんやから、ここに掛けて一緒に聞くとええ」

　玄太郎の破顔一笑に毒気を抜かれ、依怙地《いこじ》に断るのも大人げないので誘いに乗る。加えて本音を言えば静にも興味がある。判事だった頃の探究心がのそりと頭を擡《もた》げているのだ。

　退官してから十六年、未だに裁判官気分の残る自分に呆れてくるが、これはもう業《ごう》のようなものなのだろうと納得させる。

「司法解剖の結果というのはアレか。胃袋の中身の腐り具合か」

「……そうですね。十二日の夕方に食べたと思われるパスタの一部が未消化でした」

「洋麵を食べたのは何時や。もう調べとるんやろう」

「アトリエの近くに行き付けのイタリア料理店がありまして、当日の午後六時に櫛尾が来店しているのを店員が証言しています」

玄太郎の質問に、桐山が律義に答える。この段階で民間人の介入を容認している格好だが、署に乗り込んだ玄太郎を部屋に招き入れた時点で捜査本部が膝を屈したのだと見当がつく。それを言い出せば桐山を辱《はずかし》める結果になりかねないので、静は沈黙するより他にない。

「ほお。すると櫛尾がその時まで生きておったのは証明された訳やな。ところでその日の夕方に洋麵を食した男が、何故五年前に竣工したモニュメントの中に閉じ込められていたのか、捜査本部はどんな結論を出した」

「それは目下、検討中です」

「皆目見当がつかん、ちゅうこっちゃな」

渋い顔の桐山を尻目に、玄太郎はひと言で済ませる。相変わらずの行儀悪さだと思ったが、捜査本部についての心証は静も似たようなものなので敢えて口を挟まなかった。

「手で扼殺した様子ではない、という話やったな。実際にはどんな風に絞められた」

「索条痕《さくじょうこん》の」

「わしに分かるように説明せえ」

「失礼しました。首に残っていた痕を調べてみましたが、表面が滑らかな布地、たとえばネクタイのようなもので絞められたようです」

「櫛尾はレストランを出てから、どこで何をしておった」

「そこから先の行動についてはまだ目撃証言が取れていません。櫛尾は独身であった上に、仕事の上でもマネージャーをつけていなかったので」

「ああ、そうやったな。あの歳で所帯も持たんと、よお自分でスケジュールを管理するなと感心したことがある。まあ、芸術家肌の者には少なくないがな」

「独り暮《ひと》らしが災いして近所づきあいも必要最低限。ですから近隣の住人も櫛尾の行動を把握している者はいませんでした」

「独り者でも近所づきあいは大事にせんとあかんという教訓やな。少なくとも手前が死んだ時、気にかけてくれる者がおる」

　近所づきあいの利点がその程度でしかないのかと静は呆れるが、自分も似たような境遇なのでいささか身につまされる。独身生活と言えば聞こえはいいが、実態は独居老人そのものだ。いつ自室で腐っていても誰にも気づかれない。

「当日は櫛尾が自分で大学にやってきたのか。モニュメントが移動することはできんから、あいつから大学に来たとしか思えんが」

「キャンパス内にも監視カメラが設置されていますが、何せ設置台数が極端に少なくて……具合の悪いことに、今は正門付近が補修工事の真っ最中で監視カメラが一時的に撤去されていて、いちいち侵入者をチェックできないんです」

「不用心やな」

「裏門や各棟の入口付近には設置されているから、防犯上は問題ないというのが大学側の説明なのですけどね」

これは説明というよりも弁解に近い。キャンパス内で死体が発見されたというのは、結構なスキャンダルだ。大学側のセキュリティを疑問視する声は当然予想される。

元より大学というところは管理や警備には無頓着な面が散見される。大学自治や権力の介入を嫌がる慣習も手伝って、公共施設であれば当たり前の設備がどこか蔑《ないがし》ろにされている。そしてこうした事件が起こる度に大学側は後悔するものの、それで警備体制が銀行並みになったなどという話は聞いたことがない。大学関係者の対応は弁解と責任逃れに終始する。

「櫛尾を恨んでいる者は浮かんだのか」

「今のところはまだ……知人や仕事相手の人物評は香月社長が仰る通りでした」

「独身で芸術家肌といったら、世間を狭くする要素が二つも重なっとるからな」

「彫刻の世界では一定の評価を受けていますね。二科展の彫刻部でも何度か受賞しています」

「ああ。確かあいつが注目されたんは二科展入選がきっかけやったな」

「仕事は順調で、地元ばかりか各地の施設や個人から受注していました。芸術家にありがちな気難しさはなく、納期もちゃんと守るのでクライアントの評判も上々。あの世界というのは横の繫がりがあまりないんですかね。同業者からはこれといって詳しい話は聞けませんでした。上り調子の櫛尾に対して僻《ひが》みややっかみを抱く者もいるかと思ったのですが、今のところそういう人物は浮かんでいません」

本部が捜査を進めた過程で出てこないのなら、櫛尾に敵がいなかったという情報も信じていいのだろう。本人が未だ独身であった事実も、色恋沙汰での動機が薄弱であることを示唆する。

本人に恨まれる原因が見当たらないのなら、殺害の理由は犯人の側にある。つまり櫛尾の存在が犯人にとって都合悪くなった場合だ。

そんなことをつらつら考えていると、玄太郎がこちらを見ているのに気づいた。

「わたしがどうかしましたか」

「いや。静さんは今の報告を受けてどう思いんさったかね。元裁判官の意見を拝聴したい」

「実は、別のことを考えていました」

「聞きたいな」

「モニュメント爆破についてです。櫛尾さんの死体発見はあの爆発がきっかけだったんですが、あれを偶然と片付けるには色々と無理があります」

ほほほと玄太郎が愉快そうに笑う。

「やはりそこに目をつけんさったか」

「やはりということは、あなたもなのですね。どうして言わなかったのですか」

「楽しみは最後に取っておくもんじゃろ」

訳知り顔の玄太郎の顔に平手を見舞ってやれば、さぞかしせいせいするだろうと思った。

「桐山さん、でしたね。あの爆破に関して何か犯人からの声明がありましたか」

「いいえ。今のところ、悪戯《いたずら》を含めてそういうものは一件も報告されていません」

静は無言で頷く。

今の質問は単なる確認事項に過ぎない。二〇〇四年十月、アルカイダがイラクで日本人青年を殺害した事件をきっかけに国内でもテロリズムへの警戒が俄《にわか》に強まったものの、幸いにして国内でテロ事件は発生していない。実を言えばモニュメント爆砕の際、その場所柄もあって静が懸念したのは真っ先にテロリズムの可能性だった。だが未だに犯行声明の一つも出ていないのであれば、その可能性は否定していい。

「静さんはあの爆破をどう思うかね」

「どう、とは？」

「目的じゃよ。昨今、登校嫌《いや》さに狂言を仕掛けるどたわけが引きも切らんが、直前直後に声明らしきものが出ておらんところをみると狂言の類《たぐ》いではない。大学に恨みを持つ者の仕業《しわざ》やったら、モニュメント以外でも創立者の銅像やら本館建物やらを標的にすればいいものだが、どうやらそれも違うらしい。爆破しようとしたモニュメントに偶然櫛尾の死体があったなんてのも出来過ぎな話ではある。爆破は櫛尾の件に付随して起きたものと考えるのが妥当やろう」

意外にも筋道立った推論に少し感心した。傍若無人の振る舞いと暴言に目が向きがちだが、決してそれだけの年寄りではない。中部経済界の傑物という評もあながち的外れではなさそうだ。

モニュメントの爆破がテロリズムの表明ではなく櫛尾の殺害に関連するという指摘は、静も同じ意見だった。それがまた何となく癪に障るが、知性と品性は別物なのだと無理やり自分に納得させる。

「爆薬の種類くらいは判明したんじゃろうな」

「使用された爆薬の成分はニトログゲルと硝酸アンモニウムの混合でした」

「ふん、桐《きり》ダイナマイトか。ありきたりっちゃありきたりやな」

静が聞き慣れない単語に小首を傾げると、すぐに玄太郎が反応した。

「ああ、桐ダイナマイトちゅうのは建築屋が発破《はっぱ》に使う産業用の爆薬でな。使用範囲も頻度も大きい。爆薬としちゃあ一番ありふれた代物さね」

「発破というのはそんなに日常的に行うものなのですか。わたしが物識らずなせいかも知れませんが、発破というのはダム建設とかトンネル工事の印象が強いのですけど」

「うん、確かにダムやトンネルにも使うが、最近では爆破解体と言ってな、高層ビルとか老朽化したスタジアムで使うことが多いな。あんたは見たことがないかな。ほれ、ホテルとかの大きなビルが下から崩れ落ちるように倒壊していくアレじゃよ」

すぐに映像が思い浮かんだ。

「大型建築物は解体するにも時間と人件費が掛かるもんでな。それを安価で迅速に行うために爆破という手段を採る。最低限の爆薬を適切な場所で使用すると、大型建築物はその自重で折り畳まれるように倒壊する。荒っぽいように映るが、一番低コストで且《か》つ慎重な構造計算を必要とする解体なんじゃ」

さすがに専門分野らしく玄太郎の説明には澱《よど》みがない。

「しかし待て。桐ダイナマイトを使ったのなら雷管が必要になるな。しかもモニュメントの爆破だったら遠隔操作になるはずや。その辺はどうした」

急に話を振られた桐山が、慌てて資料に目を落とす。

「香月社長の仰る通り、現場からは雷管の破片と思われるものが採取されています。鑑識の報告によれば絶縁性樹脂とコンデンサの一種とのことです」

「それで分かった。絶縁性樹脂とコンデンサなら、電気雷管とリモコンの組み合わせじゃろ」

悔しいかな、これは頭に具体的な絵が思い浮かばない。するとこちらの様子を窺《うかが》っていたのか、玄太郎が身を乗り出してきた。

「桐山、紙と書くものを貸せ」

つまりな静さんと言いながら、玄太郎は手慣れた様子で雷管起爆の仕組みを図解していく。

「電気雷管というのは、今言った絶縁性樹脂で密封した管の中に起爆剤を装填《そうてん》しておく。この起爆剤というのは電気刺激に敏感でな。そこでコンデンサの出番になる。一般的な回路図はこう」

回路図を描きながら説明する玄太郎は嬉々としており、こういう話をさせれば子供だろうが老人だろうが男はみんな一緒なのだと思わされる。いったい機械いじりや回路のどこがどう面白いのやら。

「電気刺激に敏感だから、起爆には遠隔操作が不可欠となる。今でも現場ではリモコンが当たり前になっておる」

「それじゃあ今回の爆破もリモコンだったというのですか」

「いやいや、実はな。今は携帯電話から信号を送ることが可能になっていてな。これなら ケータイを弄《いじ》るふりをして起爆させることができる。技術の進歩というのは技術者の夢じゃが、それは同時に他の誰かの悪夢でもある」

「正しいけど鬱陶《うっとう》しい話だこと」

「正しいことっちゅうのは大抵鬱陶しいもんだろう」

残念ながら静に反論する余地はなかった。善は難しく悪は容易《たやす》い——判事を務めていた四十年近くで身に沁みたことだ。正義を全うするには面倒な手続きや覚悟が要るのに、悪事には何の準備も必要ない。一瞬だけ良心に蓋《ふた》をするだけで事足りる。人の心も制度も、それは同じだ。

「あなたは、あの爆破の目的をどう考えているのですか」

「大体の見当はついとるがな。おそらく、静さんも一緒やないかと思うとる」

そこに桐山が割り込んできた。

「あの、お二人とも何を……」

「部外者は引っ込んどれ」

捜査に当たっている本人に向かって部外者呼ばわりとは、どういう神経の持主なのか。

「それはそうと、捜査本部が重点を置いているのは何や」

「死体発見現場である大学とアトリエを中心に、目撃情報を集めていますが」

「そんなことをちまちま集めるより先に調べることがあるやろう。早いこと大学からモニュメントの受注見積もりを提出させんか」

4

『もう八年も前のことなので、大学は記録を残していないという回答だったんです』

桐山からホテルに滞在している静に泣きの電話が入ったのは、翌日のことだった。

玄太郎がモニュメントの受注見積書を求めた理由は静にも分かった。ただし玄太郎が詳しい説明をすっ飛ばして頭ごなしに命令するので、桐山はその意図するところが充分理解できなかったかも知れない。

『講演の記録や論文の類いは後生大事に保管しているのに、カネに纏《まつ》わる話となるとまるで関心のないような顔をする。いったい大学関係者の面々はカネの話をすると、ご自分の品位が落ちるとでも思っているんでしょうか』

全ての大学関係者が清貧の徒を気取っている訳ではないだろうが、桐山の指摘は満更《まんざら》間違いではない。だがそれは痩《や》せ我慢というよりも、大学研究に費やされる予算の乏《とぼ》しさによるものではないかと、静は推察する。ノーベル賞など科学分野で世界に認められる実績を上げながらも、功労者の口から出てくるのは大抵予算不足の嘆き節だ。つまりそうした晴れ舞台でもない限り実状を訴えられないほど、大学は窮乏《きゅうぼう》している。そして窮乏が常態化すれば、諦念も当たり前になる。

「発注元の大学側に見積書がないのなら、受注した寺坂建設の方に残っているはずだから、そちらに照会すればいいじゃないですか」

『わたしたちも当然それは考えましたとも。しかしですね、判事。寺坂建設の総務部に照会しても、見当たらないという回答だったんですよ。それでわたしたちも進退窮《きわ》まってしまって』

静はその言い草に違和感を覚えた。捜査本部の狙いが最初から見積書にあったのなら桐山の泣きにも合点がいくが、元々の発案は玄太郎だったではないか。

「そのことを香月さんに報告したんですか」

『いの一番にしましたとも』

「反応は」

『このくそだわけと一喝された挙句《あげく》、一方的に電話を切られましたよ』

電話口でのやり取りを想像すると桐山には同情の念を禁じ得ない。しかし、今はそれより確かめなければならないことがある。

「再度、香月さんに連絡を取ってみてください」

電話の向こう側で、桐山の嫌そうな顔が目に浮かんだ。

『どうしてまた』

「ああいう性格の人が『見つかりません』という報告を受けたまま、黙って指を咥《くわ》えていると思いますか」

『まさか』

「そのまさかが現実にならないうちに、早く対処してください」

電話を切ってから、静は部屋の中を意味もなく歩き回る。取り越し苦労だと自分に言い聞かせてみても、胸の底から湧き起こる不安を抑えきれない。しかも自分は取り越し苦労などしない性格だと知っているので、尚更不安が募《つの》る。

法曹の世界に足を踏み入れる以前から、高遠寺静は情念よりは論理の人間だった。判事を拝命してからその傾向はますます顕著になった。人を裁く立場の者が情念に搦《から》め取られたら、正しい裁断を下せないと信じたからだ。

今、その論理が静に危険を告げている。本来であれば有り得ない危険だが、香月玄太郎という個性が予断を許さない。

ただの傍若無人でもなければ、ただの知恵者でもない。あの性格と言動はトラブルを招き寄せる磁力を持つ。いや、招き寄せるというより、あれは自分から禍《わざわい》の渦中《かちゅう》に飛び込んでしまうクチか。

じりじりしながら待っていると、再び桐山から連絡が入った。

『判事。駄目です、香月社長がケータイに出ません』

「コールは続けているのですか」

『向こうで電源を切っているようです。あの人は商談中によくこういうことをする人で……』

「商談中だと思いますか」

『確率は五分五分でしょう』

「いいえ。わたしなら香月さんが寺坂建設に乗り込んだ方に全額賭けますよ」

『受注見積書欲しさにそこまでしますか……いや、するでしょうね、あの人ならきっと』

語尾がわずかに上擦《うわず》っている。

「今すぐ寺坂建設、それも寺坂社長のいる場所を探してください。香月さんは彼と一緒にいるはずです」

『しかし警察が駆けつけるような危険がありますかね』

「安穏としたことを言っていられるのも今のうちですよ。事が起きてからあなたや愛知県警は、どんな弁解をするつもりですか」

静の口調にただならぬものを感じ取ったのか、桐山の反応が一変した。

『今から寺坂社長の居場所を特定します』

「そうしてください。それともう一つ調べてほしいことがあります。香月さんの話では、寺坂建設は他所《よそ》から引き抜いてきた人材が多いということでしたね。あの爆発騒ぎがあった際、そういう社員が現場近くにいたのかどうかを調べる必要があります」

『理由をお聞かせいただけませんか』

「犯人の特定に繋がる情報、と申し上げるだけでは不足ですか」

『ヒントだけで県警を動かそうというんですか。それじゃあ香月社長と一緒じゃないですか』

聞き捨てならないと思った。

「あんな人と一緒にしないで頂戴。拒むのも受けるのもあなた次第です。ただしわたしが寺坂社長と香月さんの捜索をあなたに提案したことは忘れないでくださいな。もし何か不測の事態が生じた場合、責任の所在がどこに求められるかも」

電話の向こうが一瞬沈黙する。静の警告が刺さったのなら上出来だ。

やがて微かな溜息が聞こえてきた。

『一緒にするなということですが、判事も香月社長もわたしの手に負えないことでは同じですよ』

「それが年の功というものかしらね。とにかく急いで」

『承知しました、と。ああ、それから判事。一つ報告するのを失念していました。犯人に繋がる情報かどうかは分かりませんが』

「何でしょう」

『二月十日。つまり櫛尾が死亡したとされる二日前、彼は珍しく同業者と呑んでいます。その席上のことですが、櫛尾は同業者の不用意な発言で顔色を変えたそうなんです』

「不用意な発言とは？」

『話した同業者本人も、何が櫛尾を激怒させたのかが分からないと言っています。地元では結構名の売れた画家でしてね。この画家も五年前、同じく名古屋法科大の依頼で壁画を描いており、その時の話をしただけだと』

「依頼されたという事実だけなのですか」

『いえ。制作に要した日数と報酬を告げて、いくらカネになっても作業時間に換算したら一般企業並みの時給だとこぼしたらしいですね。それで櫛尾が豹変したと』

静の頭の中でかちりと音がする。

これでピースのほとんどが繋がった。

『何やらゲージュツカ連中の実入りの少なさを物語る話で、あまり役に立つ情報とは思えませんが』

そんなことはありません、と答えて静は電話を切った。

その気になった警察の動きは迅速《じんそく》だった。中署を出た桐山は途中で静を拾うと、そのまま寺坂建設の本社へと向かうのだと言う。

「それは構わないのですけどね。どうしてわたしが同行しなければならないのですか」

「警告してくれたのは判事ではありませんか。別に意趣返しをするつもりはないですが、不測の事態が生じようとも生じなくとも、せめて証人にはなってください。でなきゃ、わたしの立つ瀬がない」

桐山の言い分も分からないではないので、静も敢《あ》えて反駁《はんばく》しなかった。それに玄太郎と寺坂の一騎打ちにも少なからず興味がある。

「判事は既に事件の全容を摑《つか》んでいらっしゃるのですか」

「全容と言われると困りますね。まだ結論に至っていないものもありますから。ただ櫛尾さんが殺害された理由には、おおよその見当がついています」

「それを今話してくださるつもりはないんでしょうね」

「説明なら香月さんにお願いすればいいでしょ。ああいう人なら頼まなくっても自説を披露してくれそうな気がしますよ」

　正直に言えば、もし推論が間違っていた時に恥ずかしい。これも判事を続けるうちに習い性となった癖だが、最後の最後まで結論めいたものは口にしないようにしている。裁判官であった頃、己のひと言には相応の重さと責任が伴っていたからだ。退官して長らく経つ老残が何をもったいぶってと思われるだろうが、一度身についたものはそうそう直らない。

　それに引き替え、玄太郎の何と自由奔放なことか。

　玄太郎の辿り着いた推論が静のそれと同一かどうかは分からない。しかし玄太郎の向かった先が寺坂の許なら、当たらずといえども遠からずだろう。いずれにしても静は安全地帯で情報を掻き集めるだけなのに、あのいけ好かない老いぼれときたら自爆覚悟で情報の中枢に殴り込みをかけるような真似をしている。真実を追求するという点は同じでも、その手法は雲泥の差だ。どちらがどう、ということではなく、性格の違いによるものなのだろう。

　静たちを乗せたパトカーは広小路通りを直進して一社《いっしゃ》に向かう。この辺りになると東山通りという名前に変わるらしく、街並みも違うものになる。高台から下界を睥睨《へいげい》するかのように建ち並ぶのは、豪邸と呼ぶに相応《ふさわ》しい建物群だ。

「典型的なお屋敷町ねえ」

「戦前だったか戦後だったか、この辺りは山林と農地ばかりだったみたいですね。ところが空前の住宅ラッシュが始まって、地権者たちはあっという間に億万長者の仲間入りです。名古屋のお嬢ブームとやらも、この辺りが発祥の地ですよ」

「さすがに地元のお巡りさんは事情に詳しいんですね」

するとと桐山は機嫌を損ねたように唇の端を歪めた。

「そりゃあ詳しくもなりますよ。本山《もとやま》には香月さんの自宅がありましてね、わたしだけじゃなく県警や所轄の人間がよく呼びつけられるんです」

「おやおや、それはご災難だこと」

「おまけに寺坂の自宅もこの外れにありましてね」

「それじゃあ、二人はご近所なのですか」

「いいえ。同じ住宅街に住んでいても、後から移り住んできた者は外様扱いされているようで、寺坂が香月社長を快く思っていないのはその辺の事情もあるみたいです」

とかく人間は階層を作りたがる。自分の下に他人を置きたがる。収入の多寡《たか》も社会的地位も関係なく、もはや人間の本質なのかも知れない。

やがてパトカーは表通り沿いの、あまり趣味のよくない邸宅の前で停まった。洋風建築なのだが、如何《いか》にも贅を尽くした風の造りに静の諧謔《かいぎゃく》趣味がいたく刺激される。建築を生業《なりわい》としているのなら、もっと趣味のいい家を建てれば客も増えるだろうに。

「あっ、やっぱり香月社長が来ていますね」

桐山は高級外車の並ぶ駐車場で場違いなワゴン車を指差す。

「あれが香月さんの自家用車ですか」

「介護サービス社の所有だったワゴン車を運転手ごと買い取ったそうです」

寺坂の趣味が悪いのは邸宅の造りだけではない。塀越しにこちらを睨んでいる男たちが数人、どの面もひと目で堅気の者でないと知れる。

桐山たちが門を潜ろうとすると早速ひと悶着が起きた。

「中署の強行犯係が何の用や」

「令状、持っとるんかい」

「こちらに香月社長が来ているだろう。引き取りに伺っただけだ。令状もクソもあるか」

「お巡りの癖に不法侵入する気かよ」

「その前に公務執行妨害で連行されたいか。本チャンのヤクザでもない癖に粋がると火傷《やけど》するぞ」

男たちをやり過ごし、邸内に入るとすぐに玄太郎の声が聞こえてきた。

「悪さをしても三流やなあっ、己は」

思わず静は桐山と顔を見合わせる。いくら何でも他人の家だ。もう少し遠慮があっても罰は当たるまい。

声の聞こえた部屋はリビングだった。中ではみち子を従えた玄太郎が、寺坂に食ってかかっている。寺坂の後ろには才賀が影のように控えている。

「おお、静さんやないか。こんなところで奇遇やな」

「何が奇遇なものですか。あなたがメチャクチャをする前に止めにきたのですよ」

「有難い話やけど、わしは別にメチャクチャをするつもりはないぞ。現にこうして理を説き情を尽くして、この寺坂に自首を勧めておるところだ」

「何が自首だ。いったいどんな根拠があってわしを犯人扱いするんですか」

寺坂が顔を真っ赤にして抗議するが、玄太郎は歯牙にもかけようとしない。

「根拠だと。そんなものが聞きたいか」

「当たり前だ」

「では教えてやる。根拠は己の意地汚さじゃ。性根が貧しいのに衣食住を派手にしようとするから意地汚くなる。その汚さを隠そうとするあまり悪事に走る、人を陥れる。成金根性の有象無象《うぞうむぞう》には珍しくもない話さね」

何が理を説き情を尽くすだと静は呆れ果てる。寺坂を説得するどころか挑発しているだけではないか。

「……言いたいことはそれだけか、香月社長」

「目に見える根拠が欲しいのなら目の前に出してやってもいいぞ。たとえば己が櫛尾に送ったモニュメントの発注書や。櫛尾は経理には細かい男でな。受けた仕事は書類の一切合財をきちんと保管しておった。事務所は警察の管理下にあってな。わしの指示で探させたら案の定《あんじょう》出てきたぞ」

静の横で話を聞いていた桐山が口をへの字に曲げる。どうやら玄太郎は他の捜査員も手駒にしたらしい。してみれば桐山の胸に去来するのは玄太郎への憎悪か、それとも他の捜査員への嫉妬か。

「発注書が出たからといって、それが何だ」

「その発注書にだ、己が大学側に送った受注見積書を組み合わせると、己の意地汚さが浮き彫りになるという寸法さ」

「だったら受注見積書を出してみろ」

「ふん。大学側では紛失、己の方では決算が済むなりたちどころに処分したやろうから、現物は出てくるまいと高を括《くく》っておるか。残念じゃが記録は焼却できても、人の記憶までは消去できんぞ」

聞いた刹那、玄太郎も静と同じ情報を仕入れているのだと確信した。考えてみればそれも道理で、桐山たちが訊き込みで入手できる話なら同じ業界に身を置く玄太郎が知らないはずもない。

「あの、判事」

桐山がおずおずと切り出した。

「いつの間にか寺坂社長が櫛尾殺害の犯人のように、話が進んでいるのですが」

「ええ、その通りです。櫛尾さんを殺したのはおそらくこの人だと思いますね」

目を剝《む》いた寺坂を無視して、静は話を続けることにした。往生際の悪そうな容疑者なので容赦する気はとうに失せている。

「中抜き、とか言うんでしたね。発注者から受注者に注文される過程で、間に仲介者がいる場合、その仲介者にもいくばくかのマージンが入るのですけど、中にはマージンどころでは済まないような利益を着服する不届き者がいます。所謂《いわゆる》ピンハネですね。櫛尾さんは殺害される二日前、同時期に同じ大学から壁画の制作を受注した画家と話をしています。この画家は大学から直接受注していたので中抜きはなかったのですけど、櫛尾さんの場合はそうではありません。大学からの発注を寺坂建設が受け、寺坂建設が櫛尾さんにモニュメントの制作を発注する形式でした。櫛尾さんにすれば寺坂建設が仲介した程度の認識だったと思います。そこに仲介なしの話を画家から聞かされた。当然話の中に金額も出てくるので、仲介だとばかり思っていた寺坂建設がどれだけ中抜きをしたのかも簡単に計算できる。彼が酒の席で顔色を変えたのは、それが理由でしょうね」

玄太郎はと見れば、我が意を得たりとばかりに何度も頷いている。

「当然、櫛尾さんにしてみれば寺坂建設に搾取されたという思いを抱くはずです。櫛尾さんは寺坂さんに抗議しますが、五年も前にピンハネした制作費を返還するような律義さを持ち合わせた人なら、元々ピンハネなんてしませんから、両者の間では払う払わないの口論が起きたはずです。櫛尾さんの殺害はその延長線上のものだったと思います」

「どいつもこいつも出鱈目《でたらめ》を言いやがって」

寺坂は慇懃《いんぎん》さをかなぐり捨て、今度は静に牙を剝いた。

「黙って聞いてりゃ想像だけじゃないか。見積書があったにしても、わしと櫛尾が争ったらしいというだけで、何の証拠にもなりゃしない」

「お前は相変わらず趣味の悪いネクタイをしておるなあ」

静と見えないハイタッチを交わし、またも玄太郎が前に出てくる。

「今日びＩＴ成金もせんような金ラメ入り。己は洒落めかしとるつもりやろうが、傍《はた》から見ればピエロの衣装そのまんまや。今締めておるネクタイもそうじゃろ」

「人の趣味にまで首を突っ込むつもりか」

「金ラメの繊維は意外に解《ほつ》れやすいちゅうのを知っとるか」

「何だと」

「しかもな、今の科学捜査というのがなかなかに天晴《あっぱれ》でな。毛先ほどもない繊維《せんい》の切れ端からメーカーや製造年まで特定してしまいよる。己に計画犯罪などという大それたことはできんやろうから、櫛尾を絞める際には身に着けておったネクタイを咄嗟《とっさ》に使ったに違いない。そのネクタイはちゃあんと処分したのか？　ケチ臭い己のことやから未だに仕舞い込んでおるのかもな。どっちにしろ、櫛尾の首からは金ラメの繊維が微細ながら検出されたそうな。それが家の箪笥《たんす》に吊るされたネクタイからも検出されたら、己はどう言い訳する」

真っ赤だった寺坂の顔が今度は青く変わっていく。まるで信号機みたいだと静は呆れる。

「そうそう。物的証拠だけでは物足らんというのなら証人もおるぞ。櫛尾が己に絞め殺されるのを、至近距離から目撃した者がおるやろ」

「そんなもの、どこに」

「知らんとは言わさん。その男もそろそろ己には愛想が尽きた頃やろうし、これを機会に悪事からきっぱり足を洗わせてやる。己もあの爆発を仕組んだのが誰だったか、一度くらいは考えたやろ。それが未だに気づかんのはなあ、己につくづく人を見る目がない証左や」

玄太郎は寺坂を小馬鹿にするように肩を竦《すく》めた。

「モニュメントの破壊に使用されたのは桐ダイナマイトと電気雷管の組み合わせやが、実は火薬の分量やら仕掛ける場所については熟練した腕と経験が要る。ええか、台座はオブジェの設置面が綺麗に吹っ飛び、しかし空洞内に収められた櫛尾の死体には傷一つつけとらん。少な過ぎたら台座は破壊できん、多過ぎたら櫛尾の死体も吹き飛ぶ。火薬の量も仕掛けた場所もぎりぎりの選択や。よほど現場で発破を手掛けておらんとこんな芸当は無理やろう。そこでわしは思い出した。今の会社に引き抜かれる前、発破の扱いでは右に出る者がいなかった男をな。今の仕事は面白いか？　のう、才賀よ」

リビングにいた者たちが一斉にその方向を向く。

才賀は悪戯を咎《とが》められた子供のように畏まっていた。

「香月社長、お戯《たわむ》れが過ぎます」

「そうは思わんな。熟練した腕になればなるほど、仕事はそやつの署名入りになる。櫛尾の死体を発見させる目的でのモニュメント爆破。死体には一切傷をつけず、露出する程度に台座を破壊する。この仕事にも、きっちりお前の署名が残っとる」

　静は玄太郎の推理に合点する。

　爆破の犯人が死体を発見されたがっている共犯者であるのは静も推察していたが、まさか才賀が発破の専門家だとは思い至らなかった。

「ちょっと待ってください、香月社長」

　半ば呆然と二人の推理を聞いていた桐山が、夢から醒めたような声を上げる。

「何だって、そんなややこしいことをしなきゃならないんです。寺坂社長の犯行を暴くのなら、密告の電話一本で事足りるでしょうに」

「それはな、殺害の現場に居合わせながら寺坂を制止できなかったのだから、共犯の立場になってしまう。密告すればその事実を知っているのは寺坂と自分だけだから、当然寺坂に口を封じられる可能性があるし、共犯として自分も逮捕される。しかし櫛尾の死をそのまま闇に葬るのは忍びない。だからモニュメント爆破によって偶然死体が見つかったように見せかけたのさ。違うか、才賀?」

　問い掛けられた才賀の表情が急に弛《し》緩《かん》した。それが本来の顔だったのだろう。才賀は長い吐息を洩らすと、憑《つ》き物が落ちたような口調で話し始めた。

「やっぱり油断のならないお人ですね。ええ、今、香月社長の仰られた通りですよ」

「やめろおっ、才賀あっ。それ以上話すなっ」

「往生際くらいよくしましょうよ、社長。大体、櫛尾さんを殺した瞬間から、俺は黙り通すのに自信が持てなかった。あの人とはね、社長に引き抜かれる前に一度仕事をしたことがあるんです。著名な賞を獲った芸術家なのに人当たりがよくて、俺たちは意気投合したんですよ。目の前で櫛尾さんを殺され、あなたから秘密を共有するように命令された時ほど、引き抜かれたのを後悔したことはなかった」

「殺したのは大学の構内やったか」

「ええ。櫛尾さんから抗議の電話を受けた時、社長は人気《ひとけ》のなくなった大学内を選びました。正門の監視カメラは撤去され、工事関係者というので大学側から鍵を渡されていましたからね。目撃者のいない場所で社長は櫛尾さんを宥《なだ》めすかす計画でしたが、彼の怒りは一向に鎮まらず、やがて社長と摑み合いになりました。後はご想像の通りです」

駆けつけた警官たちによって、寺坂と才賀は中署に連行されていった。

後に残った桐山は申し送りを済ませた後、ふと思い出したように玄太郎へ質問をぶつけてきた。

「そう言えば香月社長。まだ最大の謎が放ったらかしです。五年前のモニュメントの中に、どうして殺されたばかりの死体が埋め込まれるなんて不可能犯罪が可能だったんですか」

問われた玄太郎は少し驚いたように眉を上げた。意外だったのは静も同様だ。あんな簡単なトリックなど、犯人さえ分かれば誰にでも見当がつくと思っていた。

玄太郎はつまらなそうに首を振る。

「あのな、寺坂が計画的な犯行を考えた訳ではないと説明したやろ。あれは衝動的に櫛尾の首を絞めた。当然、寺坂本人も慌てふためいたやろう。急いで死体を隠す必要がある。しかし外に運び出すのを誰かに目撃されるかも知れん」

「はい」

「そこで大学の敷地内に隠すことを思いついた。隠したが最後、二度と暴かれそうにない場所、そんなところに死体があるとは誰も想像しない場所。台座が大理石、総重量数トンのモニュメントは絶好の場所やった。最初から不可能犯罪を狙っていた訳やない。たまたま目についたモニュメントが条件に合致しただけの話さ。あの男がそんな上等な頭を持っておるもんか」

「しかし、でも、どうやって」

「現場の裏側が補修工事の真っ最中で、大小の建設機械が置いたままやったやろう。最近の建機は走行音も作業音も小さい。寺坂はな、小型のクレーン車でモニュメントを吊り上げ、空洞に櫛尾の死体を詰め込んでから元の位置に下ろした。たったそれだけのこっちゃ」

第二話　鳩の中の猫

1

「グローバリゼーションという言葉があります」

静がその単語を口にすると、セミナー会場の半分ほどを埋めた聴衆は一様に顔を顰《しか》めた。教室全部の椅子が四十脚なのでおよそ二十人。そのほとんどが後期高齢者なので、のっけからの横文字に拒否反応を示すのは仕方がない。

「和訳すれば世界化、地球規模化とでも言うのでしょう。今まで国と国を隔てていた仕組みや法律が撤廃され、ヒト・モノ・カネが国境を越えてやってくるのですが、これは別に夢物語でも未来の話でもなく二〇〇五年の現代で始まっていることです。分かり易いところで言えば外国企業が進出してきたり外国人の労働者が増えたりといったことですか。壁がなくなれば均一化が進むので国ごと地域ごとの格差がなくなっていくというメリットもありますが、当然デメリットもあります。考えられるのは海外から安価な労働力が流れてくるために、若年層の就業状態が悪化することです。一方、高齢者の方は年金制度が破綻《はたん》しない限り現役時代に納めた以上の支給があるので、年齢別では最も裕福な世代になると予想されます。そしていつの世も、悪党というのは沢山おカネのあるところに手を突っ込んできます」

マクラが終わり、ここから本題である〈高齢者を狙う犯罪から自分を守る〉に話を移していく。

静を講師に迎えたいのは法科大学院だけではなく、こうした市民団体主催のセミナーも同様だった。元裁判官だから詐欺《さぎ》や窃盗事件も多く扱い、そして裁いている。言わば生きた犯罪辞典とも言える。そうした経験と知見の持主を主催者が放っておくはずもなかった。

改めて静が説明するまでもなく、老人を狙った犯罪は年々増加傾向にある。理由は静の指摘したことも一因だが、職にあぶれた若年層・壮年層が犯罪者側に流れている事実も無視できない。自分たちが赤貧《せきひん》に喘《あえ》いでいるのに年寄りが裕福になっているのは癪《しゃく》に障る、という心理が老人を狙わせている。

ほとんどボランティアのようなセミナー講師を引き受けたのも、同じ時代を生きた者として高齢者の杖になりたいからだった。彼らを先導するような力は持ち得ないが、転ばぬように注意喚起することはできる。

持ち時間三十分の講座でどこまで対処法を伝授できるか心許《こころもと》なかったが、それでも静は丁寧に、そして情熱を傾けて話し続けた。

「犯罪に巻き込まれないように最低限注意する四つの事柄は以上です。時間切れで充分な説明ができなかったのは、わたしの至らなさによるもので汗顔《かんがん》の至りです。もし次の機会があれば、もっと充実した講座を目指したいと思います。ご清聴有難うございました」

軽く一礼するとまばらな拍手が起こった。法科大学院の特別講義で浴びるような大きなものではないが、それなりに温かみのある音なので静は満足だった。聴衆の数ではない。自分の言葉がどこまで届いたのかが重要だ。

彼らがめいめいに席を立ち、教室から姿を消していく中、一人の老人だけが椅子に座ったまま静を注視していた。そして何度か周囲を見回し、人影が少なくなると意を決したように立ち上がった。

「あの、先生」

引退した身でありながら先生と呼ばれることに抵抗があったが、それでも静は老人に振り向いた。

「講義の内容に、何かご質問ですか」

「実は、その、相談に乗ってほしいと思いまして」

おずおずと下げた頭は白髪さえ侘《わび》しい。

「どうやらわしは、犯罪に巻き込まれてしまったみたいなんです」

静は碓井《うすい》万平《まんぺい》と名乗るその老人を改めて観察した。中肉中背だが、猫背なので尚更小さく見える。薄い眉と切なそうな目が哀れさを誘う。嫌な言い方だが、間違いなく加害者よりは被害者向きの風貌《ふうぼう》だ。

「碓井さん。申し訳ないのですが、わたしは一介の、しかも臨時の講師です。何の捜査権も持っていませんから、犯罪被害の相談でしたら警察に届け出られた方が賢明ですよ」

「警察には行きました。ですが、これは警察の出る幕じゃないと邪険に扱われまして」

本当に担当した警察官がそう言ったとすれば、これはおそらく民事絡みの事件に違いない。

民事事件であれば、まず頼るべきは弁護士だ。だが法曹界に長く身を置いた静ならともかく、一般人にとって弁護士というのはまだまだ馴染みが薄いのだろう。碓井が講師の静に相談を持ち掛けたのも自然な流れかもしれない。

そして困ったことに、静は自分を頼ってきた者を無下《むげ》にできない性格だった。

「それなら、話だけでも伺いましょう」

静が椅子を勧めると、碓井は面目なさそうに事の顚末《てんまつ》を話し始めた。

その日、碓井が自宅の郵便ポストを覗くと、美麗な封書が入っていた。宛名もタックシールに印字されたものではなく直筆の文字だ。文字には書き手の性格や教養が表れる。碓井の名を綴った文字は非常に達筆で、書き手が相応の見識を備えた者であることをうかがわせた。

二人の息子がそれぞれに独立し、老いた夫婦だけの所帯になれば存命の知人友人も少なくなり、チラシやダイレクト・メールの類《たぐ》いも見掛けなくなる。物珍しさから差出人を見れば〈シニア・サポート株式会社上場準備室〉とある。これでも昔は趣味の株売買でちょこちょこ小遣い銭を稼いだ経験がある。上場準備という文言に心惹《ひ》かれるものがあり、普段であればそのまま屑籠《くずかご》に放り込んでいただろう封書を開いてみた。

中身は予想通り、未公開株の売買に絡むものだった。

「会社の概要説明では東京に〈シニア・サポート〉という介護サービスの会社があり、業績も順調であるため、東証マザーズに上場する予定がある。ついては、以前株の運用で資産を形成された方々に未公開株の割り当て優先権をくれるという内容でした」

「でも未公開株なんて、そうそう一般の人が買えるものではないでしょう」

「それはわしだって承知しとりますよ。しかし未公開株を売るんやのうて、まず〈シニア・サポート〉の個人向けの転換社債を買ってくれということなんです」

聞き慣れない言葉に説明を求めると、碓井は言葉を選びながらこう続けた。

「企業の発行する社債の一種なんですが、普通の社債と違ってある値段で株式に転換することができる。つまり未公開株をそのまま渡すことはできんでも、将来株になるのが確実な社債を売ることならできる、という仕組みです」

株式投資の知識に疎《うと》い静も何とか理解できる。

「社債というのは会社の借金だから利息も入ってきますんで、資産としてもええやろうと思ったんです。それが株式になったら、大抵はとんでもない初値をつけますし、介護サービスというのにも魅力を感じました。さっきの先生の話やありませんが、これから年寄りはどんどん増えますから、介護サービスは有望な成長産業なんですわ」

いずれ自分たちが世話になるであろう施設を産業として捉える物言いに違和感を覚えたが、話の腰を折ることになるので敢えて聞き流す。

「素人ながら聞いていると、ずいぶんおいしい話に聞こえますね。でも、そんな話がどうして碓井さんの許に舞い込んだのでしょうか。碓井さんもその〈シニア・サポート〉は未知の会社だったのでしょう」

「名簿ですよ」

碓井は事もなげに言う。

「証券会社の顧客名簿を一件あたりいくらとかで、名簿屋が売っとるんです。それを手に入れて封書を寄越したんだと思います」

そんな怪しいところから顧客情報を入手する段階で胡散臭《うさんくさ》いと静は思ったが、これも黙っていることにした。

「文面には〈シニア・サポート〉のポートフォリオとかも記載されとったんですが、詳細な説明会を近所で開催するとある。手紙だけやったらわしも放っておいたんですが、説明会を町内でやるとなれば、まあ話だけは聞こまいかという気になりました」

説明会場に選ばれたのは町内の公民館だった。四十畳ほどの講堂に椅子を四十脚ほど並べ、前方にはホワイトボード。客席を見回せばほとんどが近所の年寄り連中だったので、寸前まで抱いていた警戒心がすっと解けたという。

そして講師として現れたのが小酒井《こさかい》到《いたる》という人物だった。

「四十がらみの、背広をぱりっと着込んだ、まあ、やり手の証券マンという風で、投資アドバイザーと自己紹介しました」

小酒井は碓井のような個人投資家が理解できるレベルで株式市況を語った後、いよいよ〈シニア・サポート〉の説明に入る。

「ポートフォリオはもちろん、ＢＳ（貸借対照表）やＰＬ（損益計算書）を図式で説明してくれて、果ては施設で働く従業員のインタビューまで見せてくれる。説明を聞けば聞くほど魅力的な会社に思えてきました。何ちゅうか会場の雰囲気も大盛り上がりで、誰かが質問すると小酒井さんがきっちり答えてくれる。しかも、その質問がいい内容だったりすると、転換社債の割り当てを多くしてくれるっちゅうんです。もし株式公開したら株価は十倍になるっちゅう予想まで出ていました。百万円なら一千万、一千万なら一億。そんなもん、ちまちました投資信託なんかしとる場合やない。宝くじなんぞ買っとるヒマやない。最後には我も我もと小酒井さんのところへ殺到して、転換社債購入の用紙を奪い合っとりました」

「その場で書いたのですか」

「わしたちが家に持ち帰って考えとる間に、すぐ割り当てがなくなってしまう。そう警告されたんです。何と言うか、机の上に置かれた申込用紙が株券に見えまして。最後にはこう、殺気立っておりました」

「申込書というのはどんな体裁だったのでしょうか」

「私募債の発行要件確認書と注文書です。印鑑証明は後日発送で構わないと」

静のような門外漢でも、株売買に関する書類をそんな手軽に作成していいものでないのは分かる。

「しかし碓井さん。その話をお聞きする限りは、実在する企業の社債を購入したことになるのですよね」

「はい。でも、その前にもう一つあって」

「何があったんですか」

「公民館を後にした時、さすがにちょっと不安になったんです。あの場では買わんと損だと思ったものの、虎の子の貯金をほぼ全額注ぎ込むことになりましたから」

「賢明ですね」

「ところがその夜、金融庁の職員から電話があったんです。最近、この界隈で未公開株に絡んだ詐欺の被害が報告されているが、お宅は大丈夫ですかって」

詳細を聞く前から既に嫌な予感がする。

「昼間のことがあったもんだから、わしは慌てて説明会の話をしたんです。そしたらその職員さんは〈シニア・サポート〉なら大丈夫だ。わたしが買いたいくらいだって言うんです。小酒井というのも有名な投資アドバイザーで、絶対間違いなしの人物だって。それでわしは安心したんです」

金融庁の職員が個別に注意喚起の電話などするはずがない。これもまた胡散臭い話だが、不安に駆られている者には官公庁のお墨付きは安心安全の保証になってしまう。

「でも碓井さん。購入の経過はともかくとして、あなたは〈シニア・サポート〉の社債を無事に手に入れられたんですよね」

「はい」

「それだけでは犯罪に巻き込まれたことにはなりませんよ」

「〈シニア・サポート〉はそれから一カ月も経たないうちに倒産したんです」

さすがに静は言葉を失った。

「債権者会議も何もなく、目ぼしい資産はとっくに売却され、社長は夜逃げ同然と聞いています」

「それじゃあ」

「会社が発行していた社債は紙切れ同然になりました」

「碓井さんはいったいおいくらを投資したんですか」

「八千万円ほどです」

金額を告げると、碓井はがくりと肩を落とした。確かに肩を落としたくなる金額だった。

「待ってください。説明会場には近所のお知り合いも大勢いらしてたんですよね」

「はあ。三十人近くはおりましたか。そいつらも全員被害者ですよ」

碓井一人で八千万円の被害。それなら全員の被害総額はいったいいくらになるというのか。

「警察に行ったら、それは最初から仕組まれとったんだろうと言われました」

「計画倒産ですか」

「親切な刑事さんが少し調べてくれました。〈シニア・サポート〉は実在するけど創立二年のまだ若い会社で、しかも実績は赤字もいいとこ。わしらが見せられていた決算報告書は粉飾だらけやった訳です」

静は頭の中で彼らの描いたであろう犯罪計画を整理する。

まず介護サービスの会社を設立し、どこかの安い建物を借り受ける。これで介護サービスの体裁は整う。後は会社の実体があったように適当な求人をし、入居者に適当なサービスを施す。儲けの出る商売ではないが、元より永続させるつもりもないので、収益を気にする必要もない。

二年ほど経ってから、転換社債の出資者を募る。決算書の記載は出鱈目《でたらめ》で構わないが、信憑性《しんぴょうせい》も必要だ。そこで凄腕の投資アドバイザーなる者を用意して準備を整える。名簿屋から入手した情報からこれぞと思うカモに手紙を送りつける。元より株式投資で資産を形成したモノたちだから、株の旨味を知っている。おそらくティッシュ配りよりははるかに効率のいい人集めだったに違いない。

こうして一カ所にカモを集めたところに小酒井が熱弁を振るう。碓井の証言を考えれば合いの手を入れたり、会場の興奮を誘ったりするサクラも紛れ込んでいたのだろう。要は催眠商法の応用であり、正常な判断力を欠いた老人が我も我もとエサに飛びつく。

そして第二段階、犯人グループの一人が金融庁の職員を騙《かた》り、転換社債の確実性を喧伝する。これで老人たちに微かに残っていた警戒心は木端微塵に破壊され、数日後に転換社債の購入代金が懐に流れ込んだ時点で犯人グループは行方を晦《くら》ます。会社の本体が東京にあるというのも、名古屋に居住する出資者が実物を検分できないのを計算しての設定だったに違いない。

「気の毒やけど捜査しづらいと、刑事さんは言いました。何でも詐欺罪が成立しにくいと」

静は胸の中で肯定する。

詐欺罪の構成要件は欺罔《ぎもう》→錯誤→交付（処分）行為→財産の移転という流れを証明することだ。この案件の場合、まず問題なのは欺罔から錯誤への段階で、投資アドバイザーである小酒井の欺罔が証明困難なことだ。おそらく小酒井は詐欺グループの一員に違いないが、〈シニア・サポート株式会社上場準備室〉から説明を依頼されただけだと主張されたら立証は難しい。更に業績悪化と粉飾決算の間の因果関係が証明しづらいという点もあり、企業の詐欺行為が成立し難い。皆に提示した資料は〈シニア・サポート〉側から提供されたものと言い張れば、小酒井自身も被害者になってしまう。

だが一番の問題点は財産の移転にある。碓井はカネを騙《だま》し取られた訳ではなく、手続きに則《のっと》って社債を購入したに過ぎない。これは財産がカネから債券へとかたちを変えただけであり、移転とは言い難い。その債券に価値の変動が生じるのは別の要件によるものだ。極端な話、仮に〈シニア・サポート〉が高収益を上げれば損失が生じないではないか。

「その刑事さんが言ったことは決して間違っていませんね。運良く詐欺グループを逮捕できたとしても立件が難しいでしょうし、検察も起訴には踏み切れないでしょう。検察は百パーセントの有罪が見込めない案件は、なかなか公判まで持ち込もうとしません」

「そこを何とか、お知恵を拝借できないかと思って」

碓井は深く頭を下げる。

「説明会に来た近所の年寄り連中は、軒並み騙されよりました。被害の少ないヤツで二百万、多いヤツは億単位らしい。本当に虎の子のカネで、それがなかったら明日からどう暮らしていいのか分からんと、毎日泣いて暮らしておるんです」

声に嗚咽《おえつ》が混じり始めた。

「警察が駄目ならと消費生活センターに駆け込んだんですが、こっちは捜査権もなければ補償もできないの一点張りで……高遠寺先生。わしらはですね、戦前からこの土地におって焼野原から身上《しんしょう》を築いたモンがようけおります。先生も御承知でしょうが、泥に塗《まみ》れながら、やっとまともな生活を手に入れたんです。それを、それをあっという間に根こそぎ盗まれて……わ、わしは血の涙が出るかと思ったくらいです。わたしはまんだいい。婆さんなんかは途方に暮れてまって、少しボケて」

碓井はゆっくりと膝を屈していく。喋るのにも力尽きたという風で、静は掛ける言葉が見つからない。

やがて碓井の嗚咽が洩れ聞こえてきた。

同情するのは容易《たやす》いが、碓井たちが希求しているのは同情ではなく法的な裁きと補償だ。だが、この類の事件はよほどの社会問題にでもならない限り、世間の声に封殺される惧《おそ》れがある。近年とみに囁《ささや》かれ出した自己責任という考え方だ。

騙された方にも責任がある。

他人に頼ろうとするな。

もちろん、それも考え方の一つに違いないだろうが、静はそれを全肯定するつもりなど毛頭ない。何故ならそれは法の精神に逆行するものだからだ。

基本的に憲法は人権を認め、法律がその拡大を抑制している。だが憲法も法律も次の一点において共通している。

健《すこ》やかなる者よりは病める者を、富める者よりは貧しき者を、そして強き者よりは弱き者を助ける。

法がか弱き者のために存在していると信じたから、自分は女だてらに判事を目指した。まだまだ女性の地位が今ほどは認められていない時代だったので尚更だ。判事を拝命した時も、正しさよりは優しさに沿った裁判官になろうと決めた。厳格であっても峻厳であっても、己の裡《うち》に確たる条理さえあれば優しさは確保できる。

そして今、自分の目の前で途方に暮れた老人が泣いている。理不尽と悪辣《あくらつ》さと寄る辺のなさに憤《いきどお》り、悲観している。

そういう人間に手を差し伸べずして、何が法曹界で生きてきた者か。

「顔を上げなさいな、碓井さん」

静は腰を屈め、碓井と同じ目線になる。

「わたしに何ができるかは分かりませんが、取りあえず異議申し立てくらいはしてみましょうか」

「お力添えいただけるんですか」

「傘寿を迎えた非力な婆《ばば》あですけどね。ああ、それから碓井さん。あなたと同様に被害に遭った方々の被害額は最低で二百万、上は億単位ということですが、皆さん結構蓄財がおありだったんですね」

「あの、これは別に自慢でも何でものうて、わしらの地区は本山《もとやま》の住宅地で、他所《よそ》からは〈お屋敷町〉なんて呼ばれとります。けど古くからの土地持ちが多いんで、地権者がちっとばかり余裕あるだけなんです」

本山と言えば千種区《ちくさ》だ。中署の桐山刑事に教えてもらったが、その界隈には所謂《いわゆる》土地成金が多いという話だった。

「被害者が同じ地区に固まっているのなら、個別ではなくて被害者団体を結成した方がいいかもしれませんね」

「そやけど高遠寺先生。それぞれの家庭の事情も違うし、被害額にもばらつきがあるんで一つに纏《まと》めるのはちぃと難儀やと思いますよ」

「町内会長さんとかに取りまとめてもらうのも、いいかもしれませんね。ところで何という地区なのですか」

碓井から住宅地の名前を訊いた刹那《せつな》、咄嗟《とっさ》にいけ好かない老人の顔を思い出した。あの爺さまの住まいも確かその住宅地ではなかったか。

「ひょっとしたら、香月玄太郎さんのご近所ですか」

「あれ。高遠寺先生、何でウチの町内会長を知っとるんですか」

2

通称〈お屋敷町〉は山林を切り開いた高台の上に拡がっていた。幹線道路から眺めると、なるほど威風堂々とした邸宅がずらりと建ち並び、通称に恥じない外見だ。しかし高台の下に住む者にとっては、睥睨《へいげい》されているようで決して愉快ではないだろうと静は想像する。

さて香月邸というのはどんな成金趣味で覆われているのかと興味津々で訪ねてみたが、洋風の母屋と離れは豪奢であっても嫌味がない。意外なほど落ち着いた佇《たたず》まいであり、あの玄太郎の言動から受ける印象とは趣を異にする。

「もっとけばけばしい屋敷を想像していたのですけど」

静が少し不満げに洩らすと、同行していた碓井が困惑気味に訊いてきた。

「高遠寺先生は玄さんが苦手なんですか」

苦手ではなく、ただあの爺さまとは反りが合わないのだ。おそらく生きていく上の基盤が違うのだろう。

邸宅の主は静の訪問が嬉しいらしく、満面の笑みで二人を迎えた。

「いやあ、静さん。こんなむさ苦しいところへよう来んさった」

「あのヘルパーの人はどうしました。姿が見えないようですが」

「みち子さんか。あれは会社主催の研修とかで今は出抜けとる」

そう言えば、お茶を持ってきたのも可愛らしい二人の少女たちだった。玄太郎の孫たちらしいが、二人とも祖父には似ても似つかないほど素直そうな顔立ちをしていた。

「それでわしに折り入って話というのは何やね」

この爺さまの数少ない美徳は社交辞令が不要なことだ。それで静も単刀直入に用件を切り出した。

「転換社債詐欺の件やったら、とうにわしの耳にも届いておるよ」

玄太郎は舌の上に不味《まず》いものを乗せたような顔をする。

「全員が全員、ウチに駆け込んでくる訳やないから全容は把握しておらんが、まあ典型的な催眠商法やな。しかも詐欺でも高等な部類で、訴えても警察が動きにくいように仕組んどる。何せカネやモノを盗られたんやのうて、自分の意思で転換社債を買うたんや。社債が実際には紙屑やったとしても、それを調べんかったのは自己責任やから、そりゃあ警察も腰が重い。もっともあやつらは大抵動きがのろいが」

玄太郎の言説には漏れなく皮肉がついてくるが、言っている内容に間違いはない。むしろ自分の見解と相違がないので静は感心した。

「会場に集まっていたお屋敷町の住民は三十人近く。被害は最低でも一人二百万円、上にいけば億単位」

「この辺のモンは銀行なんぞ信用しとらんからな。タンス預金をそのまま転換社債に注ぎ込んだんやろう」

「困っている人が大勢います」

「そうやろうな」

「個別に対応しても埒《らち》が明きません。被害者の会を結成して、もう一度司法に訴える必要があります」

「静さんがそう言うんなら、そうやろう」

「玄太郎さんは町内会長さんなんですよね」

「不本意ながらな」

玄太郎は不機嫌そうに唇を歪める。

「言うとくがな、静さん。わしが町内会長に推された理由は碌《ろく》でもないぞ」

これはわざわざ訊かなくても見当がつきそうだった。

「どんな推薦理由であれ、引き受けたからには責任を果たすのが選ばれた者の務めです」

静はぴしゃりと言ってから、玄太郎を正面に見据える。

「被害を受けた方々には、それぞれ異なる事情があり、被害額にも差があります。こういう場合は得てして温度差が生じるものです」

「ふん。内輪揉めとか分裂の理由は大方それやからね」

「ここは町内会長さんの出番だと思いますよ。玄太郎さんの人徳で被害に遭った方々を一つにまとめ上げてくださいな。昔のよしみでわたしも誠実な弁護士を何人か知っていますから」

「静さんが太鼓判を捺《お》すんなら、まあ、そうやろうさ」

玄太郎の反応が今ひとつ鈍い。静を立てる一方で消極さが垣間見える。

「何だかお気に召さないようね」

「ああ、気に食わん。被害に遭った者たちをまとめる気もなけりゃ、さほど可哀想にも思わん」

「理由を教えてくれませんか」

「あんただからはっきり言うが、そこに突っ立っとる碓井の爺さんを含めて自業自得と思うとるからや」

静は我知らず眉根を寄せる。

自業自得も自己責任、この男には違和感のない言葉だが、それでも納得はし難い。

「静さんが何を考えておるかは大方見当がつく。この冷血漢とか夜郎自大《やろうじだい》とか偏狭クソジジイとか思っとるんやろ」

「当たらずとも遠からずです。詐欺被害に遭った方に自己責任を押し付けるのは、強者の論理ですよ」

「果たしてそうかな」

玄太郎は車椅子の上から碓井を睨《にら》みつける。この男の眼光は半端ではなく、碓井が縮こまるのが分かった。

「説明会でその小酒井とかいう男がどんな風に話を進めたのか、どこでサクラらしき輩《やから》が声を上げたのかも聞いとるよ。しかしな、静さんよ。催眠商法やの詐欺やの言うが、それ以前につけ込まれる方には、一切どんな責任もないんかな？　百万で買うた社債が、上場した暁には十倍になる。甘い甘い蜜のような話やが、何でそんな旨い話が自分に転がりこんだと思える？　そこに、自分は他人と違う、神様からの贈り物をもらって当然という驕《おご》りはなかったんか？」

　言葉を重ねられる度、碓井の頭が下がっていく。

「集まったモンのほとんどは以前に株で甘い汁を吸った連中という話やったな。わしは必ずしも株式投資を否定するもんやないが、上場したら十倍なんぞという話を聞いた瞬間、怪しいとは思わなんだのか」

「いや、玄さん。講師が名うてのアドバイザーと聞いたら」

「そもそも、そういう情報は人伝《ひとづて》やのうて、自分で調べるのが鉄則やないか。虎の子のカネを運用するんや。それくらい慎重にならず、どこで慎重になる。全部、己の不注意やないか」

　見るに見かねて静が割って入る。

「玄太郎さん、そういう注意力を殺《そ》ぐのが催眠商法でしょう。周囲に煽《あお》られ、判断能力が鈍ったらそんなことは言ってられませんよ」

「それは違うぞ、静さん。煽られたのは周囲にじゃない。手前に煽られたんだ」

「どういう意味ですか」

「己は特別や。己だけ得をしよう。そういう気持ちが一片でもなかったと言い切れるか、なあ碓井よ」

　哀れにも、碓井は床に視線を落として頭を上げようとしない。

「早い者勝ちとか、投資家であるあなたたちにだけとか、要するに己らが選ばれた人間と思うとるから易々と引っ掛かる。他人がどうであっても、自分さえ恩恵を得られれば良しと思うから騙される。本来、何百万何千万なんてカネは涸れるくらいの汗水を流さんと得られん金額や。それをただ寝て待つだけで手に入ると信じた時点で、わしは身から出た錆《さび》やと考える」

　ずいぶんな言いようだと思ったものの、玄太郎の言葉には頷《うなず》ける部分がないでもない。そして、それが静には歯痒《はがゆ》くてならない。

　少なくとも自分が裁判官席から見た経験を照らし合わせれば、詐欺の被害者は概《おおむ》ね自分を賢明な人物と捉えていた。そして賢明と捉えているがゆえに、他人よりも恵まれていて当然と思い込んでいるようだった。

　詐欺を働く者にとって、こういう人物ほど格好の獲物になるらしい。一度ならず詐欺の常習犯の口から聞いたことがあるが『妙な自尊心があるヤツに限ってチョロい』というのだ。

　他人よりも賢いのだから、自分は彼らより恵まれていなければならない。だから降って湧いたような幸運も選民意識も当然だ――傍から見れば噴飯ものの理屈が、当人にとっては存在意義になる。

『詐欺ってのはね、判事さん。いかにカモを気持ちよくさせるかが勝負なんですよ』

　その詐欺師はそう嘯《うそぶ》いた。

『善人ぶりたいヤツ、楽して儲けたいヤツ、いいカッコしたいヤツ、他人から過大に褒めてもらいたいヤツ。そういうヤツらは大抵何も努力していない。だって真っ当な努力をしていたら手前ェ《てめ》の身の丈が分かるから無理しようなんて思わないからね。当然、甘い話にも乗ってこない。自分みたいな者に、そんな旨い話が舞い込むはずがないって防御線張っちゃう。そんなの、俺たちは最初っから当てにしませんよ』

　玄太郎の言葉が、詐欺師のそれに重なる。確かに一理ある。それが人の愚かさであり弱さであるから、つけいる隙もあるのだろう。

　だが、だからこそ静には受け容れがたい。

「玄太郎さんの話は分かりました」

　碓井を庇《かば》う形で、静が立ちはだかる。

「騙される側にも騙される理由がある。当人にしてみれば悔しくて堪《たま》らない理屈ですけど、全否定はしません。でも、それとこれとは話が別です」

　静は前傾姿勢になって玄太郎を睨むが、玄太郎も負けていない。不機嫌そうな視線を一瞬たりとも逸らそうとしない。

「愚かだから、怠け者だからという理由で救いの手を差し伸べられないのでは、ケダモノと同じです。あなたも一人で生きてきた訳ではないでしょう。今までに誰かから何かしらの援助があったはずです。殊《こと》にそんな身体になったのなら……」

　そこまで口にしてからしまったと思った。いくら玄太郎相手でも言っていいことと悪いことがある。

「らしいっちゅうか、らしくないっちゅうか、静さんはこおんなもんを気にしとるんかね」

「……失礼しました」

玄太郎は自分の足を気軽に叩いてみせる。

「あのな、確かにこの足のせいでみち子さんの世話にはなっとるが、杖や眼鏡の代わりみたいなもんや。助けてはもらっとるがそれほど深刻なものやない。それに言葉を返すようやけど、香月地所はわしが一人で起ち上げて一人で大きくした会社さ。情けは人のためならずと言うが、自分が助けてもらったから云々というのは、わしには通用せんよ」

再度しまったと思った。

老人特有の依怙地《いこじ》さなどではなく、この男は揺るぎない自信が身体の芯になっている。たとえ妄想や肥大した自意識であったとしても、これだけ堅固な信念に正面きって向かっても玉砕するのが関の山だった。

この際、玄太郎抜きで話を進めるか――いや、玄太郎を担ぎ出そうと画策したのは町内会長という立場もあったが、それ以上に地元警察への影響力が大きいからだ。約三十人の被害者集団、その先頭に玄太郎が立てば愛知県警も無下にはできないという読みがあった。

さあ、どうするか。

己の至らなさを指弾された碓井は、青菜に塩の状態で役に立ちそうもない。そうかと言って玄太郎を持ち上げるのは業腹だ。いっそ住民をまとめ上げられない町内会長なら辞めてしまえとでも迫ってみるか。いや、玄太郎のことだからこれ幸いと呵呵大笑《かかたいしょう》し、会長の座を蹴り倒すに違いない。何て厄介な爺さまなんだろう。

何をどう繰り出すか必死に考えていると、さっきの少女の一人が部屋へ入ってきた。

「どうした、ルシア」

「お爺ちゃんにまたお客さん」

「ふん。今日は千客万来だな。で、いったい誰が来よった」

「神楽坂《かぐらざか》のお婆ちゃん」

その名前を聞いた瞬間、玄太郎の態度が急変した。

「それを早く言わんか。ああ、悪いが静さんよ。新しい客がお越しになったんで、さっきの社債詐欺の話はペンディングにしといてくれい」

「あのね、お爺ちゃん、ごめんなさい」

「何や」

「神楽坂さん、何だか心細そうだったから、もう上がってもらっちゃった」

見れば部屋の入口に老婦人が立っている。歳は静と同じくらいだろうか、皺も目立たず背筋もしゃんとしていて歳を感じさせない。目から鼻にかけての稜線は同性ながらほれぼれとするほど滑らかで、若い時分には相当な美人だったと思われる。

「いや、美代《みよ》さん、申し訳ない。この客人との話は今済んだばかりでな。すぐに帰ってもらうから」

「あの、玄太郎さん？」

美代と呼ばれた老婦人は躊躇《ためら》いがちに口を開く。

「今しがた、社債詐欺とか言ってませんでしたか」

「ううん、耳に入りよったかね。実はここにおる碓井の爺さんが引っ掛かりよってな。詐欺ちゅうても巧妙な手口で警察も動いてくれるらしい。それで、そこにおられる元裁判官の静さんと」

「嫌な奇遇ですね。わたしが伺った理由も実はそうなんですよ」

「えっ」

「〈シニア・サポート〉の転換社債でしょ。わたしも騙された者の一人なんです」

打ち明けられた玄太郎の反応が見ものだった。口を半開きにしたかと思うと美代と静の顔を交互に眺め、愛想笑いとも困惑ともつかぬ表情を浮かべている。どうやら、この神楽坂美代は玄太郎のアキレス腱らしい。

やがて玄太郎は短く嘆息すると、神楽坂夫人を静の隣に座らせた。

「静さんよ、最前の話を蒸し返してくれんかね」

「……君子豹変という言葉をご存じ？」

「君子でも豹変するんなら、わしのような凡人はいくらでも変節してええという意味やな」

　碓井も神楽坂夫人が被害者の一人であるのを知っていたが、神楽坂家の事情なので口にはしなかったらしい。それを聞くと、玄太郎はぎろりと碓井を睨んだ。

　今まで神楽坂夫人は株式投資など見向きもしなかった。ところが戯《たわむ》れに参加した説明会の雰囲気に呑まれ、気がついた時には申込用紙を手にしていたという。

「美代さんはいくらやられたんだね」

「三百万円ほど……ちょうど孫の結婚が近づいていたので、少しでも足しになればと思って……本当、この歳になってあんな風にころりと騙されて、自分が情けないったらありゃしない」

「いやいや美代さん。何も恥じ入ることはありゃせん。美代さんのような人を周りから煽り立て、判断能力を失わせるのが彼奴《きやつ》らの計略だからな」

　聞いていて噴き出しそうになった。

「でもねえ、玄太郎さん。これがわたしだけの話だったら、話を持ってこなかったのよ。欲に目が眩んで騙されたのは、わたしにも落ち度がありますからね。でも、これだけは絶対に許しちゃおけないと思って」

「何があったかね」

「あの説明会で講師を務めた小酒井という男、性懲りもなくまた同じことをしようとしているの」

神楽坂夫人は持参したバッグの中から封書を取り出した。美麗な装丁で宛名は直筆、差出人は〈(株)はつらつナーシング上場準備室〉とある。玄太郎は文面に目を通すなり、ひどく凶暴な顔をした。

「ちょっと失礼」

静は手を伸ばし、横に座っていた碓井とともに便箋を開く。

読んでみて呆れた。碓井から聞いていた内容と瓜二つ、美代の言った通り文面の末尾には〈特別講師　投資アドバイザー小酒井到先生ご登壇〉とある。

「ひどいな……」

碓井が地を這うような呪詛《じゅそ》を洩らす。

「宛先人は本山に住むわたしのお友だちでしてね。今度、こんな説明会があるから一緒にどうだって……まさかと思って封書を持ってきてもらったの。それがこれでしょ。本山なんてここから目と鼻の先なのよ。度胸があるというか盗人猛々しいというか、よくもまあこんなことができるものだと思って」

「この小酒井という破廉恥《はれんち》は、おそらく自分は安全圏にいると思うとるんやろう。最前の夜逃げをした介護サービス会社とは縁を切っとる。責任を追及されても、自分は虚偽の決算報告書を摑まされた被害者とでも弁解すりゃあいい。このくそだわけめ、この界隈の小金持ちに味をしめたな」

罵《ののし》りながら、どこか玄太郎の口調は楽しげだ。

静の背中をぞわぞわと得体の知れない不安が立ち上る。この顔は間違いなく悪だくみをしている極悪人のそれだ。

「玄太郎さん。いったい何を企んでいるんですか」

「ふふふ。実はな、静さん。わしも一端《いっぱし》の代表取締役なんで、会社の資産運用の一部は債券や株式で賄《まかな》った時期があったんさ。今はもう控えておるがな。それに当然のことながら決算報告書の読み方も熟知しておるし、そのはつらつ何ちゃらの財務分析指標を取り寄せるなんざ屁でもない」

「まさか」

「おおさ。静さんよ。幸いわしもあんたも敵に顔が割れておらん。折角、向こうから招待状を寄越してくれたんや。お呼ばれせん手はないと思うがどうかね」

　翌日、静は玄太郎と連れ立って本山のとある公民館にやってきた。介護用車両から玄太郎を下ろし、車椅子のハンドルを握る。まだヘルパーのみち子が研修から戻らないため、玄太郎の補助は静が買って出た。二人で説明会に乗り込むのなら、そういうかたちが自然に見えるだろうという計算がある。

公民館の入口には〈はつらつナーシング上場準備説明会会場〉という手書きの看板が立て掛けられている。説明会の案内状と同様、こちらの文字もなかなか達筆だった。

「いや、しかし、ホントに申し訳ないな、静さん」

玄太郎は滑稽なくらいに恐縮していた。

「ヘルパーを生業《なりわい》にしている訳でもなく、しかもわしより年上のご婦人に車椅子を押させるとは、この香月玄太郎一生の不覚」

「何を時代劇みたいなことを言っているんですか、あなたは」

「静さんは嫌いかね。勧善懲悪というのは」

「判事だった人間に、それを訊きますか」

「それならよかった。今回は二人仲良く破れ傘刀舟《とうしゅう》悪人狩りと洒落《しゃれ》込もうやないか。いや、このコンビならおしどり右京捕物車か」

話すのがだんだん馬鹿らしくなってくる。これから詐欺事件の現場に立ち会うというのに、この緊張感のなさはどうだろう。まるで物見遊山に出掛けるようではないか。

いや、と静は考え直す。事によると、この車椅子の老人は本当に愉しんでいるのかもしれない。

玄太郎の提案はこうだ。

実は説明会には、先に被害に遭った碓井と神楽坂夫人を座らせている。変装させているので壇上の小酒井に気づかれる心配はない。二人を同席させたのは後々の証人になってもらうのと、忍ばせた小型カメラで説明会の一部始終を記録してもらうためでもある。

更に警察官を犬か何かだと勘違いしているらしい玄太郎は千種署から数人の刑事を内々に借り出してきた。催眠商法の現場を押さえようという算段だが、無論それだけでは逮捕できないので、玄太郎自らが小酒井を煽《あお》るというのだ。

「詐欺師なんて輩は小利口なヤツほど騙しやすいなどと嘯《うそぶ》いとるが、自分も小利口な部類ちゅうことには気づいとらん。そういうヤツが実は一番騙されやすい」

「何をする気ですか」

「〈はつらつナーシング〉の財務指標を入手したがひどいもんや。設立して三年、収益は先細りで人件費は高騰《こうとう》、しかも借り入れがたんとある。ま、わざとじゃろうな。建物は賃貸で設備の大半はレンタル。身軽だからいつでも夜逃げできる」

「〈シニア・サポート〉の時とまるで一緒」

「うん。そやからな、彼奴《きやつ》が会社概要やら決算の内容を説明し出したら、ことごとく論破してやろうと思うとる。ああいう手合いは論破されればされるほど、嘘《うそ》を取り繕うためにより派手な嘘を吐《つ》く。そのうち、提供された資料以上の嘘を吐く。そうなればこっちのものよ。小酒井本人が虚偽の説明をもって年寄り連中をペテンにかけたっちゅう容疑が成立する」

「でも、それだけで詐欺罪は成立しませんよ」

「そんなことは百も承知さ。大事なのは彼奴を捕縛させることにある。留置場と取調室を何度も往復するうちに、堅い口も柔らこうなるやろ」

　小酒井から自供が引き出せれば、資金を集めて逃走した他のメンバーの行方も判明するかもしれない。上手くすればいくらかなりとも転換社債に出資した資金を回収できる可能性もある。

　静が考えるに、緻密さに欠ける計画だが現状では最も効果的な手段にも思える。元より成立の厳しい詐欺罪で摘発しようとするなら、長期の内偵と山ほどの物的証拠が必要となる。それが望めない今、玄太郎の企みにも相応の実効性が認められる。

「静さんはこういうペテンじみたやり方が気に食わんみたいやなあ」

　玄太郎は前を見たまま、ぼそりと呟く。人を見透かすような物言いは何とかならないものかと思う。

「判事だった人間に、それを訊きますか」

「いやいや、わしは安心しとるんや。あんたまでが悪乗りしてもらっては困る」

「言ってる意味が分かりません」

「ペテンにはペテンで返すのが一番やが、こういうのはわしにしか思いつかんし、わしにしかできん」

「自慢しないでもらえませんこと」

「あのな、静さんよ。不良が不良できるのは、クラスに真面目な学級委員がおるからや。ちょうどあんたみたいなな。真面目さんがちゃあんと真面目を通してくれるから、不良は安心して羽目を外せる」

　説明会場となった講堂は既に満員に近い参加者で埋まっていた。静が数えてみたところ、椅子に座っているのは四十五人。ほとんどが老人だが、中にはちらほらと若い男の姿も見える。彼らがサクラ要員かもしれず、静は何気なく視線を走らせる。帽子とマスクという、いかにもの変装で顔を隠した二人は前列に神楽坂夫人、後列に碓井という陣形だ。前列は講演中の小酒井を、そして後列は会場全体を撮るように指示してある。

講師の登場を待つ会場の空気は、微かな異様さを孕《はら》んでいる。冷やかしと期待、昂揚と冷徹が綯《な》い交ぜになった落ち着かなさとでも形容すればいいのか。とにかく各人の思惑と欲望が辺り一面に蔓延していて、息が詰まりそうになる。

「どうや、静さん。この雰囲気」

「……正直、人あたりがしますね」

「そうやろう、そうやろう。何せひと皮剝《む》いたら、不安と傲慢と射幸心ではち切れそうな輩が一堂に会しとるんや」

「玄太郎さんは平気なんですか」

「おおさ。ひと皮剝かんでも、わしの方が傲慢やからな」

やがて説明会の開始時間となったが、壇上に人の姿は見えない。

五分、そして十分が過ぎても状況に変化はない。さすがに会場から不審のざわめきが聞こえ始める。

「おおい、どうしたあ」

「時間過ぎてるぞー」

「講師どうしたー。呼んでこーい」

講堂の隅に立っていた事務員らしき男が、やっと動いた。小酒井を呼びにいったらしく講堂の奥へと消える。

事務員が再び姿を現したのは、それからすぐのことだった。彼は信じられないものを見たような顔で、客席に駆け込んできた。

「大変です。控室で講師の方が倒れています」

3

事務員の声にすぐ反応したのが玄太郎だった。

「静さんよ。どうやら何かあったらしい」

静も同じ意見だった。単に倒れているのを発見しただけなら、事務員の狼狽ぶりが得心いかない。

「千種署！　ちゃっちゃと動かんかあっ」

玄太郎の号令で会場の隅に待機していた警察官らしき男たちが一斉に駆け出した。警察官をまるで犬のように扱う男という印象があったが、なるほどこの警察官の様は飼い主の命令で動く犬そのものだ。

「何ちゅうか、あんたと一緒におると退屈せんねえ」

「その言葉、そっくりそのままお返しします」

静は憎まれ口を叩きながら、玄太郎を乗せた車椅子を押して捜査員たちの後を追う。

先着した警官がノブを回すと、施錠されていなかったらしくドアは呆気なく開いた。

控室と言っても公民館の一室なので凝った内装や豪華な応接セットが置いてある訳ではない。中央に小ぶりのテーブルと、窓に背を向けた安手のソファがラグマットの上に一脚置いてあるだけだ。そのラグマットは何かの拍子で隅が捲《めく》れ上がっている。

そのソファの足元に男が一人転がっていた。彼が件《くだん》の講師役小酒井だろう。

まず警官が突入して小酒井に駆け寄る。

「小酒井さん、大丈夫ですかあっ」

声を掛けられても小酒井はぴくりとも反応しない。警官は慌てて小酒井の上半身を起こして揺さぶってみるが、それでも目を開かない。顔からはすっかり生気が抜け落ち、死人にしか見えない。よく目を凝らすと、喉元に索条痕《さくじょうこん》らしき赤い線が浮いている。

「小酒井さんっ」

今度は胸に耳を当ててみる。すると鼓動が確認できたらしく、警官の顔が一瞬緊張から解けた。

「蘇生措置が必要だ、119番通報とAED（自動体外式除細動器）の手配を至急」

幸いAEDは公民館内に常備されていた。普段から訓練されているのか、それともその警官が扱いを熟知していたのか、即座にAEDによる蘇生を試みる。慌しく小酒井の上半身を脱がせ、胸に電極パッドを貼りつける。電子音声によるメッセージを確認した後に電気ショックを施す。そしてその状態のまま胸骨を真上から両手で圧迫する。強く、速く、絶え間ない動き。三十回ほど圧迫すると、次に人工呼吸を二回。

そこに上背のある捜査員が入ってきた。

「対象が人事不省に陥っているだと」

どうやら現場の指揮官らしい。隣にいた警官が発見までの経緯を説明すると、今度は捜査員の顔に緊張が走る。

「蘇生できそうか」

「まだ、何とも。ただし心臓は微弱ながら動いています。119番通報もしました」

捜査員は蘇生施術中の小酒井を覗き込む。

「紐状のもので絞められた痕があるな。ドアは閉まっていたのか」

「はい。ただし鍵は掛かっていませんでした」

このやり取りの間、玄太郎は室内を見回していた。この男なりに現場を観察していたのだろう。

観察していたのは静も同様だ。控室の出入口は一カ所のみ。反対側の窓は全開すれば人一人くらいは出入りできるだろうが、現状では換気用なのか二センチほど開いただけでロックが掛かっている。あれでは大人の指も通るまい。

「被害者を最後に見たのは誰だ」

「多分、わたしだと思います」

捜査員の問い掛けに答えたのは件の事務員だった。

「説明会開始の十五分前に様子を見に来ましたから」

「その時は何も異状はなかったんですね」

「ええ。小酒井先生はそこのソファに座って寛《くつろ》いでおいででした」

ようやく捜査員は玄太郎たちに気づいた様子だった。

「香月さん。困りますよ、現場に来られては」

「何が困る」

「現場保存と言いまして、犯行現場には警察官以外の方はなるべく入らないでほしいのです」

「己の目は節穴か。ちゃんと見い。この車椅子、部屋の中には一ミリも踏み込んでやせん」

「いえ、あの」

「これもこの人の配慮や。ハンドルを握っとる方をどなたと心得る。この国では二十人目の女性判事、高遠寺静さんであらせられるぞ」

この爺さまに喋らせておくと、そのうち印籠《いんろう》でも取り出しかねない。静は辟易《へきえき》したが、捜査員の方は姿勢を正してこちらを直視した。

「初めまして。わたくし千種署生活安全課の神楽坂《かぐらざか》と申します」

「こちらこそよろしくお願いします。それにしても神楽坂という苗字はひょっとして」

「そうや。美代さんとこの次男坊や」

彼が親しげに玄太郎をさん付けしているのは、そういう理由か。

「今回は母の企ての巻き添えを食わせてしまったようで、判事には大変ご迷惑をおかけしております」

「いえいえ、生来の好奇心が招いたものですから自業自得みたいなものです」

「おい正親《まさちか》」

「ちょっ、香月さん。皆の前ではそういう呼び方はしないでくれってあれほど言ったじゃないですか」

「やかましい。お前が駄菓子屋で万引きをして警察に突き出されようとしていたのを助けてやったのは、いったい誰やと思うとる」

「またそんな小学校時分の話を」

「昔話は、まあええ」

自分から話し出したことではないか。

「この男、どうやら襲われたみたいやが建物からまだ人を出してはおらんやろうな」

玄太郎の言わんとすることはすぐに理解できた。小酒井を襲撃した犯人はまだ遠くへ逃げていないという判断だ。

「ええ。この公民館の出入口は三カ所しかありませんが、参加者が集まり出してからずっとわたしと部下が見張っています。現時点で建物から出た者は一人もおりません」

静は頭の中で状況を整理してみる。

まず小酒井は頸部に索条痕を残して意識を失くしていた。索条痕の形状から推すに、これは紐状の凶器であることに間違いない。室内にそれらしきものは見当たらないので、これは襲撃犯が持ち帰ったものとみていい。仮に小酒井が自分で自分の首を絞めたのなら、意識を失った時に紐を握っているはずだし、そもそも自分の首を絶命寸前まで絞め上げるのは不可能に近い。

次に浮かぶ疑問は襲撃犯に殺害の意思があったかどうかだ。発見が早かったために小酒井は蘇生措置の真っ最中だが、何故犯人は行為を途中で中断したのか。最初から殺害までは考えていなかったのか、それとも途中で邪魔が入り中断を余儀なくされたのか。

そして一番の問題は神楽坂刑事の証言にある。会場に人が集まり出した頃から公民館の出入口には刑事が立っていた。そして誰も外に出ていない状況下で小酒井は襲われた。会場から控室までの間にはトイレがあり、会場にいた者は誰でも出入りができる。実際、開始までの間にトイレに立つ者が何人もいたのだ。

「静さんよ」

玄太郎の声で、静は黙考から呼び戻される。

「あんたも元裁判官なら密室殺人とかに詳しいんやろな」

「現実にはあまり見聞きしたことがありません」

「これも一種の密室ではないかな。犯行のあったのは控室の中やけど、公民館の中にいた者は自由に行き来ができた。これはまあ、公民館自体が大きな一つの部屋と捉えても間違いやない」

「妥当だと思いますよ」

「だが三つの出入口にはお巡りたちの見張りがあって外へ出るのは叶わない。つまり密閉された部屋の中でこやつが襲われたことになる。密室とでも言うんかな。分かっとるのは、この会場内にまだ犯人が潜んでおるっちゅうことや」

静はこの意見にも同意せざるを得ない。相違しているとすれば犯行の場所が密室ではなく、〈絶海の孤島〉ということくらいか。いずれにしてもただ一点では共通している。

犯人はこの中にいるのだ。

「正親、応援を呼べ。集まった四十五人全員から話を聞くのなら、お前らだけでは足るまい。むろん」

玄太郎は意味ありげに笑ってみせる。

「わしらも容疑者のうちに入るからな」

最初に部屋へ踏み込んだ警官の尽力によって小酒井は何とか息を吹き返したものの、意識が戻らないまま救急車で搬送されていった。そして現場の緊張も続く。控室で小酒井が首を絞められていたことが明らかになるや否や、会場内はハチの巣を突《つっ》いたようなさわぎになった。しかもこれから一人ずつ警官の事情聴取を受けるのだと知り、文句を言いたてる者も少なくなかった。

「わしは説明会にきただけじゃ。それが何の因果で犯人扱いされんといかん」

「あのう、わたし、今日ここに来ていること家族には内緒にしているので」

「講師が出られないのは分かった。それじゃあ代わりの講師を今すぐ連れてこい。こっちは貴重な時間を費やしておるんだ」

「とにかく責任者を出せい」

大番狂わせに碓井と神楽坂夫人も当惑している様子だった。

「まさかあの男が襲われるとはなあ。自業自得と言うか因果応報と言うか。きっとこの説明会に、わしらと同じく小酒井の口車に乗せられたモンが紛れ込んでおったんやろうなあ」

「碓井よ。それ以上、軽口を叩かん方がええぞ」

玄太郎はこんな時でもどこか楽しげだった。

「お巡りたちは、こういう何でもない会話でも逐一聞き逃すまいとしとる。迂闊《うかつ》に話しておったら痛くもない腹を探られるぞ。いや、お前は詐欺の被害に遭った一人やから、痛い腹を探られるな。するとますます嫌疑が濃くなるという寸法や」

「やめてくれよ、玄さん。八千万騙し取られた上に犯人扱いなんて泣きっ面に蜂じゃないか」

「まあ、詐欺に遭うような輩《やから》は……」

そこまで言ってから、玄太郎は慌てて口を噤《つぐ》む。神楽坂夫人がきっと玄太郎を睨んでいたからだ。

「玄太郎さんの言葉を借りたら、わたしも泣きっ面に蜂の扱いを受ける羽目になるのね」

「いや、美代さんは違う。美代さんは別や」

この傍若無人の暴走老人にも弱味があるのだと思うと、静は楽しくて仕方がない。

「大の大人一人絞め殺そうとするには、相応の力が要る。相手も抵抗するやろうから尚更や。だからここにいる四十五人のうち、握力のないご婦人とわしのように身体の自由が利かん者は容疑者から排除される」

「そうとも限りませんよ」

静の中の皮肉屋がむくむくと頭を擡《もた》げてきた。普段なら不謹慎な言葉を口にしようとは思わないが、神楽坂夫人を前にした玄太郎を見ると、無性にからかいたくなる。

「地蔵背負いというのをご存じですか、玄太郎さん」

「知らん」

「お互いが背中合わせになって相手を背負う体操があるでしょ。あれを応用した首の絞め方があるんです。相手の体重を利用するので非力なお婆ちゃんにも可能だし、やりようによっては車椅子の老人でも充分事が進められますよ」

半分冗談のつもりだったが、口にしてから静は考え込んでしまった。小酒井が控室に飛び込んできた闖入者《ちんにゅうしゃ》と背中合わせになる。思い浮かべても無理なシチュエーションだが、理論上は可能だ。そして犯人が小酒井と顔見知りであった場合、その可能性は倍加する。何かと理由をつけ、彼の背後に回って首に縄を掛けさえすれば後はどうにでもなる。

からかったつもりの玄太郎も何やら深刻な顔で考えに耽《ふけ》っている様子だ。もちろん自分は玄太郎と行動をともにしていたので相互にアリバイが成立するが、碓井と神楽坂夫人はこの限りではない。会場に到着してから、二人ともトイレに立っているからだ。

「考えてみりゃ皮肉な話さ」

思案するのに飽きたのか、やがて玄太郎は溜息交じりにこんなことを話し出した。

「小酒井のような詐欺師にとっちゃあ、小銭を持った年寄りなんざ鳩の群れみたいなもんや。こんな風に狭い場所に鳩を押し込んで、手前は猫のつもりやったのかもな。ところがその小賢《こざか》しい猫も一羽の鳩に突かれよった。ざまあない」

四十五人の参加者は一人ずつ別室に呼ばれ、神楽坂たちに聴取を受けてから公民館を出られるようになっていた。ただし静と玄太郎のペアは二人で一組という扱いらしく、同時に聴取を受けた。

「元々わたしも香月さんの要請で引っ張り出された一人ですからね。今更事情聴取というのも変な話なんですが」

そんなことはない、と玄太郎は力を込めて言う。

「事情を知るだけでなく、捜査には各方面からのあらゆる情報が必要や」

「仰る通りです」

「そやから、わしの尋ねることにきっちりと答えい」

「それ、立場が逆です」

「貴様、昔助けてやった恩をもう忘れたのか。あの時わしが止めに入らなんだらあの美代さんの気性からして貴様は家から放逐、札付きと付き合うようになり、いずれは警察官どころかヤクザの下っ端に身を堕《お》とし最期はどこぞの路地裏で野垂れ死んでいたに違いない」

何とかしてくれというように、神楽坂は静を恨めしそうに見る。助けてやりたい気持ちもないではないが、今は玄太郎と同じく事件の詳細を知りたい。

静の沈黙から抵抗できない空気を読んだのか、神楽坂は悩ましげに頭を振ってから状況説明を始めた。

「説明会は午前十一時スタート予定でした。四十五人の参加者は十五分前には会場入りし、その段階で我々千種署の署員も配置に就いていました」

駆り出された千種署の警察官は全部で六人。うち三人は参加者四十五人の中に紛れて、小酒井の振る舞いを監視する役だった。神楽坂を含む残り三人は会場の外で、詐欺グループの出入りを見張っていた。

「香月さんならお気づきでしょうけど、四十五人の中にはサクラを務める者も何人かいたようです。何人いたかはこの事情聴取で明らかになるでしょう」

老人たちに混じっていた、不自然なくらいに若い参加者。神楽坂は彼らが詐欺グループの一員と踏んでいると言う。

「さっきも言ったように、この公民館の出入口は正面玄関と裏口、そして控室の窓の三カ所。他にも窓はありますがあくまでも採光用の窓で、全て嵌《は》め殺しになっています。それで正面玄関は滝山《たきやま》、裏口には横井《よこい》という警官を張りつかせ、控室の窓前はわたしが担当しておりました」

「何やお前が肝心の現場を張っとったのか。それなら控室で小酒井が誰に首を絞められたか目撃できたろうに」

「それがその」

神楽坂は羞恥で俯《うつむ》き加減になる。

「大人があの窓から飛び出そうとしても容易ではなく、わたしもずっと中を覗き込んでいた訳でもないんです。こんな大ごとになるなんて想像もしていなかったので建物に背を向けることもありました」

神妙な弁解を聞いていると、本当に玄太郎が取り調べる側のように錯覚してくる。対する神楽坂は幼少期の失態もあってか玄太郎に頭が上がらない。

「しかし人一人が首を絞められたんだ。何かしら叫び声や物音の一つはしただろう」

「いえ、それが不思議なことに気配すらなく……気がついた時には、小酒井の身体はソファからずり落ち視界から消えておりました。窓から入ろうとしましたが内側からロックが掛かってそれも叶わず、正面玄関から会場に入っていったら、既に大騒ぎになっていた次第で」

「解《げ》せん」

「はい？」

「何故あんなに聡明な美代さんから、お前のような不肖の息子が生まれたのか全く理解できん」

神楽坂たちが参加者の事情聴取をしている最中、現場となった控室では千種署の鑑識が残留指紋や下足痕《げそこん》を採取していた。参加者からは事情聴取とともに指紋も集められているので、照合すれば誰が室内に侵入したのかたちどころに判明するはずだった。もちろん、これにも少なくない抗議の声が上がった。

「儲け話を聞きに来たのに、何故犯罪者のように指紋を採られにゃならん」

「ついさっき小耳に挟んだが、小酒井とかいう講師は詐欺師だったというじゃないか。そんな者をどうして病院へ運んだ。放置しておけば、これから新たな被害者が出ることもあるまいに」

「大体やな、現場に千種署の警官がおりながら、なんという失態だ」

詐欺師とはいえ、相手は人事不省に陥った被害者だ。いくら犯罪者憎しとはいえ、小酒井にそこまで悪意を向ける参加者の声を傍で聞いていると、静は参加者に共感できなくなってくる。

静と玄太郎が解放されたのが——静の印象では解放されたのは神楽坂の方だったのだが——昼過ぎのことだった。時間を経るに従って捜査員の数も、公民館を取り巻く野次馬たちの数も増えていくようだった。

「来た時には落ち着いた佇まいの、静かな住宅地だと思ったのですけどね。ものの数時間でこんな大騒ぎになってしまって」

喋りながら、静は最前玄太郎のこぼした比喩を思い出していた。

鳩の群れの中に放たれた一匹の猫。それなら大騒ぎになるのは当たり前だ。飛び込まれた方の鳩たちは堪ったものではない。

しかし、もし鳩の一羽もしくは全部が逆襲に転じたとしたら。爪も歯も届かず、鋭い嘴《くちばし》に突かれて血塗《ちまみ》れになるのは猫の方だ。

静がかつて扱った案件にも類似した事件があった。相手から脅迫された挙句、反撃したら予想以上の深手を負わせてしまった傷害事件。男に長年騙され続けたのを知った女が、報復として相手を殺《あや》めてしまった事件。どれも被害者が一瞬のうちに加害者へ転じた事件だった。量刑を争う裁判の場合、加害者側の事情をどれだけ斟酌《しんしゃく》するかが審理の肝となるのだが、静はいつもこれに悩まされた覚えがある。無論、被害者に落ち度があり、加害者側に同情すべき点があるのは自明の理だ。しかし正当防衛でもないのに、被害を受けたという理由だけで相手を傷つけた場合、果たして加害者の悪意は無視してもいいのだろうか。自己防衛と復讐心以外に、嗜虐心《しぎやくしん》が皆無だったと本当に言い切れるのか。

「なあ静さんよ」

つらつら考えていると、不意に車椅子の玄太郎が話し掛けてきた。

「ひょっとしたらあんた、騙されたモンの全部が全部、無辜《むこ》というのは間違いじゃないかと思ってやせんか」

この男なりの真摯さを感じたので無視を決め込もうとは思わなかった。

「反撃に転じた被害者の権利をどこまで認めるべきか。わたしも現役の頃、いえ、今現在でも明確な指針を持てない事案です。玄太郎さんが披露した自説と被るところもないとは言えません」

我が意を得たりとばかり、玄太郎は大きく頷いてみせる。

「でもね、玄太郎さん。それもやっぱり強者の論理なんですよ。窮鼠《きゆうそ》猫を嚙《か》む。虐《しいた》げられた者、切羽詰まった者にとって逆襲というのは本能なのかもしれません。持って生まれた本能までを、法律で裁くのは限界があります」

「それは一理あるな。しかし静さんよ。前にある法律家から聞いたことの受け売りだが、裁判というのは犯罪行為を裁くものであって、罪を犯した者の心を裁くものではないそうな」

「その通りです。法律は人の心まで縛ることはできませんから」

「そんなならな、他人よりもいい目を見たい、酷い目に遭ったら仕返しをせずにはおられんという脆弱さを克服しようとするんも義務なんじゃないかね。己の立場を逆手に取り、わしらは弱者やから助けてくれ大目に見ろと言い募《つの》るのは、弱者の立場に胡坐《あぐら》をかいておるだけじゃないのかね」

静が返事に窮すると、玄太郎は発言を取り消すように片手をひらひらと振ってみせる。

「まあ、これも強者の論理と言われればそれまでやでな。気ィを悪くしたら申し訳ないな。ただなあ、わしの気性では自分では何もしよらんのに文句ばかり言うヤツを見ると、どうしようもなく怒りが湧いてくる」

「気性なら仕方ないわねえ」

「その気持ちは静さんにも多少はあるんじゃないかね」

「何故そう思いますか」

「わしも静さんも戦前戦中には国から散々酷い目に遭わされた。いや、あの戦争が全てお偉方のせいだと言うつもりはないが、当時のわしはまだアソコに毛も生えてないガキやったからな」

静も十代の少女だったから、玄太郎と条件は似たようなものだ。

「国がすること、世間が押し付けることに流されたヤツは流されたし、それで不平不満を言ったところで誰が助けてくれる訳じゃない。己と家族は己が護らにゃならん。弱いのなら強くなろう、声が小さいのなら喉が裂けるほど叫んでみよう。戦後の日本が奇跡の復興なんたらを成し遂げたのは、そういう意地っ張りが多くいたせいじゃないかとわしは思うとる」

「そんなことを平成の世で喚《わめ》き散らしても、時代錯誤と言われるだけですよ。あの頃と今は違うのですから」

「本当にそうかな」

玄太郎に挑発の意図はなくとも、その言葉は静の胸を強く鈍く刺す。

「時代はいつになってもうわべが変わるだけで、根っこのところは少しも違わん。違ってしまったのは人間だけや」

「懐古趣味と言われますよ」

「老いぼれの特権やないか」

その時、二人の背後に迫る足音があった。振り向くと神楽坂が駆けてくるところだった。

「どうかしましたか」

「今、病院に行った部下から知らせがありました。小酒井の意識が戻ったようです」

「本当か」

玄太郎が首だけを曲げる。

「正親。その病院に案内せえ」

「いや、それはさすがに」

「ほう。ではお前の仕出かした不手際を微に入り細を穿《うが》ち、美代さんに報告せねばなるまいなあ。母親がペテンに遭ったというのに、折角警察官になった息子はてんで役に立たず、あまつさえ目の前で起きた惨劇をみすみす看過したデクノボーと知れば、美代さんの嘆き悲しみは如何《いか》ばかりのものか」

神楽坂の頭が徐々に下がってくる。

やはり玄太郎は強者なのだと静は思った。

ただし悪辣《あくらつ》な方面で。

三人が病院に到着した頃には、小酒井は会話ができるまでに回復していた。

「千種署生活安全課の神楽坂です」

所属を聞いた途端、ベッドの上の小酒井はぱっと顔を輝かせた。

「この度はどうもご迷惑を……現場でわたしの蘇生措置をしていただいたそうで。本当に助かりました、命の恩人ですよ」

「いや、職務ですから」

まさかお前の詐欺行為を監視していたと打ち明ける訳にもいかず、神楽坂は困惑気味のようだ。

「しかし生活安全課というのは何故ですか。わたしの身に起こったのはどう考えても暴行とかの類いだと思うのですが」

「強行犯の担当者は遅れて到着します。わたしは偶然あの場に居合わせた者で、言わば繋ぎみたいなものです」

何とも苦しい言い訳だが、これも玄太郎の無理難題を通したためだ。本来は担当違いであるにも拘《かか》わらず、生活安全課の面々が第一発見者になったので被害者からの事情聴取を許されているのだと言う。

本人に会う前に医師と救急隊員から話を聞いた。彼らによれば、小酒井は背後から紐状のもので頸部を絞められたものの、後ろで交差させない絞め方であったため、頸動脈を短時間圧迫するだけにとどまったらしい。従って索条痕も頸部の前と横にしか残っていなかったとのことだ。

「あなたは首を絞められて失神してしまった訳ですが、控室に侵入してきた人物を確認しましたか」

それが、と小酒井は言いよどむ。

「誰も部屋には入って来なかったような気がするんです」

「何ですって」

「わたしはドアと向かい合う形でソファに座っていたんですけど、ドアが開いたという記憶もないんです」

「そんな馬鹿な。透明人間の仕業だとでもいうんですか」

「透明人間と言われたら、何となくそんな気もします」

小酒井は自分でも首を捻っている。

「とにかくあっという間の出来事だったんです。いきなり何かが動いたと思ったら、首をもの凄い力で絞められていて……助けを呼ぼうにも声は出ないし、ソファに縛られたみたいに身動きは取れないし、そのまま視界が狭まっていって、気がついたらベッドの上でした」

「人相でなくても、男女の区別とか、背格好とか、服装とか」

「ですから人の姿は見ていないんですって」

小酒井の口調に苛立ちが混じり始める。

「誰がどんな目的でどんな風に襲ったのか、わたし自身全く訳が分からないんです」

「代われ、正親」

有無を言わさぬ口調で玄太郎が身を乗り出してきた。車椅子の老人がこの場にいる違和感も、本人の気迫で気圧されてしまう。

「黙ってわしの質問に答えい。ええか」

「は、はい」

「お前の座ったソファの下にマットが敷いてあったのを憶《おぼ》えておるか」

「ええ」

「首を絞められる瞬間、そのマットに何ぞ変わったことはなかったか」

「そう言えばマットの隅が一瞬捲《めく》れ上がったように見えました」

小酒井は記憶を辿るように話す。

「ああ、そうだ。だから風が吹いたような感じがしたんです。ラグマットがぶわっと捲れ上がったと思った瞬間、首を絞められたんです」

玄太郎はこちらに意味ありげな視線を投げて寄越す。

もちろん静はその意味するところを十二分に理解していた。

4

それからの展開はちょっとした見ものだった。玄太郎が質問を終えるのとほぼ同時に千種署の強行犯係が到着、早速小酒井から被害状況および被害を受けた際の詳細を根掘り葉掘り訊き出した。もっともその内容のほとんどは静たちが見聞きしたものと重複していたので、これは時間の浪費に近かった。

ハイライトは第二幕、聴取役が強行犯係から再び神楽坂に移ってからだ。

「実は転換社債詐欺について調べています」

神楽坂から切り出された途端、小酒井の態度が一変した。

「以前、〈シニア・サポート〉という介護会社の転換社債を購入した不特定多数の人たちから被害の声が上がっています。我々千種署生活安全課は、〈シニア・サポート上場準備室〉主催の説明会がどんな状況下で行われたかを捜査しております。ついては説明会の講師を務めた小酒井さんから事情を伺いたくやって来ました」

「そうか」

小酒井は信じていた神に裏切られたような声を上げる。彼が被害者から容疑者へと変わった瞬間だった。

「偶然なんかじゃなかったんだな。初めからそのつもりで近くを張っていたんだな」

「そう邪険にしないでください。どちらにせよ、わたしたちが近くにいたからこそ、あなたはこの程度で済んだんだから。もし我々があの場にいなかったら蘇生措置をする者も現れず、あなたはあのまま息を吹き返さなかったかもしれない」

神楽坂の話は満更出鱈目《まんざら》ではないので、小酒井はきまり悪そうに黙り込む。

「詐欺と言っても主犯は雲隠れした〈シニア・サポート〉の関係者たちだ。彼らについて知っていることを全て教えてほしい」

「お答えする義務はありません」

「たとえ命の恩人が頼んでもですか」

神楽坂は恩着せがましく畳み掛ける。

「訴えがあるので詐欺容疑として捜査していますが、事は粉飾決算も絡んでいて事情が錯綜している。担当者として歯痒い気持ちはあるが、あなた一人から事情聴取したところで全体像は摑めない」

「それで関係者全員の居所を吐け、という理屈か」

小酒井は本性を覗かせ、底意地の悪そうな目で神楽坂を睨みつける。

「生憎《あいにく》ですけど、わたしはクライアントから依頼を受けて商品説明を行っているだけです。説明会が終わればわたしの仕事も終わり。いちいちクライアントと連絡するようなことはありません」

「そうですか」

神楽坂も負けじと執念深そうな目で対抗する。

「どうせあなたが入院中は長いお付き合いになるんです。ゆっくり思い出してもらおうじゃありませんか」

小酒井は悔しそうな顔をして黙り込むが、静の見たところ、これは神楽坂の勝ちだった。

病院から公民館に戻った玄太郎と静を待っていたのは碓井と神楽坂夫人だった。

「小酒井の野郎、命を取り留めたんだって？」

碓井は喜んでいいのか悲しんでいいのか分からないといった風情だった。憎き相手が襲われたのが吉、それで生きながらえたのが凶といった具合か。

「いけませんよ、碓井さん。そんなこと言っては」

やんわりと神楽坂夫人が釘を刺す。

「いくらわたしたちをペテンに掛けた相手だからって、人の不幸を喜ぶようになったらお終《しま》いよ」

いかにもこの婦人が言いそうなことだったので、静は反射的に頷いてしまう。玄太郎はと見れば、何やらにやにやと薄気味悪い。

「それにしても玄さん。小酒井はどうやって襲われたんかね。警察は集まっていたわしらに色々訊くばかりで、何が起こったのかはなかなか教えてくれなかった」

そこで玄太郎が身振りを交えて状況を説明すると、二人は俄然興味を持った様子だった。

「へえ、姿の見えない犯人て訳か」

「何を嬉しそうにしておる。透明人間やろうが何やろうが、己も容疑者の一人に数えられとるんやぞ」

警官三人が見張る中、建物内で行われた犯行。現場となった控室には鍵も掛かっておらず、説明会に参加した人間なら誰でも行き来できた。

「容疑者の身で言うのも何だが、詐欺の被害に遭った者なら、小酒井をどうにかしてやりたいと考えるのは当然だよ」

碓井は憮然《ぶぜん》とした顔で言った直後、何気なく神楽坂夫人を見て、あっと声を洩らす。

「いや、美代さん、申し訳ない。今のは言葉のアヤで、何も美代さんを疑っておる訳では決してなくて」

「いいですよ、碓井さん。騙された人間が心を黒くするのは事実なんですもの」

神楽坂夫人は泰然と言ってのける。その様子を見て静は不可解に思う。どうしてこのような賢婦人から、あのように頼りなげな男が生まれてきたのか。

「だけど、あの子も粗忽者《そこつもの》よね。いくら変装しているからといって、母親が会場に入ったのを気づきもしないなんて」

「美代さん、そりゃ無理だ」

玄太郎がすかさず助け舟を出す。

「正親は控室の窓の前に突っ立っておったから、参加者の顔をいちいち見られんかったはずや」

「だったら尚《なお》のことですよ。その控室で小酒井が襲われたのなら、犯人のすることを指を咥《くわ》えて見ていたことになるじゃないの」

この婦人は実の息子に容赦ない。同年代の静には共感できるところ大だが、どうも玄太郎はこういうタイプの女性に頭が上がらないようだ。

「だけど玄太郎さん。わたしも容疑者の身分でこれを言うのも変なのだけど、いったいどうやって犯人は控室に忍び込んだのでしょうね。透明人間というのは、わたしも娘時分に読んだものの中に登場していたんですけど」

「何や、美代さんは空想科学小説も読んでいたのかね」

「どちらかと言うと、玄太郎さんのような男の子が読むようなお話だったんですけどねえ」

「わしは絵空事は好かんのよ」

玄太郎は舌の上に不味《まず》いものを乗せたような顔をする。

「何せ育ちが悪いから、信じられるものと想像できるものの範囲がえろう狭い。現実に見えるものと自分が知っていることしか信用できんから、たわけた夢も見んし、叶わぬ期待もせん」

そうだったのか、と静は腑に落ちる思いだった。この暴走老人は一見破天荒に見えるが、その行動は本人なりの計算に基づくものであり、一か八かという賭けに出るようなことはない。経営者という立場もそれに拍車をかけているのだろうが、見掛けよりはずいぶん現実的な男なのだ。

だからこそ、やはり現実的な静と同じ結論に至ったのだろう。

「この世にはな美代さん。透明人間なんぞおりゃせん」

「それは残念ねえ」

「ただし心を隠した人間なら仰山《ぎょうさん》おる。今度の犯人もそういう輩の一人よ。ただなあ、それにも個人差があって人の好《い》いヤツほど本心を隠すのが下手や。それを憶えておいてやってくれ」

翌日、玄太郎と静は神楽坂を誘って再び公民館を訪れた。

神楽坂の表情は昨日に比べて若干明るかった。聞けば、小酒井の口から〈シニア・サポート〉関係者の連絡先がこぼれ始めたのだと言う。転換社債詐欺については立件が困難であるものの、こうした詐欺グループには余罪があるのがもっぱらだ。全員の身柄を確保してじっくり締め上げれば、やがて一つや二つは送検できそうな案件が出てくるだろう。

「しかし香月さん。いったい今日は何をするつもりなんですか。わたしも小酒井の聴取に忙しい身なので」

「黙ってついてこんか。どうせこれから先は忙しくもなくなる」

「そう願いたいものですけどね」

控室は既に鑑識が目ぼしいものを浚《さら》った後なので、特に警備の人間が立っている訳でもない。室内は昨日と同様の佇まいで、特に押収された家具もない。

「今日は実験なんさ」

玄太郎は面白くもなさそうに呟く。

「控室にいた小酒井に姿も見られず、一瞬のうちに首を絞め上げる実験や」

これもまた玄太郎の現実的な一面だ。考えただけでは飽き足らず、必ず実証しようとする。

「まず言うておきたいのは犯人が透明人間なんぞという、たわけたものでないことや。絵空事を前提にしたのでは一向に話が進まん」

「ごもっともです」

「そやから、限りなく現実的な前提で話を進める。犯行は閉鎖された建物の中で起きた。公民館の出入口は三つ。この三カ所にはことごとく警官の目が光っておったから外部から犯人が侵入したとは思えん。それで中にいた参加者が全員容疑者になった訳やが、わしはこれに異を唱えたい」

「何故ですか」

「小酒井はドアの正面に座っとった。もし参加者のうちの誰かがヤツを襲おうとするなら、当然ドアから入らにゃならんが、そうなれば当然小酒井の抵抗に遭うことになる。容疑者のほとんどは老いぼれやから、力任せに首を絞めることまで考えるとこれは分が悪い」

「確かにそうです」

「だが現実には小酒井は背後から絞められている。何者かがヤツの背後に回って紐のようなものを首に回している。それなら話は簡単や。犯人は小酒井の死角から忍び寄り、紐状のものを首に掛けた」

「矛盾していますよ、香月さん。それでも犯人は室内にいなきゃならない」

「だから実験さ」

そう言うと玄太郎は膝《ひざ》の上に置いたセカンドバッグから紐を取り出した。ちょうど縄跳びに使用するようなゴム製のもので、長さは五メートルほどもあるだろうか。

「わしはこんな身体やし、静さんはご婦人や。わしの指示通りお前がやれ」

命じられた神楽坂は気が進まない様子だったが、もはや逆らえる雰囲気ではない。渋々紐を受け取って玄太郎の指示を待つ。

作業は至極簡単なものだった。

窓は犯行時と同様、二センチの隙間を開けたまま内側からロックされている。神楽坂はゴム紐の一端を窓の外に垂らし、もう片方はソファを囲むように伸ばしていく。

「紐をマットで隠すのを忘れんな」

神楽坂はいったんラグマットを捲《めく》り、その下にゴム紐を這わせる。ラグマットを戻すと、もうゴム紐は見えない。その端を更に伸ばし、また窓の外に垂らす。これでラグマットに隠されたゴム紐はソファをぐるりと囲むかたちとなった。

「ソファにはお前が座っとれ。さ、静さん。わしらは外へ出ていようか」

玄太郎の車椅子を押して静たちは控室を出、そのまま窓の場所に回り込む。二センチ開いた窓の隙間からはゴム紐の両端が垂れている。

「それでは静さん、お願いする」

静はゴム紐の両端を引き絞る。同時にゴム紐も猛烈な早さで引かれ、ラグマットを捲り上げて神楽坂に襲い掛かる。

ゴム紐が神楽坂の喉に掛かるが、ソファはそれ自体と神楽坂自身の重みで固定され、結果としてゴム紐は神楽坂の喉に食い込んでいく。

「香月さん、ストップ。ストップ！」

「静さん。もうええから緩めてやっておくれ」

窓の外から控室を覗くと、神楽坂が喉元を押さえて喘《あえ》いでいた。静はゴム紐を引き、易々と手元に回収する。これで室内には捲れ上がったラグマット以外に何の痕跡も残っていない。

「犯人は小酒井の来る直前に今みたいな工作をして待機しておった。狙い通り小酒井が窓に背を向けたソファに座るかどうか怪しいというヤツもおるだろうが、ずっしり重たいソファが置いてありゃ、大抵の者は向きも変えずにそのまま座るもんさ。そしてヤツが座るのを確認すると、静さんがしたように仕掛けていたゴム紐を窓の外から引っ張った。あまりにも早い動きだったんで小酒井の目には留まらず、あたかも風が吹いてマットが捲られたように見えた。マットに隠されていたものがそれだけのスピードで何の前触れもなく襲ってきたら、そりゃあ目には留まらん。そして、これができたのはあの時間、建物の外にいた者、つまり正親を含めた三人の警察官だけということになる。他の二人が持ち場を離れておらんのなら、可能だったのは窓の真ん前に立っていた正親、お前だけという結論になる」

当の神楽坂本人はこちらを恨めしそうに見ていた。

「わたしが犯人だったとして、小酒井を殺して何の得があるっていうんですか」

「別に得なんかないさ。そやから殺しもしなんだ」

玄太郎の声はどこか痛々しい。考えるまでもなく神楽坂夫人への遠慮だった。

「美代さんが巻き上げられた三百万円は孫娘、つまりお前の娘のためにと用意されたカネだった。当然、小酒井には個人的な憎しみもあるし、これ以上放置しておいたら美代さんと同様の犠牲者をもっと増やすことになる。そやけど小酒井の立ち回りが上手いもんだから、生活安全課のお前は逮捕したくてもできない。それで警告の意味を含めて小酒井を襲った。小酒井にしても自分が恨まれているのは百も承知しとるから、半死半生の目に遭わせればちょうどええお灸になる。復讐心も満たされて一挙両得。だから確実に殺すことが難しい方法を選んだ。もっとも小酒井が死んだとしても構うこっちゃないやろうがな」

神楽坂は部屋の中からじっと玄太郎を見る。恨みがましさもあるが、それ以上に哀しみを纏《まと》っている。静はこれと同じ目を裁判官席から何度も見ていた。己の罪状を読み上げられる被告人の目だった。

「……千種署に通報してくれますか」

「そんな鬱陶《うっとう》しいことは手前でやらんかあっ、このくそだわけめええっ」

玄太郎は町内にも響き渡るかと思えるほどの大声で一喝すると、自分でハンドリムを操作して神楽坂に背を向けた。

「行くぞ、静さん」

しばらくは無言だったが、五分も車椅子を走らせていると不意に呟いた。

「実はな、静さんよ。わしはずっと後悔しとったんだよ」

「何がですか」

「正親がガキの頃、万引きで警察に突き出されるのを助けてやったことがあると言っただろう。あの時、助けなんだらよかった」

　これについては静にもはっきりした答えはないから寸評を控える。

「万引きはれっきとした窃盗犯だが、ガキのことやから警察でも手荒なことはせんかったろう。悪さをしたら捕まる。こんな簡単なことをあのたわけは学習せず、自らが警察官になったというのに心に刻みつけておらんかった」

「でもそんな子供時分に警察のご厄介になったら、美代さんもずいぶん気を落とされたでしょうね」

「そんなこと、あるもんかね」

　玄太郎の声は弾んでいた。

「美代さんならな。正親の頰を一発張り倒して、一晩中懇々と人倫を説いてそれで終いさ。きっと今度もそうする」

　留置場の面会室、アクリル板を仕切りに説教を垂れる母親と頭を垂れる息子。

　それも案外いいものではないかと静は思った。

第三話　邪悪の家

1

静が名古屋法科大学の客員教授に迎えられてから、はや二カ月が過ぎようとしていた。最初は記念講演を引き受けるだけのつもりだったのだが、講演の内容が受けたのかそれとも元女性判事という肩書が珍しいのか、意外なくらいに評判がいい。学長からの熱心な勧誘もあり、とりあえず一年だけという条件で引き受けた。

一年契約となるとウィークリーマンションではどうしても割高になる。どこかに手頃な物件はないかと問い合わせたところ、大手の不動産業者が骨を折ってくれた。

場所は名東区《めいとうく》一社駅《いっしゃえき》から徒歩五分の賃貸マンション。内見したところ中古ではあるものの、まだまだ新しく周辺に店舗も多い。一番の魅力は２ＬＤＫで家賃が共益費込みで七万二千円という破格の安さだった。東京辺りであればどう考えても倍以上は取られるだろう。

「気に入りました。ここに決めます」

その場で即決し、早速契約しようとすると仲介の担当者が妙なことを言い出した。

「それではご契約の前に、オーナーと面談いただけますでしょうか」

意味が分からなかったので訊き返すと、担当者は申し訳なさそうに説明し始めた。

「実はですね、名東区の物件をお持ちのオーナーさんは所謂《いわゆる》お屋敷町の方が多くて、賃貸マンションは資産運用と言うか節税対策のような一面があるんです。ですから家賃収入に重きを置いている訳ではなく」

「では、何に重きを置いているんですか」

「入居者の人となりですね。大家と言えば親も同然、店子《たなこ》と言えば子も同然。どうせなら、ちゃんとした人に住んでもらうのが街のためにもなる、と。他所《よそ》からお出《い》での方は面喰《めんく》らわれるようですが、この地区の慣習なので一つご勘弁を」

不動産の所有者であるのを差し引いても高圧的ではないかと思ったが、その土地にはその土地ならではの事情があるので、強く抗議しようとは思わなかった。それに入居者を吟味《ぎんみ》することで地域の治安に寄与するというのも、理屈としては頷《うなず》ける。

半《なか》ばなし崩しのように社用車に押し込められ、静はオーナーの自宅へ連れられて行く。ところが広小路通りから脇道に入ると街並みに見覚えがある。嫌な予感がしたので訊いてみた。

「オーナーは何という方なのですか」

「香月玄太郎さまといいましてね。お屋敷町の町内会長ですよ」

「クルマを停めてください」

反射的に口から出た。

「今すぐ戻ります。他の物件にしてください」

あまりに急だったせいで担当者が慌て出す。

「あの、何かお気に障《さわ》りましたでしょうか」

「御社のサービスに、ではありません。物件も申し分のないものです」

「では、いったい何が」

「理由は言えませんけど、とにかくこの物件はやめます」

「それは困ります」

担当者はおずおずと言い添える。

「お客さまのことをお伝えすると、香月さまが是非とも今すぐ面談したいと言われまして……」

「お客と物件のオーナーとどちらを優先するおつもりなの」

「本来ならもちろんお客さまなのですが、こと香月さまとなると話は別でして……あの方は中部経済界の重鎮でもございまして、逆らったり不興を買ったりすると商売に影響が出かねません」

「だから客の意思を無視して連れていくというのですか」

「お断りいただくのは面談の後で結構ですので、わたくしどもの顔を立ててはいただけませんか。誠に申し訳ありません」

ハンドルを握りながら、担当者は平身低頭の様相を呈している。担当者が気の毒なのと安全運転を望むあまり、静は口を噤《つぐ》むしかなかった。


「やあ、静さんよ。奇遇なこっちゃね」

二人を居間に出迎えた玄太郎は静の顔を見るなり破顔一笑した。

「不動産会社から、入居希望者があんただと聞いたのでな。静さんならわざわざ面談の必要もないが、まあ折角《せっかく》店子になることだしな」

「途中で気が変わりました」

いくら好条件の物件でも、玄太郎に大きな顔をされるのは業腹《ごうはら》だ。家賃は倍でも構わないので、他の物件を当たるつもりでいた。

「おや、共益費込み七万二千円の家賃では高かったかね。あの場所で七万二千円というのは破格やと思うたが」

物件ではなく所有者が気に入らないのだ——直截《ちょくせつ》に答えるのも子供じみていると思ったが、静が口を開く前に玄太郎が機先を制した。

「静さんなら半額でもええよ」

驚いたのは後ろに控えていた担当者だ。

「香月さま。さ、三万六千円であの物件を貸すと仰るんですか」

「何ならタダでも構わんが、この人の気性ではそんなことを言い出したら余計に嫌われるからな」

「ご勘弁ください。半額なんて話が広まったら、他の入居者から非難されます」

「知るか。そんなもん、わしの勝手や」

「ひょっとして、あの、こちらの高遠寺さんは香月社長のお身内か何かですか。ご親族ということでしたら特段の事情と弁明もできるのですが」

「勝手に親族にしないでくださいな」

静は憤然と言った。当て推量にしてもあんまりだ。

「まあまあ、静さんよ」

何が嬉しいのか、二人のやり取りを眺めていた玄太郎はひどく機嫌がいい。

「あんたの気持ちもよう分かる。たかが地方の商売人の間でえばりくさっておる鼻持ちならん金満家の世話にはなりとうないんやろう。うん。わしが静さんの立場でもそう思う。いや、わしやったらここへ来る途中、運転手の首を絞めるかドアを蹴破るかしてクルマを飛び降りる」

八十過ぎの年寄りにそんな真似をさせるつもりか。大体自分も車椅子の身で大立ち回りをするつもりなのかと言おうとしたが、この破天荒《はてんこう》な爺さんならやりかねないと別の台詞を口にした。

「わたしがそういう性分なのに、どうしてお部屋を世話しようというのですか」

「そういう性分やからさ。静さんみたいな人がおったら犯罪も起きん。仮に起きたとしても、昔取った杵柄《きねづか》で、ちゃっちゃと解決してくれそうな気がする。ああ、それからもう一つあるな」

玄太郎はこれが一番重要だという風に顔を突き出す。

「あんたと一緒にいると面白い」

「わたしはちっとも面白くありません」

またこの不良老人と言い争いをするのかと気が萎《な》えかけた時、ドアのところに少女が立っていた。いつぞや見掛けた玄太郎のもう一人の孫娘だ。話を聞いていたのか、半ば呆《あき》れ顔で三人の顔を見比べている。聡明そうな顔立ちであり、玄太郎相手に熱くなりかけた自分が妙に気恥ずかしくなる。

「おお、遥《はるか》よ。どうした」

「丸亀《まるがめ》さんが、町内会長さんに相談したいって」

「そうか。よし、会おう」

「え。でも、こっちのお客さんは」

「ああ、お前はクルマの前で待っておれ」

玄太郎は担当者を顎《あご》で使う。担当者も慣れているのか、特に気分を害した様子もなく深くお辞儀をして部屋を出ていった。

「ということでな、静さんよ」

「何が、ということなんですか」

「実はみち子さんがおらん」

「そのようですね」

「研修は何回かに分けて実施するらしく、いったんは戻ったがまた出掛けてしまった」

「それはお気の毒ですこと」

もっともみち子の方は玄太郎と離れることができていい骨休みだと思うが、これは口に出さないでおく。

「話し相手がおらんので、わしは暇で暇で仕方がない」

「独りでする趣味でも見つけられたらどうですか」

「いやいや、わしには模型作りという奥の深い趣味があってそれはそれで楽しいが、年寄りっちゅうのは昔の自慢話や世を拗《す》ねた話をするもんやろう」

「壁に向かって話をしていればいいと思いますよ。それなら誰にも迷惑がかかりませんから」

「本当にそれでいいんかね」

玄太郎は意味ありげに静の表情を窺《うかが》うように覗《のぞ》き込む。

「わしのように可哀想な老人は孤独に放り込まれたら何をしでかすか責任が持てん」

「いったい、あなたは何を言ってるんですか」

「何。家賃をまける代わりに、みち子さんがおらん時に話し相手になってくれりゃいい」

「何でわたしがそんなことをしなければならないんですか」

「そこはそれ、袖《そで》振り合うも多生《たしょう》の縁というしな。何となく、わしと静さんは相性がいいような気がする」

「わたしは最悪な取り合わせだと思ってますけどね」

ああ、まただと静は思う。普段は沈着冷静で自制も自律もできる己が、どうしてこの爺さまと話す時には呆気《あっけ》なく崩壊してしまうのか。

「あのう」

気がつくと、ドアの前で所在無げにしている男がいた。小男なのに、必要以上に背を丸めているので尚更小さく見える。

「丸亀ですが、ひょっとしてお取込み中でしょうか」

「いや、そんなことはないぞ。何やら相談があるっちゅう話やが」

「ええ、いったいどこに話を持っていくか悩んだんですけど、まさか警察に行くというのも気が引けて」

「ほう、警察とは穏やかな話やないな。安心せえ、ちょうどここにな、法律に関してはおそらく日本一詳しい女子《おなご》がおる」

丸亀はえっと洩らした後、静を好奇心丸出しで眺め始めた。

「ああ、それは有難いです。わたしらみたいな法律オンチは、こういう時に何をどうしていものやら皆目見当もつきません。それじゃあ恥を忍んでお話ししますので、聞いてください」

丸亀は玄太郎の前に腰を据える。

引き上げどきを失った静は内心で唇を嚙んだ。

玄太郎の話によれば相談にやってきたのは丸亀国彦《くにひこ》という男で、貸コンテナ業を営んでいるのだと言う。

「まあ貸コンテナといっても、最近では開店休業状態でしてね。相談というのは他でもない、親父のことなんです」

「ああ、静さん。こいつの親父は昭三《しょうぞう》さんというてな。今年米寿《べいじゅ》を迎えたお人で、この界隈じゃ長老の扱いを受けとる」

数えで八十八歳というのは確かに高齢だが、静と八つしか違わない。長老などという言葉を使われると、何やら自分がひどい老いぼれに扱われているようでいい気はしない。

「まあ長老と崇《あが》められるのも米寿を迎えるのも悪いことじゃないんですけどね。やっぱりその、歳を取るというのは色んな衰えっていうか失くすものも少なくない訳で……」

「何や奥歯にモノの挟まった言い方やな。はっきり言え、はっきり」

「ウチの親父、コレなんですよ」

国彦は人差し指をくい、と曲げてみせる。

「オフクロが死んでから、親父の認知症がひどくなったのはご存じですよね」

「まあな。わしも何度か外で姿を見掛けた。米寿にも拘《かか》わらず矍鑠《かくしゃく》として大したものだと感心したが」

「身体だけ丈夫でも頭がボケとってはねえ……いや、ボケるだけなら家族だけ苦労すりゃいいんですけど、盗癖が出たら家族以外にも迷惑がかかっちまうでしょ。それがどうにも」

国彦の話では、父親に認知症の兆《きざ》しが見えた頃から万引きをするようになったのだと言う。

「町内会長さんの言う通り、まだ足腰は丈夫なもんで、よく外に出掛けるんです。で、行きつけの店でちょこちょこ万引きするんですよ。以前からのお得意だったから、店側も心得たもんで後からウチに請求書寄越して、ウチが恐縮しながら代金を払う……それで事なきを得ているんです」

家族が後始末をしている話が出ると、たちまち玄太郎の顔色が曇った。

「いったい、どんなものを盗んだ。クルマか、貴金属か」

「いや、そんな値の張るもんは一つも盗《と》っちゃいませんよ。スーパーで袋菓子や惣菜《そうざい》。それから着もしないのにセーターやらズボンを盗むんです」

「まさか、家で着るものもないのか」

「とんでもない。家着も外出着もハンガーに腐るほど吊るしてますよ。若い頃から洒落《しゃれ》者《もの》で通していた親父ですから、こんなものどこで着るんだって派手なラメ入りのシャツから、園遊会にでも招かれたのかっていう燕尾服まで揃ってるんですよ」

父親の盗癖を家族のせいにされては敵わないとばかり、国彦はやや憤然として抗弁する。

「ところがですよ。親父の盗んだものといえば安物のシャツやらセーターで、しかも自分のサイズに合ってないんですよ。食い物だってそうです。盗んだ袋菓子や惣菜は、どれも普段は本人が口にしないものばっかりで、盗んできても部屋の中に置いているだけで封を開けようともしない」

「何故《なぜ》、そんなみみっちいものを盗《と》る。昭三さんやったら少なくない年金が支給されとるやろ」

「本人、何せあの歳でしょ。いつ入院する羽目になるかも分からないんで、俺たち夫婦が管理してるんです。それで親父にはタバコ銭くらいの小遣い渡しているんですけど……」

本人に支給された年金を息子夫婦が管理しているというのは賛否が分かれるだろうが、本人の金銭感覚が麻痺したのなら肯《うべな》えない話ではない。

「それはあれか。お前が成年後見人になっとるちゅうことか」

おや、と思った。

「玄太郎さん、成年後見制度なんて知ってるの」

「ああ、いつ自分がボケ老人になるかもしれんから、わしなりに勉強した」

「あの、町内会長さん。何ですか、その成年後見人というのは」

「何じゃ、お前はそんなことも知らんと親のカネを預かっておるのか」

判断能力が欠けているのが通常な状態の人間が商取引や重要な法律行為をした場合、本人や善意の第三者に不利益を招きかねない。そこで、後見人の同意なしには財産処分・管理ができないようにしている。一九九九年の民法改正までは〈禁治産者《きんちさんしゃ》〉と〈準禁治産者〉の二つに区分されていたが、制度が適用されるためには重度の精神障害を持つ者に限定されていたり、いったん禁治産者および準禁治産者の宣告を受けると戸籍に記載されたりするため、制度の利用に抵抗を感じるという問題が指摘されていた。

改正後は重度の障害でなくても適用対象となり、認知症患者には重症度によって保護する新しい制度もできた。そうした経緯で成立した制度を知っているというのなら、玄太郎の知見なり知識欲は侮《あなど》りがたいものがある。

「その制度のことは知りませんけど、カネを渡したら渡しただけ使っちまうものだから、女房とも相談して制限してたんですよ。そしたら今度は制限したらしたで、店のものをくすねるようになったんです」

「しかし、店にはちゃんと後払いしとるんだろう」

「親父もこの界隈《かいわい》じゃ名士で通ってましたからね。しかしですね町内会長さん、いくら盗品が安物ばかりでも食いもしない着もしないんじゃ、家の中にゴミが溜まる一方で、それこそ安物買いのゼニ失いですよ。店への迷惑料や弁償金も年金を取り崩しているんですけど、そろそろ負担が馬鹿にならなくなってきて」

「大方の事情は分かった」

玄太郎は渋い顔をして国彦の言葉を遮る。

「それでわしに相談というのは何や。最前の口ぶりでは警察に話を持っていくような雰囲気やったが」

「認知症を患《わずら》っていてもウチの親父、足腰は丈夫ですんでね。今は馴染《なじ》みの店に迷惑かけているだけで済んでますけど、遠出をして初めての店で万引きされたらもう助けようがないですしね。それで警察沙汰になる前に、何とか相談できたらと思いまして……町内会長さんなら親父とも昵懇《じっこん》の仲だったから、いい知恵を拝借できるんじゃないかと」

「言うておくが、わしと昭三さんは昵懇の仲なんかやないぞ。ひと回り以上先輩なんやぞ。わしが一方的に教えを乞《こ》う立場や」

「いっときは女房が親父を外出させないよう、軟禁したんですけど、あんな歳でも力は強いもので突破されちまいました」

突然、玄太郎は顔色を変えた。

「お前ら、昭三さんにそんなことしとるんか」

「いや、軟禁といっても、夜徘徊《はいかい》されると困るんで部屋に鍵を掛けておく程度で」

「それは軟禁やのうて監禁やろうがあっ」

この身体のどこから出るのかと思うような大声で、国彦は座ったまま身体を硬直させたようだ。

「己を育ててくれた親を部屋に閉じ込めるなど、何ちゅう非道なことをしよる。それでも貴様、昭三さんの子か」

「でもですね、町内会長さん。夜に家を飛び出したらコンビニで盗むかもしれんじゃないですか。それでなくても、今は二十四時間営業の店がいくつもあるから、どこでどんな盗みをされるか気が気じゃない。そういうとこで捕まって警察に突き出されるより、夜の間だけでも閉じ込めた方がなんぼか手間が掛からんで……」

「こおの、くそだわけめがあああっ」

玄太郎は更に激昂《げきこう》する。

「手間を掛けるというのは、一緒に生活をともにして本人の尊厳を護《まも》りながら始終気を配るこっちゃ。囚人のように、部屋へ放り込んで自由を奪うなぞ人の子のすることかあっ」

「いや、あの、その」

国彦は青くなって背をぴんと伸ばす。伸ばしても元々が小柄なので、貧相な印象は変わらない。いや、今しがた実父を軟禁していた事実を聞いたせいか、貧相な上に薄情な男に見えてきた。

だが、それは自分が昭三と同様に老人だからこその印象なのだろうと静は思う。いくら血の繋がった肉親とはいえ、認知症の老人を介護する立場になれば、わざわざ警察の世話になって世間に迷惑を掛けるよりは外に出さないようにしてしまおうとする気持ちは理解できる。

憂鬱《ゆううつ》なことだと思う。肉親の情とは別に、心身障害者のみならず高齢者を身内に持った者共通の悩みだ。社会保障制度の利用には限界があり、誰しもが恩恵を受けられる訳ではない。社会保障制度の網からこぼれ落ちた市民たちの生活は日々圧迫され、そのしわ寄せはどうしても本人の扱い方に影響していく。

いったい、いつからこの国は老いること、弱くなることを悪徳と捉えるようになったのか。以前であれば老いることは成熟の証であり、弱くなることは庇護《ひご》の対象になったはずだ。それがここ十年の間にすっかり様相が変わってしまった。弱肉強食ではあるまいし、経済力や地位の後ろ盾がなければ、おちおち齢《とし》を取ることも病気になることもできなくなってしまった。

静はふっと玄太郎を見る。自分も大概惨《みじ》めったらしい生き方や人を頼るのは嫌いな性質《たち》だが、玄太郎はそれ以上だろう。下半身不随《ふずい》という条件を抱えながら、常に何かと闘い世間からの嘲笑《ちょうしょう》を笑い返している。自分や玄太郎のような老人が敬遠されがちになるのは、少数派だからだろう。

そして玄太郎の激昂は一向に収まる様子がない。

「何があのそのや、この親不孝者。どうせ貴様の仕事も暇なんやろう。それなら始終昭三さんの供をしとれば、店でモノを盗ったり不審な行動を取ったりも未然に防げるはずやろう。己や女房にできんのなら、介護サービスに頼みゃあいい。昭三さんの年金なら介護士の一人は専属で雇えるはずや。それを己らの生活費に回そうなどとするから歯車が狂う。教育勅語を読めとは言わんが、己が昭三さんから受けた恩の百分の一でも思い起こしたらどうや」

一度火が点いたら、玄太郎の舌鋒は留まることをしらないらしい。玄太郎の剣幕に気《け》圧《お》されて国彦は言葉を失っている。このままではまるで弱い者苛《いじ》めを傍観している野次馬のようなので、静は玄太郎の言葉が途切れるのを待って口を差し挟む。

「教育勅語って、いったいいつの話をしているんですか」

「何を言うかね、静さん。父母ニ孝ニ兄弟ニ友ニ夫婦《ふうふ》相和《あいわ》シ、朋友相信《ほうゆうあいしん》ジ恭倹己《きょうけんおの》レヲ持シ博愛衆《はくあいしゅう》ニ及《およ》ボシ」

「わたしより十も若いのに案外古臭いのねえ。その部分は確かに間違っているとは思わないけど、他人様に押しつけちゃいけませんよ。家庭の数だけ事情があるんだから、玄太郎さんの主義を無理強いするのは間違ってますよ」

「間違っちゃおらんさ」

玄太郎は悪びれずに言う。

「時代錯誤っちゅうだけや」

少なくとも時代遅れという認識はしているのだと、静は妙なことに感心する。つまりは自分の不合理も時代錯誤も承知の上で世間の流れに逆らっているということか。

「とにかく国彦よ。警察沙汰云々と己は言うが、これは犯罪やのうて病気の問題や。わしや千種署に相談するより先、病院へ行けい。昭三さんの年金で賄《まかな》える範囲で入院治療させるか介護士を雇えい。それが難しいとなったら、改めてウチに来やあ。昭三さんのためやったらこの老いぼれ、ひと肌でもふた肌でも脱いでやる」

「そ、それじゃあ失礼します」

国彦は席を立つが早いか、出口の方へ駆けていった。

「あのドラ息子、他人に頼るタイミングが早過ぎる。ああいうところは子供の頃のまんまや。ちいとも成長しとらん」

玄太郎は憤懣《ふんまん》遣る方ないという口調で愚痴る。

「痩《や》せ我慢して手遅れになる場合だってあるでしょうに」

「かと言って我慢を覚えん人間は、どこでもいつでも役に立たんぞ。人間、資質だけで生きていけるもんかね。地力なり鍛錬した筋肉がなかったら、すぐに折れる。悪足掻《わるあが》きとか痩せ我慢もし過ぎはよくないが、それをするとせんとでは相談される方も態度が変わる」

「それにしても、ずいぶん昭三さんという人に思い入れがあるようでしたねえ」

「結構、あの人には世話になったんさ。わしがまだやんちゃだった頃な」

「まるで今はやんちゃじゃないみたいな口ぶりですね」

「まあ黙って聞きんさい。わしがまだやんちゃで、商売相手となればことごとく潰して歩いた時期があった。昭三さんは当時の町内会長で、わしの仕事には何の関わりもなかったんやが、横暴さが目に余ったんやろうな。ある日いきなり意見された」

「何て言われたんですか」

「『敵を潰して回るより味方を作った方が楽だぞ』」

「慧眼《けいがん》ですね。それを実行したから今日の玄太郎さんがあるのかしら」

「いや、忠告は守らんかったな」

　玄太郎は当然のように胸を張ってみせる。

「味方なんざいつかは裏切る。そんな仲間をいくら作ったところで裏切り者の予備軍を増やすだけだ。ただ昭三さんの教えの本質は気に入った。それでわしは味方を作らん代わりに敵を増やさんようにした。現在のわしがあるのは敵が少ないからよ。もちろん陰に回ったら因業爺《いんごうじじい》だの拝金主義者だの悪口を言う者は引きも切らんが、そんなのは敵でも何でもない、ただの野次馬さ。正面からぶつかってくるか、闇夜に背後から忍び寄るような敵さえ作らんかったら、こんな根性曲がりでも長生きできるもんさ。憎まれっ子世に憚《はばか》るっちゅうのは、案外そういう意味やないかとわしは思う」

「皆から愛されるような生き方はお嫌いなの」

「性に合わんな。そういう生き方は静さんに任せよう」

　しかし実際には玄太郎にも人望があるのだろう。この男が自己顕示欲や権勢欲などで町内会長など引き受けるはずがない。十中八九、人から頼まれ、渋々引き受けたに相違ない。

「ところで玄太郎さん。わたしの入居の件ですけど」

「ああ、忘れとった忘れとった。表に担当者を待たせたままやった。早いこと戻って賃貸契約に署名押印して来んさい」

「あなたはまだそんなことを言っているのですか」

「おや、静さんは人助けが嫌いかい」

玄太郎は悪戯《いたずら》小僧のような笑みを浮かべる。

「不動産会社の連中は不必要なほどわしに遠慮していてな。たとえばわしが入居を快諾したにも拘わらず、肝心の本人が契約を取りやめたとあれば自分らの落ち度と考えてあやつらは半泣きになって静さんに縋《すが》りつくやろうな。あんたはそういう人でなしのような真似をするつもりかい」

2

玄太郎の予言通り、件《くだん》の不動産会社は後生だから契約してくれと静に縋ってきた。玄太郎の思惑に従うのは腹立たしかったが、無関係な人間を泣かせる訳にはいかないので、やむなく賃貸契約を交わした。いくら玄太郎が気に食わなくても、不動産会社や物件に罪はない。

　定住の場所に落ち着いても尚、静はゆっくり休むことができなかった。客員とはいえ、大学生相手に講義するのだから相応の準備が必要になる。その上、今日などは知遇を得た千種署からも誘いを受けてのんびり名古屋の街並みを楽しむ余裕もない。

　千種署の署長は前回の事件を解決に導いた功労者として過大に評価してくれているようだったが、静にとってこれほど面映《おもは》ゆいものもない。真相に辿り着いたというのなら玄太郎も同じで、しかも犯人に自首を勧めたのも彼だ。感謝し、表敬する相手が違うのではないかと指摘したのだが、署長の弁解がまた同情を誘う内容だった。

『香月社長を表敬すると、役立たずとか税金泥棒と罵倒されるので却《かえ》って署員が意気消沈してしまいます』

　退官後は司法に携わる後進の指導に当たることを誓った静だから、署長の誘いを無下《むげ》に断る訳にはいかない。

　千種署に着くとまず署長から労《ねぎら》いと称賛の言葉を掛けられた。元より社交辞令が嫌いで、おまけに面映ゆさがまだ残滓《ざんし》のようにこびりついている。年の功で愛想笑いを顔に張りつかせるのに抵抗はないが、歯の浮くような言葉を浴びせ続けられるとさすがに気疲れがする。

「とにかくウチの生活安全課が何から何までお世話になりまして……先生には是非ともご指導を仰ぎたいと存じます」

「請《こ》われれば何でも喋りますが、後生なのでその先生というのだけはやめてくださいませんか」

「しかし判事は法科大で客員教授をされていらっしゃるのでしょう。客員教授なら先生という呼び方は至極妥当と思いますが」

「教壇に立つだけだったら案山子《かかし》でもできますからね。とにかく高遠寺で通してもらえればいいですよ」

署長の案内で生活安全課のフロアを訪ねると、若い刑事が老人を相手に懇々《こんこん》と説教をしているのが視界に入った。

「だからね、お爺ちゃん。ウナギのかば焼きとか寿司とかが好きなのは分かったけど、あなたはおカネを払わずにお店を出たの。それはね、買物じゃなくて泥棒なの」

対面しているのはかなりの高齢者だ。刑事の言葉を理解しているのかいないのか、視線は虚《うつ》ろで焦点が合っているようには見えない。

「お爺ちゃんが万引きした商品の合計金額は三千四百二十八円。でもお爺ちゃんの財布には五百円しか入ってなかったの。五百円しかないんだから、これだけ沢山の食品が買えないのは子供じゃないから分かりますよね」

「……カネは、ちゃんと払う」

「だからね、商品をカバンに詰め込んでレジも通さずに店を出たらね、それは泥棒って言うの。捕まって、盗んだものを返したって泥棒した事実が消える訳じゃないから」

「最近は増えたのですよ。ああした高齢者の万引きというのが」

署長は溜息交じりに話す。

「万引きというのは少年たちの犯罪というイメージがありますが、昨今少年犯罪は振り込め詐欺に移行していて、万引きというのは老人専門の犯罪と化した感があります」

高齢者の生活がそれだけ逼迫《ひっぱく》しているのだろうかと切なく思ったが、事情はそれほど単純ではないと署長が説明を加える。

「食べるものにも困る、という分かり易い貧困ではないのですよ。それが証拠にホームレスの老人というのは、自分でカネをやりくりして、万引きするような真似はあまりしない。万引きするのは、安物の服を着たごく普通の身なりをした老人がほとんどです。彼らはレベルを落としているからぎりぎり生活はできる。ところが毎日が不安でならない。でも潤いが欲しいから少しだけ贅沢《ぜいたく》がしたい」

「その贅沢が万引き行為に結びつくというんですか」

「老人たちの盗んだ品物一覧を見ると頷けますよ。あの老人なんかは典型ですよ。ウナギのかば焼きにトロの刺身。つまりいつも食べているよりも、少し高価なものを盗んでいく」

署長の言う〈貧困〉の意味は静にも理解できた。貧困といっても食べるものがないというのではなく、生活全般に余裕がない。余裕がないままでは精神的に追い詰められるので、非合法であっても〈ちょっとだけ〉贅沢をしたいのだ。

裁判官として過去に何人もの被告人を裁いた経験から言えば、貧困ほどたちの悪いものはない。貧困は正常な判断力や理性を駆逐してしまう。それが犯罪だと承知していながら〈ちょっとだけ〉という言葉を免罪符にすると、規範や道徳は吹き飛んでしまう。自分が生きるためだから、他人との格差に耐えきれないから。そうした曲がった理屈を正当化して恬《てん》として恥じなくなる。

「先生……高遠寺さんのお考えになっていることは大方察しがつきますよ。万引き犯の規範意識が薄れているのなら、ちゃんと罰を与えた上で更生を図るべきだと仰りたいのではありませんか」

「刑罰というのは常に本人の更生を念頭に置いたものですからね。裁判に関わった者ならそう考える者も少なくないと思います」

「これを言うとお叱りを受けるかもしれませんが、現場ではなかなかそういう訳にもいきません。つまり、万引き犯を捕まえても相手が高齢者だと、ついお小言というか警告で終わってしまいます」

「何故ですか」

「お恥ずかしい話、万引き犯全員を引き受けるだけの余裕がないのです」

署長は情けなさそうに弁明するが、この辺りの事情は静も知らない訳ではない。千種署に限らず、どこの刑務所・留置場も老人で一杯だ。軽い罪から重い罪まで、万遍《まんべん》なく老人が罪状を背負っている。現役の判事時代、そして退官後も何度か収容施設を視察したが、訪問する度に老人囚の割合が高くなっていくのでよく嘆いていたものだ。こうした老人囚は外の娑婆《しゃば》よりも塀の中の住み心地がいいので更生が難しい。出所しても、すぐにまた再犯して戻ってきてしまう。

目の前で若い刑事を相手にしている老人も、そうしたうちの一人のように見える。受け答えもままならず、ずっと上の空でいる。健全な社会生活を送れそうに思えない。

「いくらね、人生の先輩だからってね、犯罪は犯罪なんだから。しかもお爺ちゃん、これが初めてじゃないでしょ。そういうのはね、常習犯というの。分かる？　常習。常習ってのはね、最初から盗むつもりで店に入ってきてるんだから、出来心なんて通用しないからね」

刑事の言い分はなるほど正しい。しかし傍《はた》で聞いていると、どこか高圧的な印象を受ける。

憂鬱な話だと思う。いくら常識や節理が正しかろうが、相手が高齢者となると勝手が違う。負うた子に教えられるというような微笑《ほほえ》ましさなど微塵もなく、哀しさと居たたまれなさがある。

これも自分が老人のせいなのだろう。どこかで一歩道を踏み外せば、若い刑事に叱責《しっせき》されていたのは自分ではなかったかと顧《かえり》みる。

「そりゃ盗ったものはさ、寿司に惣菜に下着だから高価なものじゃないよ。だけどこういうのは金額や中身は関係ないからね。それにしてもお爺ちゃん、盗んだパンツさ、真っ赤な色物なんだけどさ。まさか還暦《かんれき》じゃないよね、そんな歳でこんな派手なパンツ穿《は》くの」

話を聞いている最中、ふと既視感を覚えた。初めて目にしたはずの老人なのに、以前

どこかで見《まみ》えたような印象がある。

「いったい、自分の齢を考えたこと、あんの」

そして若い刑事が老人の額を指で小突いた。

まさか、と思った瞬間、窓ガラスを震わせるほどの大声がフロア一杯に轟いた。

「年寄りを蔑《ないがし》ろにする極悪非道の警察はここかあっ」

聞き覚えのある声に振り向くと、やはり玄太郎だった。ハンドリムを軽快に操り、健常者もかくやという勢いでフロアに駆け込んできた。

静以上に驚いたのが署長で、玄太郎の姿を認めるなり慌てて駆け寄る。

「これは香月社長。いや、先日の事件では大変お世話になりました。本来であれば高遠寺先生とご一緒にお呼びするつもりだったのですが」

「そこを退《ど》かんか邪魔くさいっ」

玄太郎は署長を撥《は》ね飛ばさん勢いで老人のところに駆け寄ってくる。

「昭三さん、あんた大丈夫か」

やはりこの老人が丸亀昭三その人だったか――静は小さく嘆息する。どうして嫌な予感ほど的中してしまうのだろう。

「こりゃあっ、この木端《こっぱ》官憲《かんけん》めが、昭三さんから離れんか」

可哀想な刑事は突然の闖入者《ちんにゅうしゃ》に目を白黒させている。

「こ、香月社長。今日は、また、何で。このお爺ちゃんとお知り合いですか」

「やかましい。遠くで見ていたらまるでコソ泥のように扱いおって。お前のように警察の威光を笠にきておるような腐れ刑事に説明することなんぞあるか」

仕事で事情聴取をしていた刑事にすれば、とばっちりもいいところだ。さすがに割って入るだろうと思っていた署長は、しかし諦めたような溜息を吐くばかりで傍観者を決め込んでいる。

「あんたもあんたや、静さん。あんたが近くにおって、こんな無体を見逃したのかね」

「無体ってね、これは玄太郎さんの分が悪いですよ。この人たちは職務に忠実に従って、万引きした人を取り調べているんだから」

「職務に忠実なら何をやってもええということにはならんだろ。マフィアだろうがヤクザだろうが、あれだって仕事だ。職務に忠実だからといって褒めるのは親分くらいのもんだ」

「いったい、どこからそんな無茶苦茶な理屈が湧いてくるんですか」

いくら何でも暴力団員と一緒にされては、警察官の立つ瀬がない。ここは気が進まなくても、年長者らしく玄太郎の暴走を止めるべきだろう。

「玄太郎さんが昭三さんを大切に思うのは分かりますけど、今あなたがしているのは立派な公務執行妨害ですよ」

するとと玄太郎は視線をずらして署長の方を向いた。

「静さんはこう言っておるが、お前の意見はどうや、署長」

「まあ、厳密に言えばそういうことになろうかと」

「そうか、そんなら今すぐわしを逮捕せえ」

玄太郎は傲然と言い放つ。

「逮捕して、昭三さんと同じ房に入れるがいい。老いぼれ二人でひと晩、千種署がいかに悪辣《あくらつ》非道で不人情極まる官憲の集まりなのかを語り尽くしてやる」

「いや、その」

「言っておくが、わしを投獄するのであれば車椅子も運び込まなければ人道に対する罪として告発してやる。檻の扉が狭くて入らんというなら、今すぐ改修工事をさせろ。ウチの関連会社を使えば四、五時間で終わるが、その代わり目の玉飛び出るほど工賃を請求してやる」

静は呆れ果てて玄太郎を見る。言うこと為すことがまるで子供だ。いや、子供ならまだ可愛げがあるが地位も経験もある老人がやれば見苦しいことこの上ない。

「おやめなさいな、玄太郎さん。大人げない」

「いや静さん。大人げないのはこいつらの方や。確かに盗みは褒められた行為ではないが、それにしたってもう少し年寄りに対する礼儀というものがあってもよかろう。ちらと聞いただけやが、この若造の訊き方はまるで小学生の万引き犯に対するそれやった。遵法《じゅんぽう》精神の前に敬老精神はないのかあっ、この木端役人どもめらあっ」

昭三の相手をしていた若い刑事が仰《の》け反《ぞ》る。真面目に仕事をしていて木端役人などと論《あげつら》われては浮かばれない。

一方、玄太郎の抗議は子供じみているものの、どことなく賛同したい気分があるのは主張の根本が理屈ではなく感情の発露だからだろう。理屈は論破すればいいが感情は覆《くつがえ》すのが難しい。鎮めるという手もあるが、高齢者の扱いに対する怒りは静にもあるので、真っ向からたしなめるのも腰が引ける。

「まあ、香月社長。ここでは他の署員や市民の目がありますので」

署長が執《と》り成《な》そうとするが、玄太郎は底意地の悪そうな目で笑う。

「他の署員や市民のいる前では何か不都合なことでもあるのか。わしの方は全く構わんぞ。何なら強制排除するか。そう言や若い頃は愚連隊と一戦交えたもんやが、警察相手に立ち回りを演じたことはまだ一度もなかったな。冥土《めいど》の土産にひと暴れしてやろうか」

「ご勘弁ください」

何かの弱味でも握られているのか、署長は困惑するばかりで玄太郎に言い返すこともしない。

巻き込まれたかたちとはいえ、ここは自分が出しゃばらない訳にはいかないだろう。

胸の裡《うち》で盛大な溜息を吐きながら静が口を開いた。

「署長さん。玄太郎さんはこの通り破天荒が車椅子に乗っているような人ですけど、高齢者の扱い方に問題があるというのは傾聴に値すると思いますよ」

「まあ、署員に行き過ぎた面はあったかもしれません」

「このまま納得する人じゃありませんし、納得しなかったら千種署も困るのではありませんか」

「大変に、困ります」

「一見したところ、万引きを疑われた人は多分に認知症を患っておいでのようです。この署に認知症の容疑者を専門に扱える刑事さんはいらっしゃいますか」

「生活安全課でなくともおらんでしょうな」

「幸か不幸か、わたしはこの人と近しい年齢ですので、多少は相手ができるように思うんです」

頭の隅で面倒ごとに関わるなという警報が鳴り響くが、これはもう持って生まれた業《ごう》のようなものなのだ。冷徹な自分を彼方に押しやり、裁判官だった頃の感覚を呼び戻す。和解や調停の仲裁なら半ば習い性になっている。

「これは特例になるのでしょうけど、わたしをオブザーバーとして事情聴取に同席させてもらうというのはいかがですか。逮捕された訳ではありませんし、昭三さんの弁護人だと思ってもらえれば支障はないと考えます」

「まあ高遠寺さんが引き受けてくださるのであれば、どこからも文句は出ないでしょう」

「そして偶然にも、玄太郎さんはこの人が住まう地域の町内会長さんです。警察は住居があったり身元引受人がいたりする場合には保護責任が発生しなくなるんですよね」

「仰る通り」

「それなら玄太郎さんを当座の身元引受人にするというのはどうでしょうか。身元引受人なら最低限の情報をお知らせしない訳にもいかないでしょう」

するとと今まで不機嫌そうだった玄太郎がぱっと表情を輝かせた。

「いよっ、大岡裁《おおおかさば》き」

この爺さまの口に猿轡《さるぐつわ》を嚙ませたらどんなにいい気分だろうと想像してみる。

厳密にはマニュアルから外れる処置だが、どうせ玄太郎が乱入した時点でレアケースになるのは分かり切っている。それなら原則論を貫くよりも現実に即した解決案が最短距離を示せるはずだった。

果たして署長は現実路線に舵《かじ》を切ったらしく、納得顔で深く頷いて言う。

「特例であれば問題はないでしょう。高齢の容疑者への対処方法として参考事例になるかもしれません。それでは高遠寺さん、お手数ですがよろしくお願いします」

こうして昭三の事情聴取には玄太郎と静が同席することになった。一番割を食ったのは担当刑事だろう。この若い刑事は名前を春日野《かすがの》といい、部外者を二人も交えた事情聴取が気に食わない様子だった。

本来なら主導権を握りたいところだろうが、何しろ今回は相手が悪い。別室に移動するなり口火を切ったのはやはり玄太郎だった。

「さあ、昭三さん。話してくれ。いったいどうしてこんなつまらんことを仕出かした」

「あの、申し訳ありませんが香月社長。聴取の聞き役は本官が担当していてですね」

「やかましい、己が聞き役だと碌《ろく》に回答を引き出せなかったやないか。黙って見とれ」

玄太郎の警察嫌いは今に始まったことではないだろうが、まるで犬のようなあしらい方には嫌悪感を越えてもはや諦《あきら》めしかない。

「わしが誰かくらいは分かるやろう。あんたをしょっちゅう悩ませていた玄太郎や」

鼻の頭が触れそうになるほど玄太郎が顔を近づけると、少し遅れて昭三の表情に火が点《とも》った。

「ああ、玄さんやないか。やっとかめやなあ、相《あい》も変わらず色んなとこに喧嘩《けんか》吹っかけておるのか」

「おうさ、相変わらずやっとるよ。それよりな昭三さん。どうしてスーパーの惣菜やら服なぞを欲しがる。あんた、スーパーで売っとるような食い物は舌に合わんと散々言うておったやろ」

「あん？　スーパーの売りモノか。あれはいかんな。やたらと塩辛うて年寄りの口には合わん」

「服もそうやったな」

「自分に合うた服は服屋で探すさ。品数がないとこでは、所詮《しょせん》お仕着せになる」

「それなら何でカネも払わずに店を出た」

「なあにをたわけたことを言っとるんかね」

昭三はさも驚いたように言う。

「わしがそんな万引きみたいな真似をする訳がないやろう。玄さんも悪ふざけが過ぎるぞ」

「……昭三さん。ここがどこか分かるか」

「いいや、分からん」

「千種署の中や」

「何、警察やと」

昭三の顔がわずかに緊張する。

「そやからわしはあんだけ忠告したんや。玄さんみたいな仁《じん》はいつか、必ず警察の厄介になる。警察っちゅうのはな、一回目は見逃してくれても二回三回と続いたら、途端に厳しうなる。あんた若い時分に警察の厄介になっておるだろ。もう三人の子供もいい歳になったんや。そろそろ自重せんと」

しばらく昭三の顔を観察していた玄太郎は、物憂げに春日野を見た。

「盗難に遭った品物は何と何や」

「パック寿司が二つに、惣菜が二パック、ウナギのかば焼き。三五〇ミリの発泡酒が二缶と、後はSサイズの下着が三セット」

「今聞いた通りさ」

今度は静に向き直る。

「この人は昔からの美食家で、しかも洒落者でもあった。場末のスーパーに陳列されているようなパック寿司など、カネを積まれても食いたがらん。Sサイズの下着やと？　本人の身体を見てみんさい。どう見積もってもMかLや」

「しかしですね、香月社長。こうした認知症患者の場合は品物を吟味《ぎんみ》することなく、無意識のうちに盗んでしまうのも珍しいことではなく」

「お前は黙っとれ」

静は苦い思いで玄太郎と昭三を見比べる。同じ高齢者であっても、昭三の瞳には輝きがひどく乏しい。国彦が申告したように認知症を患っているというのは本当らしい。

「玄太郎さん、ちょっと」

そう言って、玄太郎を部屋の隅に誘う。

「昭三さんの認知症は、本物みたいですね。わたしは専門医ではありませんけど、あれがお芝居なら昭三さんは今からでも俳優になれます」

「……残念ながらな」

「まだそれほどひどくはなっていないみたいだけど、玄太郎さんは昭三さんをどうしたいのですか。認知症を認めるのであれば然《しか》るべき病院なり介護施設に相談した方がいいと思います。もし認知症でないとするなら、犯罪に高齢者もイワシの頭もありません。窃盗の容疑で春日野さんに取り調べてもらうべきです。犯した罪に対して平等に罰が与えられるのが法治国家というものです」

「やっぱり、そう出るか。静さんなら正論を言うてくると思った」

「あなたは正論を軽く見過ぎです」

「あのな、この件、どうもわしにはしっくり来んのさ」

玄太郎は眉間《みけん》に紙片が挟めるほどの深い皺《しわ》を刻む。

「人を見る目が腐ってきたと言われりゃそれまでだが、あの一目も二目も置かれていた昭三さんがこんな風になるとは到底思えん。盗癖にしても盗んだ内容にしても、どうも腑に落ちん」

「昔からの知り合いだから、余計にそう思えるんですよ。誰しも近しい人の零落ぶりなんか認めたくありませんもの」

玄太郎に告げる言葉は、そのまま己に対する不安でもある。法律が全員に平等であるように、老いもまた平等だ。こうして他人の認知障害を眺めている自分も、いつ記憶が曖昧《あいまい》になることか。今は矍鑠《かくしゃく》としていても、棺《ひつぎ》に入るまで保証されている訳ではない。昭三のように、自分も知らぬ間に窃盗を行う可能性があるのだ。日本で二十人目の女性裁判官と謳われていても足腰が立たなくなり、昨日のことさえ思い出せなくなったらたちまち厄介者に成り下がる。昭三は他人ではない。明日の玄太郎であり静なのだ。

「静さんの口から出たものでも、正論は腹が立つなあ」

玄太郎は唇の端を曲げる。半世紀分も若かったら中指でも立てそうな顔をしていた。

「昭三さんの振る舞いには何か理由がある気がしてならん」

「認知症は立派な理由ですよ」

「病気に負けて性格が歪むような人やないんや」

「いったい、昭三さんをどうしたいんですか」

「納得するまで調べてみたい」

3

千種署の留置場事情なのかそれとも玄太郎のごり押しが功を奏したのか、昭三は警告だけで済み、無事自宅へ戻されることになった。

玄太郎が昭三を伴って署を出ようとしたので、静は念のために問い掛けてみた。

「息子さんに連絡して、昭三さんを迎えにきてもらうのじゃないんですか」

すると玄太郎は憤懣やる方ないといった風に唾《つば》を飛ばした。

「けったくそ悪い。あんな出来損ないに預けて堪《たま》るか。わしが責任持って送り届ける」

予想通りの答えだったので、半ば安心し半ば呆れる。

「第一、わしは昭三さんの身元引受人や。わしが面倒をみずにどうする」

一応、道理には適《かな》っているので、静もそれ以上は口を差し挟まなかった。玄太郎が足代わりに使っているのはワンボックスタイプの介護車両だ。元々介護サービス社の所有であったものを運転手ごと買い取った代物で、運転手つきなら静が心配するまでもない。

「それじゃあ、ちゃんと送ってやってくださいね」

「何を言うとるのかね、静さん。あんたも同乗するんや」

「どうしてわたしが同行するんですか」

「わしが身元引受人で静さんが弁護人。わしが身元引受人としての義務を果たすのなら、あんたも弁護人として本人に付き添うのが筋ちゅうものやろう」

例によって強引極まりない理屈だが、この爺さまは気紛れで行動するような人間ではない。それに昭三の弁護人役は静自らが提案した話なので、申し出を蹴るのが不人情にも思えてしまう。

静は内心で溜息を吐きながら、玄太郎たちに同行することにした。

介護車両といっても、中はリフトで車椅子を上げ下げできる仕組みになっているだけで、それ以外は普通のワンボックスカーと何ら変わりない。後部座席も四人分のスペースが空いているので、特に不自由さは感じさせない。

「それにしても玄太郎さん。納得するまで調べてみたいと言ってましたけど、何をどこから調べるつもりなんですか」

「決まっとろう。昭三さんを送りがてら、自宅でどんな扱いをされとるのかを、まず確認しとく」

やはりそうきたか。それで自分を同行させる理由も何となく想像がつく。

「わたしをどうしても巻き込みたいようですね」

「何を今更やな」

玄太郎は悪戯《いたずら》小僧のような顔で笑う。

「さっき昭三さんの弁護人として手を挙げた時点で、きっちり静さんは巻き込まれておる。いや、それどころか自分から飛び込んどるんだよ」

静のお節介は今に始まったことではない。学生時分からこの性分のお蔭でずいぶん誤解も受けたし損もしてきた。三つ子の魂ではないが、八十を越えた頃になって直すつもりもない。しかし、それでも業腹であるのに変わりはなく、殊《こと》に玄太郎に利用されたことに一番腹が立つ。

「玄太郎さん。いったい何を企《たくら》んでるんですか」

「人聞きが悪いな、静さん」

「あなたが何の考えもなしに動く人には見えませんからね。この様子じゃ、ただ昭三さんのお宅を拝見するだけじゃないですよね」

「なあ、静さん。実を言うとな、あんたの旦那だった人が、わしはちょいと羨《うらや》ましかったんさ。あんたみたいに気の回る人と一緒におったら、そら退屈はせんしな」

「いきなり、何を言い出すかと思ったら」

「しかし撤回させてもらう。あんたみたいに気の回る人と一緒におったら、嘘も隠し事もできん。黙っとってもこちらの考えがお見通しでは、命がいくつあっても足らん」

しばらく経ち、クルマがお屋敷町のある坂に到着する前に、玄太郎が運転手にこう言い放った。

「もうすぐ昼飯の時間やな。ちょっと早いが〈磐田《いわた》〉に寄ってくれ」

「かしこまりました」

「ちょっと待って、玄太郎さん。お昼って」

「ああ、もちろん静さんもご同席いただく」

たちまち静は警戒し始める。玄太郎のことだからランチも高級料亭とかの、さぞかし奢《おご》った外食に違いない。そんな場所で借りを作られては敵わない。

「わたしは遠慮させていただきますよ。どうもこの歳になると、お財布と胃袋に悪いものは身体が受け付けなくなっていますし」

すると玄太郎は怪訝《けげん》な顔をした。

「何を勘違いしとるかしらんが、そんな畏《かしこ》まった飯屋やないよ。普通の小汚い味噌カツ屋や」

「……お財布はともかく、胃袋には重たいメニューじゃないかしら」

「折角名古屋に滞在しとるんや。名古屋めしの一つや二つは制覇せんと、土産話にもならんよ」

「おお、〈磐田〉の味噌カツかね」

少し遅れて昭三が反応した。

「そうとも。昭三さんも久しぶりやないかね」

「うんうん。もう何年も口にしとらん気がするな」

「味を憶えとるかね」

「なあに言っとるよ。わしが嬶《かかあ》の手料理の味忘れても〈磐田〉の味噌カツの味を忘れる訳ないやろう」

昭三の目が急に生き生きと輝き出す。食い意地が張っているというのは辛辣に過ぎるだろう。むしろ子供返りしたような印象で微笑ましささえある。

「国彦の嫁はなあ、年寄りに濃い味は禁物や言うてさ、何でもかんでも薄味にしよおる。こんだけ生きたのなら、多少甘うが辛うがどっちゃでもええ。好きなもん、食わしてくれい」

「ほほほほ。じゃあ好きなだけ食うがいいさ」

玄太郎の言葉通り、到着したのは商店街の一角にある定食屋だった。今どき格子の引き戸で、〈磐田〉と書かれたプラスチック看板はすっかり黄ばんでいる。昭和の時代から営業しているような佇まいで、周辺の小洒落た飲食店からは完全に浮いている。

店内もほどよく煤《すす》けていた。油が沁み込んだのかそれとも経年変化ゆえのことか、壁も天井も黒く変色している。鼻腔に飛び込んできた味噌の香りは強烈だが、不思議にどこか懐かしい。客の入りはまずまずでカウンターは満席、テーブル席も一つしか空いていない。

店構えから予想したように店内はさほど広くないが、テーブルとテーブルの間に余裕があるので、玄太郎の車椅子も楽に移動できた。

「らっしゃいっ。おや、玄さんに丸亀のご隠居さん」

カウンターの中から元気な声が飛んできた。和帽子を被った小柄な老人。玄太郎への接し方から察するに彼が店主なのだろう。

「今日はご婦人連れかい。お若いですな、二人とも」

「わしはともかく昭三さんは食い気一本さね。どうしても〈磐田〉のカツが食いたいそうや」

「光栄ですな」

昭三は迷うことなく、奥の空いていたテーブル席に陣取る。玄太郎と静も彼に従う。

「わしらの食うものは決まっとるが、静さんは何にするかね」

玄太郎が恭《うやうや》しく差し出したお品書きを見て苦笑しそうになった。

・名物味噌カツ

・味噌カツ丼

裏を引っ繰り返してもドリンクメニューしか載っていない。要は二者択一しかないという訳だ。

「わたしもお二人と同じものを」

「付き合いがええねえ」

「あまり選びようがないでしょう」

「なに、馴染みの客にはこの二つで充分なんさ。矢場《やば》のとんかつ屋もなかなかやけど、ここのはもうちぃと濃い味でな。この味に慣れたら他で食う気がせんようになる。なまじ種類が多いと混乱するわ」

名古屋めしなるもののいくつかは静も賞味していた。しかし味噌カツは初めてだったので俄然《がぜん》好奇心が湧く。実は予《かね》てより一度味わいたいと思っていたのだ。

揚げたてのトンカツにソースをかけただけのものだが、ただのソースではない。八丁味噌に鰹《かつお》だしと砂糖を加えた甘辛いソースだ。大体、トンカツに味噌をつけるという食文化が、関東生まれの静には異様に思える。そもそも関東は米味噌の文化圏であって、八丁味噌を使用する機会があまりない。

「味噌カツ三つや」

「毎度おっ」

静が見回すと、厨房には店主と他一名、店内で膳を運んでいるのは六十過ぎと思える女性二人だけだった。さすがに四人だけでは注文を捌《さば》き切れないらしく、半分以上の客がお預けを食らっている状態だった。暇を持て余すつもりもないので、静は玄太郎にそっと耳打ちする。

「もう話してもいいでしょう」

「何がさ」

「昭三さんをここに連れてきた理由ですよ。ただの気紛れで選んだんじゃないでしょ」

「さっき当の昭三さんが言った通りさ。米寿を迎えて足腰は怪しくなっとるが、舌の記憶はまだまだ衰えとりゃせん」

そのひと言で、静は玄太郎の意図を理解した。

「味の記憶をきっかけに、他の記憶も引き出そうというのですか」

「昭三さんは殊の外、ここの味噌カツが好きでなあ。それに記憶なんちゅうのは、些細《ささい》なきっかけで戻るもんやとは思わんかね」

「否定はしませんけど、科学的な根拠はありませんね」

「そういうのは医者に任しておくさ。わしはわしのやり方を試すまでさ」

しばらく待っていると、ようやく三人の前に膳が運ばれてきた。

「ホント、お待たせしてすいませんでした」

「ええ、ええ。あんたら二人しかおらんのではしょうがない。若いモンをバイトで募集せんのかね」

「なかなか若い人は、こういう仕事を好まんみたいで」

やが」

「そうかい。隣のファミレスやら牛丼のチェーン店では、若い店員が仰山《ぎようさん》働いとるよう

「あれは全部、外国の人」

女性店員は声を一段低くして言う。

「大半が中国人。最近はベトナムの人も増えて」

「確かに最近は急に増えたな。しかし、そんならここでも雇やあええ」

「ファストフードのお店ってマニュアルに従ってたらええんですけど、ここはほら、大将の機嫌やらに合わせんといかんでしょう」

「四番テーブル味噌カツ丼あがったよーっ」

「はいーっ、ただいまあっ」

女性店員が慌しく厨房へ戻っていくのを待たず、昭三は早速箸をつける。満面に広がる笑みからは、認知症の影すら感じられない。最初のひと口は、味を確かめるように丹念に咀嚼《そしやく》している。

静は改めて皿に盛られた逸品を眺める。からりとキツネ色に揚がったカツに、黒っぽい味噌がかかっている。味噌の盛り上がり具合から相当な濃厚さが分かる。

河豚《ふぐ》食う馬鹿、食わぬ馬鹿。静はえいとばかりにひと切れを口の中に放り込む。意外にも甘辛い味噌がカツの脂っぽさを掻き消して、独特の風味を醸《かも》している。確かに癖になりそうな味で、自分のような老人にも受け容れられる品だと思った。

「どうかね、昭三さん」

「うんうん、やっぱり〈磐田〉の味噌カツは絶品やな」

昭三は八十八歳とは思えぬ早さで箸と口を動かす。欠食児童のような食べっぷりに、家ではどんなものを与えられているのかとつい邪推してしまう。

一方玄太郎はと見れば、自分も箸を動かしながらしっかり昭三の様子を観察している。

「それでな、昭三さん」

「何やね」

「どうしてあんたみたいな人がスーパーのパック寿司なんてつまもうと思うんかね。何でまたサイズの合わんパンツなど穿《は》こうとしたんかね」

玄太郎らしい直截《ちょくせつ》な訊き方だと思った。そして玄太郎と静が息を潜めて待っていると、昭三は心外そうな顔つきでこう言った。

「パック寿司？　サイズの合わんパンツ？　玄さん。いくらあんたでも言うていい冗談とそうでない冗談があるぞ。なあんで、わしがそんなものを欲しがる」

「身に覚えはないかね」

「ええ加減にせんと怒るぞ」

「そりゃあ悪かったな、昭三さん。年寄りになると視野が狭うなっていかん」

「全くやなあ」

すぐ機嫌を直したらしい昭三は、また箸と口を動かし続ける。

「……悪かったな」

玄太郎は箸を止め、昭三の皿が散らかっていくのをずっと見つめている。

静は何も言えなくなり、目の前のカツを黙々と食べるしかなかった。

人が壊れる、という言い方には虫唾《むしず》が走るが、現にこうして昭三を目の当たりにしていると頷かざるを得ないところがある。老いるという言葉が成熟でなく、故障し風化していく状態を指すこともあるのだ。

生きている限りは等しく降りかかってくるはずの老いに、どうして相違が出てくるのか。積んだ徳の違いなのか、経済的な格差なのか、それとも前世とやらの因縁なのか。

二〇〇五年現在、認知症を発症するメカニズムはまだ解明されていない。アルツハイマー型の認知症は脳にアミロイドβ《ベータ》という蛋白質が蓄積され正常な脳細胞を破壊するからだと言われているが、しかし何故アミロイドβが蓄積するかは不明だし、そもそも人による個体差が大き過ぎて原因が特定しづらいのだ。換言すれば認知症になるかならないかは丁半博打《ばくち》のような側面があり、玄太郎や静も例外では有り得ない。

以前の昭三がどんな人物であったか静には知る由もない。しかし子供のような行儀作法で食い散らかしている昭三を目の当たりにしていると、侘《わび》しさ以外にも胸を締めつけてくるものがある。

「美味《うみ》ゃあなあ、美味ゃなあ」

昭三はぶつぶつ言いながら舌鼓《したづつみ》を打つ。玄太郎はひどく不機嫌そうにその様を見ていた。

　食事を済ませてクルマに戻ると、「正面からの景色が見たい」と言い出したので、昭三を助手席に座らせた。これで後部座席にいるのは玄太郎と静だけになる。

「質問してもいいですか」

「何やね」

「どうして昭三さんにこれほどご執心なんですか」

　尋ねられて、玄太郎は眉間に皺を寄せる。

「昔、わしが世話になったことは言うたやろう」

「敵を潰して回るより云々、という助言でしたよね。でも、助言一つで玄太郎さんがここまで他人様の世話を焼くなんてね。その助言にしたところで、玄太郎さんが素直に聞き入れた訳でもないのだし」

「まあ、わしは稀に見る薄情者で通っとるが」

「まだ話し足りないことでもあるんじゃないんですか」

「何で、そう思うかね」

「今まで、秘密を胸に抱えた人を何百人と見てきましたから」

「経験則か。年寄りには一番説得力のある理由やが、わしくらい因業な爺は珍しいんやないかな」

「因業は年寄りの仕事みたいなものですよ」

玄太郎はふふうと不敵に笑い、静を手招きする。その仕草で昭三には聞かれたくない話と分かる。自ずと静の声も低くなる。

「わしには子供が三人おってな。長男は徹也《てつや》ちゅうて今でこそ銀行員なんぞと固い仕事に就いとるが、ガキの頃はいけ好かんヤツでな」

「不良少年だったんですか」

「いんや、そんなええモンやない。学校の成績は上位、体育もこなして、何度か級長を押しつけられた」

「優等生じゃありませんか」

「それですっかり油断した。当時からわしは仕事が忙しゅうて碌《ろく》すっぽ子供の面倒など見ておらんかったが、はっちゃけた長女や覇気のない次男に比べりゃ手が掛かるまいと高を括っていた」

そろそろ静にも話の先が読めてきた。

「情けないことにこれは後で知った話やが、このくそたわけが小学五年生の時、近所の本屋で万引きしくさった。それを見咎《みとが》めたのが、偶然店に居合わせておった昭三さんさ」

「それとなく万引き行為をたしなめたのですか」

「代金も払わずに店を出たところを捕まえた。事情によっちゃあ自分も頭を下げて穏便に済まそうと考えとったらしい。ところがな、万引きが見つかったと知ると、あのくそたわけ、代金を払えば問題はないでしょうと口答えした。これには昭三さんもかちんときて、何で万引きなんぞしたんだと問い詰めた。するとな、別に本を買うゼニがなかったんじゃない、スリルが味わいたかったと吐《ぬ》かしよった。クラスの悪ガキの間で流行っとったんだよ、度胸試しみたいな感覚でよ、まあ底の浅いことさ」

昨今ゲーム感覚で万引き行為をする子供は珍しくない。これを倫理観の欠如と捉えるか親の教育の至らなさと捉えるかは人それぞれだが、選《よ》りにも選って玄太郎の息子が仕出かしたという事実が意外だった。

「それで昭三さんは徹也くんをどうしたんですか」

「鼻血が出るほど殴ったらしい」

玄太郎は痛快だと言わんばかりに笑う。

「殴ってひとしきり説教した後で本屋に盗んだ本を返却させた。店の親爺が怒ろうにも、盗んだ犯人は顔のかたちを変えて鼻血を出しとるものやから、それ以上怒る気にもなれん。もう充分に罰は受けたんやからと無罪放免さ。もっとも一部始終を知らされたわしが改めて殴ってやったがな。そのお蔭かどうか、あのくそたわけめ、万引きをぴたりとやめよった」

嬉々として話すので、静はどう反応していいのか少しまごつく。

「鉄拳制裁というのはいささか行き過ぎだったかもしれませんが、結果としては正解だったということですか」

「おうさ。子供の悪さを見掛けた時、変に理解のあるふりをせず、悪いものは悪いとどやしつける。盗みを働いたその場で叱るから効果もある。もし昭三さんに見つけてもらわんかったらと思うと、今でもぞっとする」

「だから昭三さんに肩入れを……」

「わしの代わりに最善の叱り方をしてくれた。恩義に感じる理由としちゃあ充分やろう」

玄太郎の息子の万引きを咎《とが》めた昭三が、今では万引きをする側に回っている。皮肉といえばこれほど皮肉な話はなく、先刻の玄太郎の不機嫌そうな顔もそれで納得がいく。

「商売と一緒でな。借りたものはいつか必ず利子をつけて返す。そうせんと、どうにも落ち着かんのさ」

丸亀宅も一応はお屋敷町の中にあるが、場所はかなり外れに位置していた。隣宅ともずいぶん離れており、これでは昭三が徘徊に出たとしても、隣の住人は気づかないだろう。

家屋がこぢんまりとしている分、庭が無駄に広い。五十坪以上はあろうかという庭は整地もされておらず、雑草が伸び放題の中にコンテナふた箱が鎮座している。

「あれが貸コンテナですか」

本来なら港湾で見掛けるものを高台の、しかも民家の庭で目撃するのは妙な気分だった。

「レンタルなら港に置いてあるものだとばかり思っていたんですけどね」

「何にでも場所代が発生する」

玄太郎は訳知り顔で言う。いや、この男のことだから己の生業以外にも知識があるのだろう。

「港湾にコンテナを置いていても、使う者がおらんかったらその分経費が掛かる。国彦が商売を始めた当座は十も二十もコンテナを置いておったらしいが、利用者が少なくなってくると、ひと箱ふた箱とコンテナを引き揚げる羽目になる。鉄屑として売れりゃあいいが、最近は産廃扱いやから二束三文、下手したら処分代で足が出る」

三人が玄関先までいくと、事前に連絡を受けていた国彦夫婦が待ち構えていた。

「本当に申し訳ない、町内会長さん」

国彦はコメツキバッタのように頭を下げ続けた。

「千種署から連絡がきたときには、もう町内会長さんが親父を連れ帰った後だったもんで……電話一本くれればすぐ迎えにいきましたものを」

「いや、ええ、ええ。久しぶりに昭三さんと飯を一緒にしたかったもんでな。ちょうどいい機会やった」

二人が話をしている最中、当の昭三は我関せずといった様子でとことこと奥に進んでいく。見かねた国彦の妻が声を掛けるものの、昭三はそれも無視してしまう。

「いつも、あんな具合か」

玄太郎に尋ねられ、国彦は申し訳なさそうに項垂《うなだ》れる。

「聞こえるには聞こえとるんでしょうが、時たまわたしが息子だというのも分からんみたいで」

「心配やな。静さん、追ってくれんか」

もちろん後を追うというのは方便で、本音はこの家で昭三がどんな扱いを受けているのか知りたいからだ。玄太郎と小芝居をする羽目になったが、これも乗りかかった船だ。第一静が手伝わずとも、この爺さまは自分で車椅子を操作して暴走する。それを制御するのが自分の務めだ。

静はハンドルを握ったまま反転し、先に上り框《かまち》を上がる。そして玄太郎ごと車椅子を後ろに傾けてから、自分の体重を利用して一気に引っ張り上げる。

「おお。なかなか上手いぞ、静さん」

「あ。ちょっと、町内会長さん」

国彦の制止が入るが構ってはいられない。静は車椅子を押しながら丸亀宅の廊下を奥へ進んでいく。

ところが香月邸や公共施設と異なり、車椅子の使用を念頭に置いていない家屋はあちこちに段差があり、思うように進めない。凸凹《でこぼこ》がある度に車椅子ごと玄太郎の身体が上下し、小さくない衝撃が掌《てのひら》に伝わる。

「大丈夫ですか、玄太郎さん」

「このくらいは慣れたもんやけどな」

玄太郎はのんびりとした口調で続ける。

「しかし静さんは、介護する方には向いとらん。もうちょいと車椅子の扱いに慣れんとな」

「される側になるのも真《ま》っ平《ぴら》ですけどね」

憎まれ口を叩き合っていると、やがて部屋に入っていく昭三の背中を見つけた。

その部屋へ近づいた途端、異臭が鼻を突いた。アンモニアを含んだ腐葉土のような臭い。部屋の中で粗相をして、そのまま放置しているのかと勘繰った。

「見ろ、静さん」

玄太郎が部屋のドアを指す。

「ノブを交換して、外側から鍵が掛かる仕様にしてある」

言葉にせずとも玄太郎の憤《いきどお》りが読み取れる。本人の意思ではなく外から閉じ込めるのは、どう好意的に解釈しても監禁に相違ない。

昭三は小脇に何かを抱えて部屋を出る。玄太郎と静には目もくれない。静が視線を走らせると、彼が抱えているものは包装を破いていない食品や下着類だった。

「おい、昭三さん」

呼び止められても耳に入らない様子で、昭三は今きた道を引き返す。二人はその後を追うしかなかった。

昭三の歩みはのろい。非力な静が車椅子を押しながらでも、充分追いつける。昭三は玄関から庭に出て、そのままコンテナへと向かう。玄太郎と静が見守っていると、昭三はコンテナの扉を開けて中に入っていった。

コンテナの中は昭三の戦利品が散乱していた。パック詰めの寿司に惣菜、菓子パン、袋菓子、缶ジュース、そしてビニールに入ったままの下着類があちらこちらに落ちている。中には雑巾のようになったシャツや、腐ってしまったのか異臭を発している食品さえある。昭三はその戦利品の中で、おろおろと立ち尽くしていた。

「親父っ」

玄太郎と静の脇をすり抜けて、国彦がコンテナの前に立つ。

「ここはゴミ捨て場じゃないって、何度言ったら分かるんだ」

「でも……」

「でもじゃないよっ。こっちは万引きされるだけでも大恥掻いているのに、商売ものをゴミ箱代わりにされたんじゃ泣くに泣けないんだよっ」

「何をそんなに怒ってるんだよお」

人前で息子に叱られたのが恥ずかしいのか、昭三は俯《うつむ》いたままその場にしゃがみ込んでしまった。

「すみませんね、町内会長さん。重ね重ね見苦しいところをお見せして」

「この有様を説明せえ」

「見ての通りですよ。親父ったら店からくすねたものをコンテナに持ち込むんです」

「普段から鍵は掛かってないんか」

「鍵が掛かっている時も、換気扇の隙間から押し込むんです。きっと自分の部屋だと勘違いしているんです」

　国彦は先ほどと同様、何度も頭を下げる。

「いずれ日を改めてお礼に伺います。本当に申し訳ありませんでした」

　遠まわしに帰れと言っているのは明らかだった。

「そんなら静さんよ。わしらはおいとましよまいか」

「そうですね」

　玄太郎はコンテナの中に立ち尽くす昭三を一瞥《いちべつ》してから前方に向き直る。そしてワンボックスカーに乗り込む直前、静にぽつりと洩らした。

「なあ、静さん。わしはちょいと思いついたことがある」

「奇遇ですね。実はわたしもそうなんですよ」

4

　これまでのことで充分分かっていたが、玄太郎という男は一度決めたら躊躇《ちゅうちょ》をしない人間だった。だから翌日になって玄太郎から連絡がきても、静はさほど驚かなかった。

「ちょうど大学の講義がない日だから、外出するのは構わないのですけれどね。わたしを足代わりにするのはやめてもらえませんか」

『しかしそうは言うても静さん。わしの企《たくら》みを伝えたのはあんただけや。ちゅうことはさ、静さんはわしの共犯者ちゅうことになるんさ』

「他人の迷惑というものを考えたことがないのですか、あなたは」

『誰かの世話をしようとしたら、必ず別の誰かが迷惑をこうむることになる。それが世の習いやろう。それに昭三さんを助けるためなら、静さんだって無下に断ることはできんやろ』

「人の足元を見る人の命令を聞けと言うんですか」

『命令やのうてお誘い、いやお願いやな。ついでに言うと、足元というのはまさにその通りでな。今、あんたの立っとる足元を見てみんさい』

まさかと思い窓の下を覗いてみると、マンションの前に見慣れた介護車両が停まっている。

静は軽く溜息を吐いてから身支度をする。あの爺さまのことだ。無視したら何度でもクラクションを鳴らしてくるに決まっている。自分の良人《おっと》となった男もここまでしつこくはなかったのにと、不意に静は六十年も前のことを思い出す。

「いったい、どうしたら玄太郎さんみたいに強引で、他人の気持ちに無頓着で、頑迷な人間ができるんでしょうね」

クルマに乗り込んだ静が腹立ち紛れにそう言うと、玄太郎は涼しい顔で返してきた。

「せめて一本気と言うてもらいたいもんやな」

行き先は言わずと知れた丸亀宅だ。案の定《あんのじょう》、本人家族には何の連絡もしていなかったようで、玄太郎が顔を見せると国彦夫婦はひどく驚いた様子だった。

「町内会長さん。急に何のご用でしたか」

「急もクソもあるか。元はと言やあ、お前から持ち込んできた話やろう」

「は？」

「とぼけるな。支給される年金の範囲内で昭三さんを医者に診《み》せえと言うたのに、お前未だにどこの病院にも行っとらんだろ」

「それは、その、時間がなくて……」

「時間だけやのうて、親を医者に診せるカネもないか」

「カネなら！」

「あるのか」

「……再来月になったら連れていこうと」

「ふん。思った通り年金支給日までは手も足も出せずか、とろくさい。お前に任せといたんでは治る病気も治らんな」

「いくら町内会長さんでも失礼じゃないですか」

さすがに気色ばんだ国彦に対し、玄太郎は眉一つ動かさない。

「失礼やと。笑わせるな、わしは昔っからどこに出しても恥ずかしくない失礼な男や。今更、何を言うとる」

見る間に国彦は呆気に取られる。

「わしが失礼ならお前は何じゃ。聞けばお前、十五日の年金支給日には昭三さんの代理人として郵便局に通うとるそうやないか。親のカネをくすねて恥じ入ることもせん方が、ずっと失礼やないのか」

「そんな。誰が受け取ったかなんて個人情報の最たるものなのに、あの郵便局はそんなことまで洩らしたんですか」

「今のは嘘や」

国彦の口が半開きになった。

「ちょいとした引っ掛けやったんやが、まんまと騙されたな。やっぱりお前は世間知らずの抜け作や」

「ひどいじゃないですか」

「ふん。父親の年金をくすねるようなロクデナシが何を言うか」

「あ、あれは親父が認知症を患ったんで、わたしが仕方なく代理で受け取っただけで」

「ほう。それにしちゃあ、昭三さんの許《もと》にはせいぜいタバコ銭しかないのは何でや」

「それはその、認知症の人間にカネを渡したら意味もなく散財するかもしれないじゃな債務超過で倒産いですか」

「お前、わしをちぃとナメとりゃせんか。お前が営んどる貸コンテナ、の一歩手前になっとるのをわしが知らんとでも思っとるんか」

痛いところを突かれたためか、国彦は更に弁解口調になる。

「わたしの事業が順調でないのは認めます」

「たわけ。『順調でない』やと。はっきり左前《ひだりまえ》と言わんか。大方、生活費にも困窮し、親の年金を当てにしとるのが実状なんやろう。情けない以前に哀れとしか言いようがない。選りに選って米寿を迎えた父親の、痩せさらばえた筋だらけの脛《すね》を齧《かじ》って美味しいのか。それとも親のカネは自分のカネと勘違いしておるのか。国彦、己も五十過ぎやろう。そんな男が未だに親の年金頼りで生活しとるのが恥ずかしくはないんか。十代、二十代までは脛齧りで許されても、三十を過ぎりゃただの寄生虫や。寄生虫ごときが偉そうに四の五の吐《ぬ》かすな」

「き、寄生虫」

「いや、失言やった。寄生虫に謝らんとな」

「な、な、な」

「寄生虫というのは、あれでなかなか分を弁《わきま》えた生きものでな。どれだけ我が物顔で振る舞っておっても、宿主を衰弱死させることは決してないそうや。そこへいくと己は寄生虫以下やな。宿主である昭三さんの禄を奪い、あまつさえ衰弱死を狙うとるフシがある。昨日、昭三さんの部屋を拝見したが、あれは何や。わざわざ外側から鍵が掛かるようにしてあったな」

「あれは親父が徘徊すると困るので」

「あんなもん、座敷牢と一緒やないかあぁっ」

玄太郎の一喝で、国彦夫婦はびくりと肩を上下させる。

「本人が認知症を患っておるのをいいことに、カネは盗むわ自由を奪うわ、己らはそれでも人の子人の親かあっ。同じ町内に暮らす年寄りとしても許せん。町民の安全安心を見届ける町内会長としては尚更や。できるものなら己ら夫婦を所払《ところばら》いにしてやりたい気分よ」

後ろで聞いていて、静は痛快さと不快さを綯《な》い交ぜにした感情に戸惑う。玄太郎の言説はある意味正論だが、それを経済力の乏しい当人に向かって吐き散らかすのはただの罵倒になってしまう。

ただし、玄太郎自身は他人の目にどう映ろうが何を言われようが、何ら痛痒《つうよう》を覚えない性格らしいので、静が警告を発したとしても馬耳東風で終わるだろう。

静の内心の溜息を知ってか知らずか、玄太郎の面罵《めんば》は留まるところを知らない。

「本来なら町内から爪弾きにしてやりたいが、昨今はムラの理屈は封建的だの何だのとうるさいのでそれは勘弁してやる。しかし人道的にあの座敷牢だけは我慢ならん。あんなもの、わしが粉微塵《こなみじん》にしてやろう」

「粉微塵って、いったい何を」

「知れたこと。今からあの部屋を解体し、もっと住環境の優れた隠居部屋に改造してやる」

「そんな藪から棒に……」

「ほっほっほ。冗談やと思うか。このわしが戯《たわむ》れにそんなことを口走ると思うか」

玄太郎は車椅子に乗ったまま、ぐいと顔を突き出す。

「憚《はばか》りながらこの香月玄太郎、追従《ついしょう》や冗談は大嫌いでな。有言実行と唯我独尊《ゆいがどくそん》が身上や。三十分だけ待っとれ。〈香月地所〉から重機一台調達して寄越す。ああ、念のために言っておくがタダではないぞ。部分改築費として相応のカネは出してもらう。解体費と込みでまあ一千万といったところか」

「一千万？　そんなカネ、ある訳ないでしょう」

「なくても払ってもらう。払わんかったら代金踏み倒しで貸コンテナもろとも、己の財産という財産、全て強制執行してやる」

「強盗じゃないですか」

「ふっふっふ。まともな家にそんな無体をすれば強盗やろうが、生憎《あいにく》己らはただの寄生虫や。寄生虫に適用される法律なんぞあるもんかい。たとえ文句があろうとも、この家で昭三さんがどんな扱いを受けておったか、座敷牢の写真とともに公開したら、己らに同情する者は誰もおらん」

「ムチャクチャだ」

「わしがムチャクチャでないなどと、いったい誰が言うた。お前もお屋敷町の人間なら、わしのひと言がどれだけの人間を動かすか知っとろう」

玄太郎は何が誇らしいのか傲然《ごうぜん》と胸を張る。一方、憤慨《ふんがい》していいはずの国彦は玄太郎の剣幕に気圧された様子で、すっかり手玉に取られている。これは玄太郎の老獪《ろうかい》さと底意地の悪さの圧勝といったところか。

「しかしまあ、わしも根っからの鬼やない。己らが心を入れ替え、今後一切昭三さんを虐待せんと誓うなら、ドアの交換だけで大目に見てやる。その場合、工賃や材料費はウチで持ってやっても構わん」

途端に国彦夫婦の表情が輝き出す。よくよく考えれば、玄太郎の言うがままに無理やり改築させられるだけの話なのだが、徹底的に罵倒され精神的に追い詰められれば、後退した条件がひどく魅力的に思えてくる。詐欺に使われる常套《じょうとう》手段だ。

「本当ですか」

「香月玄太郎に二言はない。ただしわしは気が短いから即答しなけりゃ聞く耳持たんぞ」

「是非、お願いします」

「よかろう。改築工事は家屋の耐久性を調べてから行う。その間、昭三さんの居場所はなくなる訳だが、わしの知り合いに優秀な医者がおる。しばらくの間、治療を兼ねてこの医者に昭三さんを預けるというのはどうや。もちろん、入院治療費はわしが出す」

「ああ、それはもう願ってもないことです」

国彦は拝まんばかりに深く頭を下げる。

「そうか。そんなら善は急げや。今から昭三さんを病院に連れていく。己らは着替えやら何やら入院に必要なものをすぐに用意せえ。それからな、まだ昭三さんには後見制度を使ってないみたいやな」

「はあ」

「ちょうどええ。昭三さんは医者に診《み》てもらって、ウチの顧問弁護士を成年後見人にしようか。以降、昭三さんの年金受け取りは弁護士に代行させるから安心せえ」

昭三が介護車両に乗せられて丸亀宅を出る時も、国彦夫婦はこちらに向かって頭を垂れ続けていた。静は二人の姿が小さくなるのを吐息交じりに見ていた。

「何や静さん。切なそうな溜息を吐いて」

「悪事を目の前で看過したんです。溜息の一つくらい吐きたくもなります」

「ほう、どんな悪事かね」

「さっき玄太郎さんがあの夫婦にしたことです。あれは立派な恐喝ですよ」

「何を言うかと思えば。あれはわしらの言葉では交渉と言うんやけどな」

「あなたはいつもあんな風に商談を進めているんですか」

「最近はそうでもない」

玄太郎は少し寂しげに言う。

「そこは寂しげに言うところではないでしょう。現役を退いたとはいえ、司法に携わる者にとっては決して愉快なやり取りではありませんでした」

「あのな、静さんよ。わしの会社が大きくなったのは朝鮮戦争がきっかけなのさ。兵器やら機材の特需で肥え太った者が、やがてそれに見合う住宅を欲しがるようになって空前の建築ラッシュが始まった。昭和三十年代の頃やが、まあそん時の建築業者には多少ヤクザ紛《まが》いの者もおってさ。そういう連中を向こうに回したら、交渉や商談は勢い荒っぽくもなるもんさ」

「もう平成の世の中ですよ。それにあなたの交渉は権力を笠に着るようで、爽快とはほど遠いようですね」

「うん。わしもそう思う。ちっぽけな権力で相手の弱みにつけ込む、見下げ果てたやり方さ」

玄太郎は悪びれもしなかった。

「ただなあ、権力というのは弱い人間を虐《しいた》げるものやのうて、悪党どもを裁くか、さもなきゃ悪事を妨げるためにあるのが真っ当なかたちやろう。だったらこんなちっぽけな権力でも、そういう目的で行使されるんならそうそう目くじら立てることでもあるまいさ」

「……少し都合のいい理屈のようにも聞こえますね」

「そりゃそうさ。これはあくまで三分の理というヤツやからな。それにわしが関与するのはここまでや。後どうするかは、あの穀潰《ごくつぶ》したち如何《いかん》さ」

「それでも現状での現金収入を奪われたら大変ですよ」

「なんぼ資金繰りが悪くなったからと言うて、もうじき卒寿《そつじゅ》の年寄りを食い物にするなぞ畜生もいいとこや。畜生が人に戻れるか、それとも更なる畜生道に堕《お》ちるか、そんなことまで面倒みきれんよ」


それから数日間は何事もなかったが、十五日を過ぎて事態が動いた。

十七日深夜零時四十五分、生温い風がそよぐ中、丸亀宅の敷地にそろそろと鉄道コンテナ車が進入してきた。

家からのそりと出てきた国彦がきょろきょろと辺りを窺い、人目がないのを確認する。庭の中央に停まったトラックは国彦が大きく手を挙げると、それが合図であったのかリフトでコンテナをゆっくり下ろし始めた。

やがてコンテナを完全に下ろすと、運転席からドライバーが降車する。知った顔なのだろう。ドライバーは挨拶もせず国彦に話しかけてきた。

その時だった。

突然、煌々《こうこう》としたライトが二人とトラックに浴びせられた。夜の闇の中、庭の中心だけがぽっかりと浮かび上がる。

「はい、双方そのまま動かないで。こちらは愛知県警千種署生活安全課と名古屋入国管理局です」

春日野がマイクで呼びかけると、ライトに照らし出された二人は慌てて逃げようと身を翻すが既に遅く、周辺は警官隊にすっかり包囲されていた。

春日野ともう一人の男がコンテナに近づく。もう一人の男は入国管理局の職員で笹島《ささじま》という男だった。笹島はドライバーから半強制的に鍵を受け取り、コンテナの扉を開く。

コンテナの中は真っ暗だが、何やら蠢《うごめ》く気配がある。笹島がペンライトで照らすと、光の輪の中に何人もの顔が映った。一見するとその多くが東南アジア系のようで、中には中国人らしき者も混じっている。

日本語が通じずとも手振りは理解できるのだろう。笹島が出るように促すと、彼らは次々とコンテナから全身を現した。

「出入国管理法違反の容疑で二人とも逮捕します」

春日野がそう宣言すると、国彦とドライバーはがっくり肩を落とす。そこに車椅子の玄太郎と静が現れたものだから、国彦の驚き方も並大抵ではなかった。

「町内会長さん……」

「なっさけないな、国彦よ。あれで悪さをやめときゃよかったのに」

「知ってたんですか」

「コンテナを覗《のぞ》いた時にな、こんなこっちゃないかと薄々気づいとった」

気づいたのは静も同様だった。コンテナには昭三が持ち込んだ食品や新品の下着が散乱していたが、その中に唯一異質なものが混じっていた。雑巾のようになった使い古しのシャツだ。盗んだばかりの商品が溢れ返る中、どうしてそんな代物があるのか。静がすぐに思いついたのは、コンテナの中で何者かが居住していた可能性だった。

「昨年の春頃から、愛知県内で不法就労者が激増していましてね」

二人の身柄を確保し終えた笹島は、安堵の表情で戻ってきた。

「蛇頭《じゃとう》が関与していることまでは摑んでいたのですが、密入国させた不法就労者を各地の職場へ派遣する前、どこに隠匿《いんとく》しておくかが不明だったんです。まさかコンテナの中に監禁していたとは……酷い話ですよ」

蛇頭というのは中国福建省《ふっけんしょう》を拠点とする密入国斡旋《あっせん》の犯罪組織だ。少し前までは中国国内からの集団密航を仕切っていたが、海上保安庁が中国公安部に共同取り締まりを申し入れてからはベトナムから密航者を募るようになったらしい。

「コンテナごと密航させるという手は少し前からあったのですが、ベトナムからの密航にも応用したんですな」

「窮屈な思いをしてはるばるやってきたっちゅうのに強制送還か」

「致し方ないですな」

「密航者を隠しとった国彦には、どんな罰が科せられるんかね」

「不法就労助長行為に対する罰則として三年以下の懲役又は三百万円以下の罰金、又はこれの併科となるでしょうな」

玄太郎は不機嫌そうに、ふんと鼻を鳴らす。

「女房もか」

「夫の犯罪に加担していた可能性が大きいですしね。同様に身柄を確保します」

「ひとつお灸をすえてやっとくれ。初犯なら尚のことな」

「弁護士を呼んでやるんですか」

「あいつらが頼んできたら考える」

「捜査へのご協力、感謝します」

笹島は礼を告げて密航者の群れの方へ駆けていった。

「あのくそだわけめ。本業が左前になった頃、密航ビジネスのブローカーから話を持ち掛けられたんやろう。港湾やのうて住宅地のど真ん中に棄て置かれたコンテナの中に密航者が詰め込まれてるとは、誰も想像せんだろうからな」

「昭三さんの万引きは彼らのためだった……」

「息子が犯罪に加担しとるとは露《つゆ》ほども知らなんだ。ちゅうより、コンテナの中に人がぎゅうぎゅう詰めになっとるのを目撃して、理由も分からんままに食べ物や衣類を与えようとした。昭三さんらしい話さ」

ところが国彦からはタバコ銭しか与えられず、食料や衣類調達のため罪悪感もなしに万引き行為に及んだ——これが一連の事件の真相だったという訳だ。

貧困は正常な判断力や理性を駆逐してしまう。昭三もその例外ではない。しかし彼には慈悲と正義感が残っていた。認知症を患った昭三は判断力を失っても、人としての心は持ち続けていたのだ。

「でも、あれでよかったんですか」

「何がさ」

「昭三さんを引き受けた時点で、あの人たちの悪事を指摘する方法もあったんじゃないですか」

詮無い話であることは百も承知しているが、司法関係者としては口に出さない訳にいかなかった。玄太郎の取った行動が、国彦の累犯を促した面も否定しきれないからだ。

もちろん、それを看過してしまった静本人にも。

「証拠もなしに指摘しても否定されたら、それで終《しま》いさ。それにな、国彦に賭《か》けていたところもあった。昭三さんの年金も受け取れなくなり、いよいよ切羽詰まった時、真っ当な道を選ぶのか、あるいは悪事を繰り返すのか。あいつには選択肢を与えたつもりや。五十過ぎの男なら自分で選んだものには責任を持たんとな」

二人の間にしばらく沈黙が流れる。

「どうした、静さん。ひょっとして昭三さんのことを心配しとるのか」

「玄太郎さんが正しいと思ったことでも、昭三さんにはどうだったのでしょう」

「そんなら静さんが気に病《や》むこたァない」

玄太郎は自分に言い聞かせるように言った。

「子供の悪さを見掛けたら、他人の子供でも殴って躾《しつ》けようとした人や。きっとわしのしたことも分かってくれるさ」

第四話　菅田荘の怪事件

1

「やっとかめねえ、しずちゃん。もう何年ぶりかしら」

「二十五年くらいね」

「あらまあ、四半世紀。やっとかめ（八十日目）どころの話やないねえ」

通された居間で、清水美千代《しみずみちよ》はそう言って笑った。笑うと目が糸のように細くなるのは昔のままだった。

「いつから名古屋にきとったの」

「二月。法科大の特別講演に呼ばれたのがきっかけで、後は断ることもできなくって」

「いいじゃない。どうせ、しずちゃんも暇《ひま》なんでしょ。それに女学校の頃から人に教えるの得意やったでしょ」

「そうだった？」

「そうだった、そうだった。教え魔の静って有名やったのよ」

何十年ぶりであっても、話すうちに時間の垣根は取り払われていく。お互い髪の毛は真っ白になってしまったが、こうしていると十代の少女に一瞬戻る時がある。ともに八十歳、同じ教室に学んだ者たちはずいぶん少なくなった。これから何人の同級生と再会できるのだろうかと、高遠寺静は珍しく感傷的になる。

美千代は高等女学校時代の同級生だった。当時女学校に進学できる女性は全体の二割前後だったので、在校生がさほど多くなかった分、連帯感は一入《ひとしお》だった。長じて静は専攻科に進み、美千代は嫁いだが、折々に連絡は続いていた。

「折角《せっかく》名古屋にきとったんなら連絡くれりゃあよかったのに」

「こんな齢《とし》だけど、それなりにお呼びが掛かってさ」

「やだ。まだ犯罪に関わっとるの。日本で二十番目の女性判事さんは大変だわ」

「みっちゃんはいいわよ。あの頃から美人だったから、卒業前だったのにすぐ片づいちゃって」

静は少しばかり嫌味を混ぜてやった。当時、高等女学校に纏《まつ》わる話で一番当人たちに迷惑だったのは〈卒業面《づら》〉という言葉だ。女性が社会へ進出するのに抵抗があった時代、学歴よりも縁談が優先した。つまり「在学中に縁談も来ず、無事に卒業できるくらいの不細工」という意味だ。現代からすれば二重に差別的なのだが、時代というのは得てしてそういうものだろう。

「やだ、しずちゃん。まだ根に持ってるの」

「あの時分、上の学校へ進むような婦女子は何かと風当たりが強うございましてね」

「台風にだって耐えられるような女が何言っとんのよ。わたしたちにとって高遠寺静というのは男社会に風穴を開ける希望の星だったんだから」

美千代は眩しそうに、また目を細める。

「わたしらがさ、家や町内で嫌なことがあっても、しずちゃんが法律の世界で裁判官として頑張っていると思うと勇気が出たもの」

「今頃やめなさいよ。恥ずかしい」

「恥ずかしがったら、わたしたちを蔑《ないがし》ろにしてることになるんだけど」

口調のきつさは相変わらずだ。だが考えてみれば、彼女のきつい言葉にどれだけ助けられただろう。才女やら男勝りやら様々な言葉で称賛されたが、裏ではその倍以上も多様な罵詈《ばり》で揶揄《やゆ》され貶《おとし》められた。若い時分には人並みに傷つきもしたが、陰ながら自分を応援してくれる同性たちがいると思えば頑張れた。娘や孫には想像もつかないだろうが、女というだけで目の敵にされ、逆に女というだけで見ず知らずの同性たちから応援された時代があったのだ。

「それにしても、希望の星というのはさすがに照れるわね」

「ちっとも言い過ぎじゃないのよ。しずちゃんが希望の星だと思えたのはね、同級生が活躍してくれる以外に希望を持てなかった人間が少なからずいたからよ」

わずかに語調が後悔じみたものに変わる。理由は、美千代の住まいを一瞥《いちべつ》すれば大方の見当がつく。

清水夫妻の住まう菅田荘《すがたそう》は、昔ながらの住宅地の中にあった。名古屋の不動産事情に詳しい例の暴走爺によると、ここ昭和区というところは飯田《いいだ》街道や塩付《しおつけ》街道などの旧街道があった関係で、元より古い街並みが多く残されている。そしてここからが昭和区の特殊事情なのだが、区の大半が住宅街となっているため住環境の良さから他の区よりも地価が高くなっている。そのため、築年数の経過した賃貸物件でも場所によっては割高なのだという。

部外者にしてみれば家賃が割高ならさっさと転居してしまえばいいと考えがちだが、長く住めば住むほど土地や建物には愛着が湧き、一方で知らぬ土地や新たな地縁に馴染めなくなる。非合理的な話とも思うが、齢を経れば合理より優先するものがいくつも出てくる。加えて清水家には深刻な特殊事情も存在した。

高等女学校の頃から美人の誉れも高かった美千代は、卒業を待たずして九つ年上の銀行員の許《もと》に嫁いだ。その相手が現在の夫、徳夫《とくお》だ。当時から銀行員というのは花形職種で、徳夫に娶《めと》られた美千代は同級生から玉の輿《こし》とずいぶんと羨ましがられたものだった。

だが栄枯盛衰の習いではないが、誰しもどんな家庭にも浮沈がある。清水家の場合は、それが徳夫の定年直前にやってきた。徳夫の実弟が商売で失敗し、多額の借金と家族を残したまま姿を晦《くら》ましたのだ。

それだけなら単なる身内の恥で済んだのだが、不運にも徳夫が借金の連帯保証人になっていた。残された家族に返済能力が見込めなかったため債権者は徳夫の許に押し掛け、結局退職金のほとんどが返済に充てられた。

以来、清水夫妻は共働きで何とか糊口をしのいできた。同級生の活躍以外に希望が持てなかったと美千代が述懐するのは、そうした経緯があってのことだった。

保証人になった経緯や美千代の近況は他の同級生から聞き知っていた。自分の不幸事をぺらぺらと吹聴できる人間ではないので、静も遠く離れた場所から気を揉むより仕方なかった。四半世紀も顔を合わせなかったのはもちろん静自身が多忙だったせいだが、ひょっとしたら美千代の現状を我が目で確認するのが怖かったのかもしれない。

それでも美千代はあの頃と変わらぬ笑みを見せる。自然に出る笑みなのか無理をしてのものなのかは判然としないが、見ている方は尚更切なくなる。

「でもさすがというかやっぱりというか、しずちゃんはいつまで経ってもしずちゃんよねえ。判事を辞めてもひっぱりだこやなんて。学生の頃とちっとも変わってない。艶《つや》っぽい話そっちのけで法律の話ばっかりやったしね」

あなたが艶っぽ過ぎたのよ――そう言おうとした時、隣室に続くドアが開いて、のそりと人影が現れた。

「お……お客さん？」

「そうよ。わたしの女学校時代の同級生で高遠寺静さん。いつも話してたでしょ。しずちゃん、これが旦那。初対面だったわよね」

「わたしにもね、娘時分って時があったの。そんな初心《うぶ》な娘時分を摘み取ったのは、あなたなんやからね」

美千代が軽く睨むと、徳夫は怯えたように目を伏せた。

「いや、昔は俺だってそこそこ男ぶりが……」

「あ。今日は調子いいみたいやねえ。よかった」

何がよかったのかは聞くまでもない。これも事前に聞き知っていたことだが、徳夫は数年前から認知症を患っているとのことだった。今年卒寿にもなるので多少の患いも仕方がないかもしれないが、気になるのは清水夫婦に子供がいないため、夫の介護は美千代に全て任されているという現状だ。

核家族化が進んで、高齢者の面倒を看る世代が激減した。途端に顕在化したのは老老介護の現実だ。老人同士の介護は言い換えれば時限爆弾のようなものだ。介護する側の体力は経済的にも肉体的にも衰えており、配偶者を想う気持ちだけが関係を支えている。

静はいけないと思いながらも徳夫を観察する。身体はもちろん顔からもごっそりと肉が削げ落ち、弛《ゆる》んだ皮がだらりと下がっている。ただ人好きのする顔で笑顔が容易に想像できた。足元が覚束ないのは、やはり年相応に衰えがあるからで、自分で用を足すのも難儀なように見える。

「女学校……」

「高遠寺静です」

「しずちゃん、今は誰と住んでんの」

「旦那が早くに亡くなってね。娘が一人いるんだけど、早々に片づいて今は孫がいるのよ」

「じゃあ、しずちゃんは独り暮らしなの」

「気楽なものよ」

「うーん、しずちゃんみたいに初めっから自立しているような人はそうかもしれんねえ。わたしは駄目だわ。誰かが一緒にいないと」

美千代はそう言いながら、夫に優しい眼差しを向けている。

自分の人生に悔いはないが、それでも少しだけ美千代が羨ましくなった。娘を得たものの、亡夫との結婚生活はあまりに短かった。娘婿が同居を提案してきた時も、老いてから迷惑をかけるのが嫌さで断った。判事の激務と家庭を秤《はかり》にかけた上での選択だった。

だが、こうして美千代たちの仲睦まじさを見ていると、子供のあるなしを含めて、果たしてどちらが幸せだったのだろうかと考えてしまう。

人の数だけ幸せがあり家庭の数だけ不幸があるのは分かっているが、人生の終着駅がそろそろ視界に入ってくると、どうしても来し方を振り返らずにはいられない。自分の選択は正しかったのかと自問せずにはいられない。

「わたしね、しずちゃん」

静の思いを知ってか知らずか、美千代は夫の手に自分の手を重ねてこう言った。

「しずちゃんみたいに何かで名を残すような仕事はできんかったけど、後悔とかはね、全然ないんよ。身内のこととか色々あったけど、最後はこうして夫婦でいられるのが一番幸せなような気がする」

「結構ね、お熱いことで」

静はそう言って囃し立てる。それが最高の礼讃だと思ったからだ。


清水夫妻の死亡を伝えられたのは、それから四カ月後のことだった。

電話で知らせてきたのは、昭和警察署強行犯係の真野《まの》という刑事だった。

『被害者のケータイに判事の名前があったものですから』

なかなか現実味が湧かなかったが、それでも最低限の情報を確認しようとする本能が働いた。

「事件性があるのでしょうか」

『まだ初動の段階なのですが、事件性のあるなしを含めて判事からもお話を伺いたいと思いまして……お時間をちょうだいできますか』

次の言葉は咄嗟《とっさ》に出た。

「現場に連れていってください」

『いいんですか』

電話の向こう側で真野は念を押すように問い掛けてきた。現場に赴《おもむ》けば、当然美千代の遺体に面通しさせられ、間柄を根掘り葉掘り訊かれるだろう。真野の方でもそれを織り込んでの確認だ。

「わたしにできることなら何でも協力します」

二十分後、真野の運転する警察車両で、静は菅田荘に直行した。

まだ十一月だというのに、クルマから出た途端に寒風が肌を突き刺した。予報によれば今年の冬将軍の到来は例年より格段に早いらしく、一昨日の二十日には市内全域の道路が凍結してしまった。もはや観測史上という言葉は珍しくも何ともないが、初霜は年々早くなっている。しかも朝晩の冷え込みは滅法厳しいのに日中にはポカポカ陽気になるため、寒暖差に体調を崩す者も少なくないらしい。

四カ月ぶりに訪れた菅田荘の周辺は警察官たちで埋まっていた。立ち入り規制用の黄色いテープ、行き来する鑑識課員の姿を見ていると否応なしに現実感が迫ってくる。

「発見したのは区の職員でした」

清水家のある一階奥に近づくにつれて、ざわざわと戦慄が立ち上ってくる。

「昭和区では卒寿を迎える老人を表彰しているんですが、その本人が実在しているかどうかを訪問してチェックしているとのことでした。それで訪問してみると今朝の新聞が残っていて」

「いっとき家を空けているとは思わなかったんですか」

「今日の午前十時に訪問することは事前に通知済みだったんですよ。それでその職員は変だと思って裏に回ってみたんです。すると二人が部屋の中に倒れているのが見えたので通報したという次第で」

最近、独居老人や高齢の夫婦が死亡後しばらく経ってから発見される事例が続いている。裏に回ってみたという職員の対応は決して間違っていない。

部屋に至るまでの廊下には、ブルーシートで歩行帯が敷かれている。鑑識作業は終了したのかと問い掛けようとしたところ、部屋から背の高い捜査員が出てきた。

「検視、終わりましたか」

「たった今」

どうやら男は検視官らしい。

「死因は」

「典型的な一酸化炭素中毒だ。顔や肌を見れば一目瞭然だが、念のために司法解剖に回す」

「死亡推定時刻はどれくらいですか」

「死後硬直がまだ持続している。昨日二十一日の夕方から夜にかけてだろうね。解剖すればもっと精緻な数値になる」

それだけ聞けば充分だと思ったのか、真野は検視官の脇をすり抜けて部屋の中へと入っていく。静もそれに従うが、背中に纏《まと》わりつく悪寒はますます強くなる。この期に及んでも尚、静は事実を受け容れられなかった。

作業が終了したのか、部屋の中に鑑識課員の姿はない。数人の捜査員がおり、居間の中央に盛り上がった二つのシーツが安置されていた。

「それでは判事、ご確認をお願いします」

屈みこんだ真野がシーツをゆっくりと剝がす。中から現れたのは紛《まご》うかたなく美千代と徳夫の遺体だった。

美千代の唇は赤く変色し、腹部の死斑は鮮紅色を示している。明らかに一酸化炭素中毒の症状だ。

もう彼女たちの死を認めざるを得ない。

胸元までせり上がってくる思いを堪《こら》えながら、静は手を合わせた。

「間違いありません。清水美千代さんとご主人です」

「ありがとうございます」

真野は言うが早いか、シーツを元に戻す。無作法に見えないこともないが、彼なりの配慮と思うことにした。

「一酸化炭素中毒ということは、何か事故が起きたのでしょうか」

「現状、事故と事件の両面から捜査を進めています」

「状況を教えてください」

静は努めて事務的に喋ろうとする。少しでも気を緩めると、冷静な判断ができない惧《おそ》れがあった。

「二人の死体が発見されたのはこの居間ですがトイレとキッチンに繋がる戸は開いていました」

「戸締りはされていたんですか」

「裏口は施錠されていたんですが、玄関ドアは開いていましたね。通報を受けた我々がすぐに部屋へ入れたのも、そのためです」

静は居間を見渡してみるが、一酸化炭素中毒の原因になりそうな暖房器具は見当たらない。部屋の隅に炬燵《こたつ》が立てかけてあるが、これは電気機器なので関係はない。

「ストーブをお探しですか」

「ええ、一昨日から急に寒くなったので、灯油ストーブでも引っ張り出したんじゃないかと思って」

「二人とも、電気炬燵から這い出たようなかたちで倒れていました。現場に灯油ストーブや、一酸化炭素を排出するような暖房器具は存在しませんでした」

「じゃあ、どうして中毒死になるんですか」

それが何とも、と真野は困惑気味に頭を掻く。

「判事もご存じでしょうが一酸化炭素は無色無臭ですから、どこから発生したのかイマイチはっきりしないんです。もちろん全く見通しがないというのではありませんけど」

真野は喋りながらキッチンへと向かう。キッチンというよりは台所といった方が適切だろう。六畳ほどの空間に大型の食器棚とテーブルが置かれているため、人一人がやっと通れる程度だ。その炊事場の横に、今ではあまり見かけなくなった瞬間湯沸かし器が設《しつら》えられていた。

「ご覧の通り旧式のガス湯沸かし器ですが、このタイプは不完全燃焼防止装置がついてないんですよ。長年使用していると内部の熱交換器が目詰まりして、よく不完全燃焼を起こすんです」

真野は湯沸かし器を指先で叩いてみせる。

「こういうタイプの湯沸かし器は今では減りましたが、配管の都合で残っているところもあるんです。不運だったと言えば不運ですが」

「これが事故という見解の根拠ですか」

「夫婦どちらかが湯沸かし器のスイッチを捻ったものの、その後不完全燃焼を起こして一酸化炭素が発生。ところが二人は気づかないまま居間で寛《くつろ》いでいる。一酸化炭素が戸の隙間から侵入して、ゆっくりと充満していく。無色無臭だし、息苦しさを覚えた時には手遅れっていう寸法です」

八十九歳と八十歳の夫婦。ただでさえ感覚の鈍い二人が忍び寄る有毒ガスを察知できなかったとしても不思議ではない。

「まあ事故というか過失というか、その可能性は濃厚でしょうね。無論、この湯沸かし器も外して検査してみますけど」

「じゃあ、事件としても捜査するのはどういう根拠からですか」

「根拠と言うには、少し弱いんですけどね。キッチンの隅に置かれていたゴミ箱の中に、こんなのが混じっていたんですよ」

真野が差し出したのは紙片の写真だ。

「このアパートの管理会社が先週、入居者に配布した注意喚起です。備え付けの湯沸かし器は旧式で不完全燃焼防止装置がついていない。速やかに現行の機器と交換してくれ……そういう内容です」

「配布されたのはいつですか」

「十九日。つまり二人が亡くなる二日前です」

「偶然ですね」

「いえ、ちっとも偶然じゃないんです。先月も同じ昭和区内で、古い湯沸かし器を使用していて事故が起きたものですから、メーカーが回収に乗り出しているんです。つまりニュースを見聞きしたのなら、事前にこの湯沸かし器の危険性について把握しているはずなんです。把握していたにも拘わらず使用してしまったのなら、故意という可能性も捨て切れません」

「自殺、ですか。でも新しい湯沸かし器の交換に躊躇《ちゅうちょ》した可能性だってありますよね」

「確かに。老人というのは新しい物に懐疑的な面がありますからね。しかしそれでも命あっての物種じゃないですか。加えて夫は八十九歳、妻は八十歳。夫は認知症を患っていたという近所の証言があります。実際、そうだったんですか」

静は四カ月前に訪問した際の状況を説明する。徳夫と直接言葉を交わしはしなかったが、美千代の話や外見からそう判断せざるを得なかったのだ。

「診察券も出てきましたから、夫が一時期通院していたのは事実でしょう。カルテも病院に残っているでしょうから、そっちの確認も取れます」

「介護疲れで心中を図ったと考えているんですね」

「決して暮らし向きがいいとは言えない。子供も、介護してくれる親族も近くにはいない。老老介護で精神も肉体も削り取られていく。自殺の動機としてはアリでしょう。実は判事にお伺いしたいのはこのことも含めてです」

真野は静を正面から見据える。相手が元判事だろうが年上だろうが、決して臆《おく》することのない真直ぐな視線だった。

「自殺の線、判事はどうお考えですか」

静も真野を見つめ返す。捜査妨害をするつもりはさらさらないが、自分に嘘《うそ》を吐く局面でもない。

「死んだ美千代さんとは高等女学校の時に学友でした。向学心もあり、芯の強い人でした。徳夫さんとの縁談がなければ、ある分野では女性進出の突破口になっていたかもしれません」

「芯が強い人だから自殺はしない、という主旨ですか。それはいささかこじつけのような気もしますが」

「あなたはそう感じるかもしれませんけど、彼女を知る者にはとても夫を道連れに心中を図るような人間には思えないのです」

ふう、と真野は短く嘆息する。

「では逆にお訊きしますけど、遺書はありましたか」

「いや、それが……」

たちまち真野は歯切れを悪くさせる。

「なかったのですね」

「最近は遺書なしの自殺も少なくないので……二人のケータイにもそれらしきものは残っておらず」

「有り得ません」

これは断言してもいいと思った。

「今日びの若い子ならともかく、大正生まれの人間が自分の後始末や挨拶《あいさつ》や詫《わ》びもなしに自殺するなんて、そんな馬鹿な話はありません。彼女の性格からも矛盾しています」

「しかし突発的に自殺を思い立ったのなら、遺書を書く間もなかったでしょう」

「突発的に思いついた自殺が一酸化炭素中毒ですか」

指摘された真野は悩ましげな顔をする。

突発的な自殺を目論むなら、刃物や縄といった直接的な道具を使うことが多くなる。一酸化炭素中毒死を望むのであれば計画的要素が強くなり、遺書を残さないのはやはり整合性に欠ける。

「自殺でないとすると、別の可能性も出てくるんですよ。玄関ドアは施錠されていませんでしたから、他殺の線だってあるんです」

「清水夫妻を殺害する動機を持つ者がいるんですか」

「財産と呼べるものはないようですが、カネ目当てでなくても動機は成立しますからね」

静は己の癇癪玉《かんしやくだま》が破裂寸前なことを察知した。

刑事としては当然の見識なのだろうが、対象が美千代たちとなれば話は別だ。元判事としての嗜《たしな》みと個人の思いが相反し、頭の中で渦を巻いている。

「動機に関しては、この後の捜査で新たな展開があるかもしれません。判事は徳夫氏が弟の連帯保証人にさせられた件をご存じですか」

「聞いています。それが原因で財産のほとんどを失ってしまったようですね」

「実弟は行方を晦《くら》ませましたが、女房と子供は置き去り。今では女房も他界、残っているのは市役所に勤めている甥っ子だけです。彼から何か目ぼしい話が聞ければと思っているんですけど」

その時、別の捜査員が真野に近づいて何やら耳打ちをした。

「判事。噂をすればです。たった今、徳夫氏のたった一人の親族がやってきました。甥の清水颯太《そうた》さんです」

間もなく颯太が現れた。仕事先から駆けつけて来たらしく、㊇とマークのついたヘルメットと作業着姿のままだった。齢は四十代前半、居間に寝かされている夫婦を目にするなり、絶望するように肩を落とした。

「伯父さん、伯母さん……」

二人の亡骸《なきがら》に合掌し、悲嘆に暮れる姿はとても演技には思えない。しばらく見届けてから、真野はそろそろと話し掛ける。

「清水徳夫さんの甥御さんですね」

「はい」

「この度はとんだことで。昭和署の真野といいます。捜査にご協力ください」

「俺でできることなら何でも」

よく見れば反抗期の子供がそのまま齢をとったような風貌だ。どことなく拗《す》ねたような目が、今は哀しみの色を湛《たた》えている。

「ご夫婦とはよく行き来があったんですか」

「同じ市内だからね。しょっちゅう会うことはなかったけど、盆とか暮れとか折を見て顔を出すようにしていた。二人とも高齢だから、定期的に顔を出すようにしていたんだ」

「最近きたのはいつでしたか」

「やっぱり盆だった。猛暑日が続いたんでどうかと思ってたけど、二人とも大丈夫そうだったから安心したんだ」

「こまめですね」

真野は感心したように言うが、これは次の質問への布石だった。

「普通、伯父や伯母とそんなに親密になるものですかね」

明らかに相手を怒らせるための質問だったが、颯太は怒るどころか殊勝に頷《うなず》いてみせた。

「親密とかそういうんじゃなくって、せめて最低年二回は顔を出しておかなきゃ申し訳が立たないんだよ」

辛そうな顔を見て腑に落ちた。

「あのクソ親父の連帯保証人になったばかりに、退職後の余生が台無しになった。俺や母ちゃんが何をしたって償いきれるものじゃない。でも、二人は一度だって俺たちを責めなかったんだ。それだけじゃない。やっぱり色んな無理が祟《たた》って母ちゃんも死ぬと、伯母さんは俺のこと母親代わりに面倒みてくれたんだ」

「親切な方たちだったんですね」

「親切だけでできることかよ」

その言葉には全く同感だった。

「お訊きしたいのですが、お二人を憎んでいるような人に心当たりはありませんか」

「そんなもの、ない」

颯太は吐き捨てるように言った。

「慕われることはあっても、憎まれるようなことはなかった。ほいほい馬鹿の連帯保証人になるような夫婦が憎まれるはずないだろう。根っからの善人だったんだよ」

「それじゃあ、世を儚《はかな》んでいたということはありませんか。つまり自殺の可能性です」

「美千代伯母さんには、よく叱られたんだ。鉛筆一本粗末にするな、命だったら尚更だって。家の事情が事情だったから何度もグレかかったけど、その度に生きていることに責任を持てって言われた。耳にタコができるほど言われたから、何とかまともな生き方ができるようになって、お蔭で今の仕事にも就けたと思っている。そんな人が自殺なんてするもんかよ」

静は思わず頷いた。颯太が言ったことは、彼女が女学校の頃にも言い続けていたことだった。

「訊きたいことはそれだけか」

「また、ご協力をお願いするかもしれません」

「それなら頼むから早く火葬させてくれ。せめて二人の葬儀くらいは俺が出してやりたいんだ」

2

「わしの手掛けた物件が欠陥住宅やとおっ。誰じゃあっ、そんなことを言うヤツは。向こうの担当者かあっ」

玄太郎の怒号が轟《とどろ》いた。居間の中心で叫んでも邸宅の外まで届くような大声だ。携帯電話の向こう側では、さぞかし相手が仰《の》け反《ぞ》っているのだろうとみち子は同情する。

「ガス漏れ警報器の誤作動か何かしらんが、警報器ならメーカーの責任やないか。そっちには再三連絡したんやろう。何、ストレステストで問題がないと言われたあ？　それでおめおめ引き下がったんかい、たわけ。それでクレーム寄越してきた客が納得すると思うとるんかあっ。自分が被害に遭った気持ちになって抗議せえっ」

言い捨てると、玄太郎は乱暴に電話を切る。今日は携帯端末を壁に投げつけない分、いつもよりずっと穏当だ。玄太郎の癇癪は健康のバロメーター代わりなので、怒り方に衰えが出てきたら注意する必要がある。

定期研修で何日か玄太郎のお世話ができなかった時期は心配でならなかったが、復帰してみればこの通りなので胸を撫で下ろす。元気なら迷惑、おとなしければ心配と、どうにも手の掛かる爺さまだ。

「朝っぱらからそんなに怒鳴ると血圧が上がりますよ」

「ふん。胸に溜めとくよりは発散した方がええ。わしの健康法や」

「クレームみたいですね」

「建てつけが悪いとか契約に瑕疵《かし》があるとかならまだしも、警報器の誤作動ではＱＣ（クオリティ・コントロール）にもならん。自社の不備なら改善措置が取れるが、メーカー側の問題となれば扱い業者を代えにゃならん」

「業者を代えればいいなら、それが一番簡単に思えますけど」

「違う違う、みち子さん。業者を代えるのは簡単やが、それでは折角のクレームを生かせん。クレームっちゅうのは企業にとっちゃ宝や。こいつを生かしてこそ未来がある」

みち子の勤める介護サービスの社長はクレームがくる度に舌打ちし、スタッフに当たり散らす。それに比べれば玄太郎の対応はさすがと言うべきだろう。

もっとも口の悪さは介護サービスの社長以上なのだが。

癇癪を爆発させて胸の閊《つか》えが取れたはずの玄太郎だったが、何故か車椅子の上で考え込んでいる。

「どうかしましたか」

「どうにも解《げ》せん」

この爺さまが悩むことなど、そうそうあるものではない。

「さっきので、もう三件目になる」

「警報器の誤作動がですか」

「うん。最初のクレームは十一月五日、それから日を措《お》かずに続けざまや」

「最初から、メーカーさんにはチェックさせたんでしょう」

「当然な。ところが調べても調べても異常な箇所はないと言いよる」

愚痴も兼ねているのか、玄太郎は一連のクレームについて話し出した。その経緯は次の通りだ。

まず十一月五日、Aという住民からガス漏れ警報器が突然鳴動したと通報が為された。供給元のガス会社から調査員が派遣されてきたが、検出されたガスは極めて微量で臭いもしなかったことから調査員は警報器の誤作動と判断した。

次に同月七日、Aの自宅から少し離れたB宅から、やはりガス漏れ警報器が鳴り出したとの通報があった。調査員が駆けつけてみたが、前回と同様、検出されたガスは極めて微量であり、調査員はこれも警報器の異常と判断する。立ち去る際、調査員はBに警報器の交換を提案したのだと言う。

「しかしな、通報があった二件ともが新築物件やった。それも〈香月地所〉が手掛けた物件や。わしはよう強欲や拝金主義なんぞと悪口雑言を浴びとるが、売っている物件はどれも良品じゃ。それが受け渡しから一年も経たん間にクレームがきた。いくらデベロッパーの責任やないとしても、ええい腹が立つ」

そんな風に苛立っていたところに先ほどの三件目の報告が為された。玄太郎の憤慨ぶりも分かろうというものだ。

「共通点はもう一つあってな。三つの物件はどれも昭和区の並木町なんさ」

「分譲したのが同じ時期なら、場所が近いのは当然じゃないんですか」

「ところが同時期に分譲した他の区の物件には一つもクレームがない。言っとくが警報器のメーカーはどれも一緒や。つまり昭和区並木町の物件のみ、警報器が誤作動を起こしたっちゅうことになる。変やと思わんか」

「それは確かに変ですねえ」

「だから腹が立つ」

玄太郎は口をへの字に曲げて虚空《こくう》を睨む。七十過ぎのこの爺さまは怒ることで生きる活力を得ているのではないかと、みち子は本気で信じかけている。

介護の仕事を続けていると、要介護者に必要なのは安心と安全なのだという固定概念が生まれる。庇護される対象であり、身体・精神のどこかに損傷なり欠落なりがあるのだから、本人も不安で堪《たま》らないだろうと思いがちになる。

だが玄太郎を介護するようになってから、それは一方的な思い込みではないのかと考え始めた。

一人一人が違う人間なら希求するものも違う。希求するものが違うのならば介護の方針や仕方を変えるのは、むしろ当然ではないか。

少なくとも玄太郎は安寧や平穏を望んでいない。この爺さまに必要なのは不満と闘争なのだ。

「家におってもしゃーないな。みち子さん、会社にいくぞ」

そう言うなり、玄太郎は自分でハンドリムを操作して居間から出ようとする。せめて自分がハンドルを握るまで待てばいいものを、決して他人を当てにしようとしない。いったいこの男のどこが要介護なのだろうかと、みち子は何十回目かの疑問を胸に車椅子を押し始める。


玄太郎たちが〈香月地所〉の本社に入っていくと、居合わせた社員たちが次々に直立不動の姿勢を取った。

「お疲れ様ですっ」

「お疲れ様っス」

「お、お疲れ様でございます」

みち子自身が何度も本社を訪れたが、その度に思うのは社員たちの多様さだ。びっちりと頭を七三に撫でつけた生真面目そうな社員もいれば、昨日まで暴走族にいたのではないかと勘繰るほど軽薄そうな社員もいる。そういう者たちが、玄太郎に対しては一様に敬意を表しているのが不思議でならない。いくら社長とはいえ、本人を目の前に直立不動など時代錯誤も甚《はなは》だしいが、その相手が玄太郎となると違和感がなくなるのも不思議だった。

「渉外部の宮根《みやね》はおるか。並木町物件のクレーム対応はどうなっとるか知りたい。ああ、それから施工の兼平《かねひら》も呼べ」

　小世帯ゆえなのか、トップダウンの社風が徹底されているせいなのか、玄太郎たちが社長室に到着するのと宮根・兼平の両名が馳せ参じたのがほぼ同時だった。

「宮根よ。今日クレームを入れた客やが、どんな調子やった」

　問われた宮根は猫背気味の身体を更に曲げて聞き入っている。いかにも線の細そうな男で、これでよく渉外の仕事など務まるものだと感心する。

「え。調子というのはどういう……」

「警報器が鳴ったんやろ。もし誤作動やなかったら、本当にガスが漏れていたことになる。その客の体調は確認したんか」

「いえ。電話口ではごく普通の感じでしたので特には」

「たわけえええっ」

　本日の癇癪玉、二発目。さすがに社員は怒鳴られ慣れているとみえ、壁がびりびり響くような大音声《だいおんじょう》にも宮根は背筋を伸ばした程度の反応だった。

「健康被害は後になればなるほど祟《たた》る。客にも会社にもや。営業の人間を同伴させて医者に診《み》てもらえ」

「しかし社長。ガス漏れ警報器のトラブルなら〈香月地所〉の瑕疵責任ではありません。それにも拘わらず、クレーム発生時にウチが対応した事実が知られると、後々面倒なことになりはしませんか」

「道義的責任と法的責任は別物や。最初からウチは責任ないと突き放したら一般ユーザーも外野も反感持つだけや。ウチは出来得る限りのことをする。それで揉めるようなら交渉する。それでも駄目なら最後の最後は裁判所に判断を委ねる。渉外部も法務部もそのためにあるんやろう。しっかりせい、しっかり」

「承知しました。すぐ営業の担当者を手配します」

「分かっとると思うが」

「はい。わたくしも担当者と一緒に様子をみて参ります」

阿吽《あうん》の呼吸なのだろう。宮根は玄太郎の返事も待たずに部屋を飛び出していった。

「さて今度は肝心の警報器の件やけどな」

今まで黙っていた兼平は仏頂面を玄太郎に突き出した。

「あのクソメーカー、ガス漏れはウチの施工ミスじゃないかと難癖つけてきました」

「そのようやな。さっきわしも聞いた」

「腹が立ちます」

「わしもや」

「それで問題の警報器を取り寄せました。アイエー報知器の家庭用ガス漏れ警報器、HT-301型です」

兼平が差し出したのは手の平に載るサイズの警報器だった。

「クレームを入れてきたお宅にお邪魔して現物を拝借してきました」

「テストしたんやろうな」

「もちろんです」

「結果は」

「異常は見つかりませんでした」

　兼平は残念そうに言う。

「一酸化炭素なら25ｐｐｍの濃度でガス漏れを警報器が検知します。それ以下では反応しなかったので仕様書通りの性能と判断していいでしょう」

「警報器に異常がないんやったら、実際に25ｐｐｍ以上の有毒ガスが発生していたことになる。しかし現場に出向いた調査員はガス漏れとは認めんかったやろ。妙やと思わんか」

「それについては大方の見当がついとります」

「言え」

「有毒ガスといっても、大気中には0・2ｐｐｍ程度の一酸化炭素が含まれています。いや、そもそも酸素自体も有毒ガスであって、要は濃度が高ければ人体に害を及ぼすというだけの話です。調査員がガス漏れを調べる場合、もちろん室内の含有濃度も計測しますが、ガスというのは拡散しやすいですから警報器が鳴動した時には25ｐｐｍ以上あったものが、調査員が駆けつけた時には25ｐｐｍ未満だったのかもしれません。それで調査員はガス漏れ箇所を特定しようとするんです。どれだけ空気中に拡散しようとも、ガス漏れ箇所の濃度は薄まりようがありませんから」

「お前の言いたいことは分かった。つまり調査員はガス漏れ箇所を見つけられなんだちゅうことか」

「他に考えられません」

「なら兼平よ。調査員にも検出できなかった漏洩箇所はどこが考えられる」

「それで困っとります」

初めて兼平は困惑の表情を浮かべた。

「お客の家に伺った際、配管のある部分はチェックしたんですが、壁に罅《ひび》が入っている訳でも腐食が進んでいる訳でもなく」

「当たり前や。まだ新築の物件やぞ」

「恥ずかしい話、どこからガスが漏れているか全く分かりませんでした」

「お前にも分からんかったんか。そりゃあ難儀やな」

玄太郎は兼平の困惑が伝染したかのように眉根を寄せる。

「とにかくこのままやったら〈香月地所〉が風評被害を受けんとも限らん。通常業務止めてでも原因を探ってくれ」

兼平が一礼して部屋を退出した後、みち子は諦め半分に訊いてみた。

「あれでよかったんですか」

「何がさ」

「通常業務を止めてでもって言いましたよね。でも昨日は、受注が立て込んでいてスケジュールに余裕がないってこぼしてたじゃないですか」

「ほ、珍しいな。みち子さんがわしの稼業に口出しするとはな」

「稼業の方じゃなく玄太郎さんの体調が心配なんですよ。ちっとは自分の齢というものを考えてくださいな」

無駄とは分かっていても、介護士としては言っておくべきだろう。

「己の齢なら充分意識しとるさ」

後に続く台詞《せりふ》は容易に想像がつく。何やら三文芝居の様相を呈してきたが、みち子は不快ではない。

「この齢で安気にしとったら、ますます老いぼれる。わしを一日でも長生きさせたかったら、戦争かパニックでも起こしてくれんと」

しかし玄太郎の冗談は十一月十九日、現実のものとなった。

いつもと同じように玄太郎が居間で書類に目を通していると、携帯電話が着信を告げた。

「どうした、宮根。えろう泡を食っとるようやが」

次の反応が見ものだった。玄太郎は携帯電話を握り締めたまま、両目をかっと見開いた。もしも不随でなければすっくと立ち上がりそうな勢いだった。

「本当か、それは。今すぐそっちにいく。お巡りもそのまま待たせておけ」

不穏な内容であるのは口調で知れた。

「みち子さん。会社へ直行してくれ」

「いったい何の騒ぎですか」

「ガス漏れが原因で客が倒れたらしい」

急遽《きゆうきよ》、みち子の運転で〈香月地所〉本社へと駆けつける。社屋の玄関では、はや宮根が玄太郎の到着を待ち構えていた。近づいて見れば、前に会った時よりも表情が強張っている。

社長室に入るのを待たずに、玄太郎が口火を切る。

「詳細を説明せえ」

「今日の昼前、お客様が自宅のトイレで意識を失われ、そのまま救急病院に搬送されました」

「容態は」

「未だ意識不明です」

「医者の見立ては」

「当初、お客様が高齢であったことから心不全を疑っていたようですが、その症状をご家族から確認すると一酸化炭素中毒のそれに酷似しているんです」

「それを家族に伝えたんか」

「迷いましたが、社長ならお伝えするだろうと思いまして……もし一酸化炭素中毒だった場合、心不全と誤診しては生命に関わります」

自社の瑕疵責任を完全に否定できないまま重篤患者の病因をこちらから開示してしまうのは、会社に対する背反行為とも受け取られかねない。宮根の顔が強張っていたのは、おそらくそれが理由だろう。

「よし、お前の頭でよう対処した。褒めてやる」

みち子は内心で嘆息する。この爺さまは罵倒する言葉は無尽蔵なのに、褒める言葉は片手にも満たない。褒めることが少ないから、たまに褒められると相手は感激する。

案の定、宮根は顔を紅潮させている。一方、玄太郎は宮根の反応などそっちのけで、何やら考え込んでいる。

「原因がどうあれ急病人が出たんや。自宅や病院には警察が出動しとるやろ」

「はい。昭和署の強行犯係だそうです。何でも事件と事故、両方の可能性があるそうで……社長、警察にいって事情を説明しましょうか」

「何をとろくさいこと言うとるんや、お前は」

「はい？」

「どこにわしがわざわざ出向いてやる必要がある？　客でもないのに。お巡りなんざ呼びつけりゃあいい。わんわん吠えて駆けてくるわい」

警察の捜査員をまるで犬扱いだが、地元経済界の重鎮で国民党副幹事長の後援会長ともなれば明け透けに牙《きば》を剝く警察官もいない。未だに感心しない悪癖だが、どうも玄太郎は国家権力を毛嫌いしており、酷い扱いもその意趣返しのつもりらしい。

犬は口笛一つで飛んでくる――そう嘯《うそぶ》いて電話を掛けると、玄太郎の言う通り所轄の担当刑事が社長室に駆けつけてきた。

「昭和署の友永《ともなが》と申します」

「ああ、自己紹介なんぞええ。並木町で一酸化炭素中毒が出たらしいが、詳細を知りたい」

「しかし香月社長。確かに被害者の住まいは〈香月地所〉の施工ですが」

「運び込まれた急患は一酸化炭素中毒かもしれんと告げたのは、ウチの宮根や。それだけの捜査協力をしてやったのに、わしには何も教えられんのか」

「だからといって捜査状況を一般市民に教えるなんて」

「ほう。わしが一般市民だと言うんか」

玄太郎は車椅子に座りながら、友永を見下したように睨《ね》めつける。

「昭和署の署長は角谷《すみたに》やったな。そんならお前、角谷の前で香月玄太郎は取るに足らない一般市民やと大声で叫んでみるか。きっとすぐ出世できるぞ。愛知県警一の強者《つわもの》とか称されてな」

聞き慣れているみち子ですら嫌になるほど高圧的な物言いだが、玄太郎が県警の上層部など屁とも思っていないのは事実だ。哀れ友永は自尊心と自己保身の板挟みになって、何とも情けない顔をした。

「もう病院の方では診断も済んだんやろう。結果はどうやった」

「患者は……つい先ほど亡くなりました」

玄太郎はうっと呻《うめ》いた。さすがに人死にが出てしまったのは衝撃らしかった。

「意識不明の状態が続き、そのまま亡くなりました。医師は死体の状況から一酸化炭素中毒死の可能性が高いと診断しました。現在、病理解剖に回されています。それだけじゃありません」

「他に何かあるんか」

「同居していた息子夫婦が揃って頭痛を訴え、同じ病院で診察を受けています。こちらも一酸化炭素中毒の症状だろうと聞いております」

「家族は何か言っとるのか」

「今月に入って急に寒くなったので、室内でストーブを焚いていたようなのです。息子はそのストーブが不完全燃焼を起こしたんじゃないかと疑っています」

「ストーブは調べたんか」

「それが……鑑識の方では、今のところ異常箇所が見当たらないと」

「警察はどう考えとる」

「今は事件と事故両面から捜査を進めています。一酸化炭素中毒だとしてもガスの発生源が特定できない限り、安直に事故と片づける訳にもいきませんので」

「家庭内のいざこざがあったちゅうことか」

「自分たちも体調不良を訴えて被害者を装うというのは、よくある話です。ただ初動段階で、家庭内で揉めていたという事実も浮かんでいませんから、まだどちらの線が濃厚なのかも決めかねているところです」

玄太郎は深刻な顔で黙り込む。現時点においても〈香月地所〉の瑕疵責任が問われている訳ではないが、死人が出たことで由々しき問題に発展するのは避けられない状況となった。

さて、この爺さまが次にどんな手を打つのか――息が詰まるような思いで見守っていると、突然宮根が部屋に飛び込んできた。

「大変です、社長」

「何や、騒々しい。病院に担ぎ込まれた客が死んだのは、今聞いたばかりや」

「いえ、それだけではなく、他の家庭からも体調不良を訴える人が複数出たようなのです」

玄太郎はもう驚きもしなかった。

「被害状況を言え」

「三世帯八人。いずれも並木町の住人で、症状は頭痛や吐き気がするというものです」

「全員、一酸化炭素中毒ちゅうことか」

「診断結果はまだ出ていませんが、おそらくは」

それから先は、まるで嵐が到来したような騒ぎだった。

昭和区並木町で発生した集団一酸化炭素中毒事件は、その後も喜ばしくない広がりを見せる。三世帯八人が体調不良を訴えたのに続き、午後には更に二世帯六人が病院に担ぎ込まれ、うち一人は発見が遅れたため、治療の甲斐なく死亡してしまったのだ。

ただし今回の事件で玄太郎に幸いしたのは、被害に遭った五世帯の家がいずれも〈香月地所〉とは別会社による分譲だった点だ。築年数もばらばらであり、ひとまずデベロッパーに対する疑念は薄まった。

一方で疑惑が急浮上したのは、同地区にガスを供給していた民間の愛岐《あいき》ガスだ。同社は慌てて被害者宅全てを訪問し、室内の配管調査に着手した。

降って湧いたような事件は昭和署及び名古屋市消防局を震撼《しんかん》させた。消防局はその日のうちに愛岐ガス担当者と接触し配管調査の結果報告と今後の対応を求め、愛岐ガス側もこれを承諾、速やかに調査を完了させる旨を約束する。

昭和署及び名古屋市消防局は愛岐ガス側の配管ミスを期待していたフシがある。建築時の配管でミスがあったのなら事故の原因が愛岐ガス一社となり、責任問題も単純化するからだ。

ところが愛岐ガス側の調査報告は「異常は見当たらず」との見解に終始した。即日提出された調査報告書では「自社の配管工事自体には何ら過失は認められず」「仮にガス漏れが生じたのであれば、建築施工時の問題が無視できない」としてハウスメーカーに責任を転嫁する文言さえ記載した。こうなれば収まらないのは各ハウスメーカーで直ちに愛岐ガス側に抗議する旨を表明し、並木町の事故は原因追及と責任の所在を巡って泥仕合の様相を呈してくる。

事態を重く見た名古屋市は並木町の住民九十四世帯二百十五人に対して避難勧告を発令し、住民の多くは最寄りの小学校に避難した。同時に名古屋市は並木町についてガスの供給停止を命じ、二十日午後三時を以て同地区のガス供給は一時停止となった。

そしてこの日を境に昭和区内のホームセンターではカセットコンロの売り切れが続出し一部のメーカーは時ならぬ特需に沸いたものの、名古屋市を巻き込んだ騒動は一向に沈静化する兆《きざ》しを見せなかった。

3

「ようもここまで書いてくれたもんや」

文書に目を通していた玄太郎の口調は意外なほど落ち着いている。読んでいるのは愛岐ガスが事故原因はハウスメーカー側にあると示唆した報告書だから、知らぬ者が見れば〈香月地所〉の社長はずいぶん穏やかな人物と思うだろう。

だがみち子は知っている。こんな風に玄太郎が静かに呪詛《じゆそ》の言葉を吐くのは、怒りを溜めている時と決まっている。

玄太郎は今日も社長室に詰めていた。普段は自宅で趣味の模型作りに興じている社長が常駐しているためか、可哀想に社員は目に見えて緊張している。

「もおちぃと穏便に書いとりゃあ、ええものを。雉《きじ》も鳴かずば撃たれまいちゅう諺《ことわざ》を知らんのかい」

「ひょっとして愛岐ガスの社長さんとは知り合いなんですか」

「おうさ。商工会議所で何遍も顔を合わせとる。萩尾弥次郎《はぎおやじろう》言うてな、口さがない連中はハゲオちゅうて馬鹿にしとる」

口さがない連中の中には玄太郎も混じっているに違いない、とみち子は思う。

「馬鹿にしとる理由はな、別に頭の毛がどうのこうのやのうて、商売のやり口が阿漕《あこぎ》やからや。資格も持たん技術者に工事させるわ外国人ちゅう理由だけで給料ピンハネするわ、まあまともな噂は聞いたことがない。ここ数年は経営も綱渡り状態でな。阿漕な商売が長続きするはずもないと、これも仲間内じゃあ酒の肴さ」

「そんな問題のある会社だったんですか」

「報告書を読んどるとなあ、ヤツの思うとることが紙の上に浮かんできよるんだ。何があってもガス漏れの責任は取りたくない、余分なゼニは一円も払いとうないとな」

「とんでもなく強欲な経営者なんですね」

「何を言うとるんや、みち子さん」

玄太郎は憤慨したような声を上げる。

「強欲さやったらわしの方が一枚も二枚も上手や。たわけたことを言わんでくれい」

「はいはい」

この手の会話にはすっかり慣れた。経営手腕だろうが政界への影響力だろうが、はたまた強欲さだろうが、この爺さまは他人の後塵を拝すのが何より嫌いなのだ。

その負けず嫌いの玄太郎が、不意に天井を見上げてにんまりと口角を上げた。間違いなく、何かの悪巧みを思いついた時の仕草だった。

「思いついたが吉日や」

吉か凶かはともかく、玄太郎は傍らの受話器を上げて兼平を呼び出した。

「ご用件は何でしょうか」

兼平は相も変わらず不機嫌だった。

「忙しそうやな」

「通常業務を止めてでもガス漏れの原因を探れと命令されましたから」

「光明は見出せたか」

「それが何とも。わざわざ新築物件の壁一面を剝がしてみたんですが、やはり配管には問題がなくて……」

「責任の所在を気にし過ぎとったんかもしれんな。家の中に問題がなけりゃそんでええと思うとったきらいがある」

「それでいいんじゃないんですか」

「虎穴に入らずんば虎子を得ず。知っとるだろ」

「知ってはいますが、今度のこととどんな関係があるんですか」

「せやから穴を掘れと言うとるんさ」

「社長、いったい何を」

「ガス漏れの通報があった家の周り、全部掘り返せ」

兼平は玄太郎の指示を咀嚼《そしゃく》するように二、三度頷く。

「徹底的にですか」

「徹底的にや」

「費用はどうするんですか」

「お前の心配することっちゃない。気の済むまでやれ」

「分かりました」

敬礼でもしかねない勢いで、兼平は部屋を出ていった。愛想はよくないが玄太郎とはウマが合うのか、ふた言み言で分かり合えてしまうらしい。

「いったい何を企んでるんですか、玄太郎さん」

「企むとはずいぶんな言い草やな。わしは警察や消防がやるべきことを代わってやろうとしとるだけや」

「ただ、売られた喧嘩を買ってるだけじゃないんですか」

「そうとも言う。ただ、わしも好機を逃すような男やないからな」

玄太郎は目をきらきらと輝かせていた。

「叩く相手は叩ける時に徹底的に叩くのが、わしのモットーや」

トップダウン、別《わ》けても社長が玄太郎のような人物だと指示が末端の社員に至るまでに一時間も要しない。ガス漏れの通報があった家周辺の掘削工事は、早速その日の午後に開始された。

玄太郎という男は根っからの機械好きで、しかも何か含むところがあるのか掘削工事の現場に顔を出したいと言って聞かない。

「適度な外出は長生きの秘訣《ひけつ》や」

「日がな一日、部屋に閉じ籠《こ》もってプラモデル作ってた人がそれを言いますか」

「あれは指の運動でボケ防止になる」

「本当に口の減らない要介護者だこと」

「これは唇の運動や」

口では勝てないのは身に沁みている。仕方ないので玄太郎の我がままに付き合うことにした。

なるほど並木町というのは古い町並みがそこかしこに残っており、さっきなどは昔懐かしき駄菓子屋まで見つけた。未だ昭和の香りを残す町が、みち子は嫌いではない。

現場では既に工事が始まっていた。施工担当兼平が指揮をする中、若い従業員たちが建機を操作してアスファルトを穿《うが》っている。掘削工事をこれほど間近に見るのは初めてだった。路面切削機の音で、玄太郎と話すだけでも大声を出さなければならない。

しばらく観察していると、アスファルトの塊が三層になっているのが分かる。玄太郎に質問すると、すぐに回答が返ってきた。

「上から表層・基層・路盤《ろばん》となっとる。アスファルトと呼んどるのは表層と基層部分で、砕石《さいせき》が路盤やな。あれは透水性舗装ちゅうてな、この近くに排水設備がないからあの仕様になっとる」

「よく分かりません」

「最近のアスファルトは大きく分けて保水性・排水性・透水性の三種類がある。要は水溜まりをどう処理するかの違いでな。保水性は一平米あたり五リットルの水を表層内に溜め込むことができる。排水性は粒の大きなアスファルトで勾配をつけて、水溜まりをそのまま側溝に流し込んじまう。水溜まりができにくくなるから雨の中でも歩きやすいちゅう利点がある。透水性は地中まで直接雨を沁み込ませるので排水の手間が要らん。見てみい、雨が路床《ろしょう》まで沁みとるからずいぶん濡れておるだろ」

玄太郎の言う通り、舗装を剝がした跡の路床部分は大量の水を吸って泥のようになっている。ここ数日の寒波で舗装の真下は霜が降りたように白い。

「それにしても玄太郎さん。どうして急にアスファルトを掘り返そうなんて考えついたんですか」

「何、ちょっと思い出したことがあってな。並木町というのは見た通り古い住宅地なんやが、それでもアスファルトは最新式になっとる。何でやと思う」

「さあ」

「この辺りはガス管が敷設されてから下水道が通っとるんだが、ひどい豪雨があると破裂しよるからそのたんびに交換工事をした。それ以外にも光ファイバーの敷設とかで何度も埋め戻しをしとる。だからアスファルトだけは新しい」

「それが今度のことと何か関係あるんですか」

「まあ、見ときんさい」

切削機とショベルカーが次々にアスファルトを剝がしていく。こうして眺めていると、街というものはほとんど人間が造ったという当たり前の事実に感慨を覚える。街を造るのも壊すのも同じ人間という事実に空しさを覚える。

しばらくすると、片側通行規制をしている端にワゴン車が停止した。クルマの横には〈愛岐ガス〉とあり、中から出てきたのは禿頭の老人で、なるほどあれが萩尾社長かとみち子は妙なことに感心する。

「香月社長、いったいこれは何の騒ぎかね」

「おお、ハゲオ社長。やっとかめやな」

「萩尾じゃ。何遍言うたら本名を覚えるんや、この……」

萩尾は何やら侮蔑の言葉を吐こうとして、ハゲオに対抗できるような悪罵《あくば》が思いつかないらしい。あるいは元から語彙《ごい》が乏しいのかもしれない。

「何で〈香月地所〉が道路工事なんかしとるんや。あんたんどこはデベロッパーとハウスメーカーやろ」

「ちゃあんと市に許可は取ってある。アスファルトを剝がそうが爆弾埋めようがわしの勝手や」

玄太郎は子供のように舌を出してみせる。いったいこの爺さまは自分の齢を知っているのだろうかと、みち子は嘆息する。以前にも舌出しを咎《とが》めたところ、「中指を立てるよりはずっと紳士的やろう」と返されたので、もう怒る気にもなれない。

「許可があるとかないとかやない。目的を訊いとるんだ。名古屋市の予算配分はこっちでも把握しとる。十一月のこの季節に小さい工事をするなんざ、わしは聞いておらん」

「そりゃあそうさ。役所の仕事を競り落とした訳やないからな」

「役所仕事やろうが何やろうが、ライフラインに関する工事やったら下水管やガス管の所有者と調整があって然るべきや」

「それは平常時の対応であってな。今は異常時や。この界隈で一酸化炭素中毒の患者が仰山《ぎょうさん》出た。ハウスメーカーに名を連ねる者としちゃあ、ガス漏れの発生源を調べん訳にはいくまい。通報のあった家は壁の中まで覗いたが、原因は分からずじまい。だったら家の外を調べるしかない。それが道理やろ」

「家の外って……そんなら並木町一帯の道路、全部引っぺがすつもりか。あんたんとこにそんな予算があるっちゅうのか」

「他人の財布の中身を詮索するのは、あんたの悪い癖やな。そんなもん、心配せんでええ。それにな、わしもただ手当たり次第に掘っとるんでもない」

玄太郎は口角を吊り上げてみせた。こういう時の玄太郎はいつにもまして生き生きとしており、要介護であることを疑いたくなる。

「犬ですら臭いのする場所しか掘らん。ましてやこの香月玄太郎、そこいらの犬よりはよっぽど鼻が利くぞ」

ただし、と玄太郎は己の鼻を突き出した。

「悪事に関してやけどな」

萩尾が口を開きかけた、その時だった。

「監督うーっ、ありましたあっ」

掘削跡に潜り込んでいた作業員の声が上がる。兼平が駆け寄って同じ場所に下りていく。

「社長。こちらへ」

兼平の声は確信に満ちていた。兼平を信頼している玄太郎は、期待に目を輝かせて車椅子を押せと催促してくる。

みち子が玄太郎とともに近づくと、すっかり土を取り除かれた大小の管が露出していた。

「ドンピシャでしたよ。まさかこれほどだったとは」

　みち子はしばらく開いた口が塞がらなかった。

　兼平が指差しているのは紛れもなくガス管だった。そのガス管の面が、まるで切断されたように上下にずれていたのだ。穴が開いているどころの話ではない。ガスを供給するという本来の役目さえ果たせないではないか。

　みち子は咄嗟に玄太郎の鼻と口を押さえた。

「やめてくれい、みち子さん。ガスの供給は停止されとるから安心してええ。第一、わしがそんな迂闊な真似するかい」

　そう言って、腰の辺りからひと昔前のゲーム機のような端末を取り出す。

「携帯用のガス検知器さ。家庭用ガス漏れ警報器より敏感に反応する」

「早う、言ってください。わたしはてっきり」

「わしが用心深い性格なのは知っとろうが。それにしても萩尾社長。これはまた見事な破損状況やないか」

　話を振られた萩尾は今や完全に顔色を失っていた。

「実はな、並木町一帯の工事記録は調べたんさ。〈愛岐ガス〉が初めてここにガス管を通したのは六〇年代やったな。その頃のガス管の多くは鋳鉄《ちゆうてつ》製のはずやから、もしやと思ったら案の定や。あんたも薄々気づいとったから、調査協力に消極的やったのと違うか」

萩尾は肩を落として、もう何を言う気力も失せたようだった。

みち子も相応に色んな人間の表情を見てきたが、青菜に塩という表現がこれほどぴったりするのは初めてだと思った。

「ああ、付け加えておくがな。さっき工事の予算について口走っておったやろう。この工事の目的はガス漏れ箇所の特定や。原因がガス管に特定できたのなら、当然かかった費用はガス管の所有者である〈愛岐ガス〉に請求させてもらう。この後、破損箇所は山ほど出てきて色々と入りようになると思うが、まずはウチへの支払いを優先してもらわんとな」

「……誰が払うか、そんなもん」

「そう言うと思うたから、念のためあんたの会社の資産を仮差押えさせてもらう。今頃、ウチの法務部が申請書類一式携えて名古屋地裁に向かっておる最中やわ。かっかっか」

水戸黄門ばりに呵呵《かか》大笑する玄太郎だが、こんな性悪の黄門さまなど見たことも聞いたこともない。みち子は深く同情の溜息を吐いてやった。

その後、市の緑政土木局の担当者、昭和署の捜査員、更には新聞記者などが相次いで到着し、現場は混乱した。折悪く居合わせた萩尾は各人から質問攻めに遭い、最終的には昭和署で事情聴取を受ける羽目となったのだから、玄太郎たちにしてみれば二重に見ものだった。

ところで昭和署および緑政土木局の一致した結論は次のようなものだった。

六〇年代、並木町の地下に敷設されたガス管は玄太郎の指摘通り鋳鉄製だった。近年使用されている樹脂管に比べて柔軟性に乏しく、また寒暖差にも脆弱という弱点を抱えていた。本来であれば早期のうちに樹脂管に交換していれば今回のような事故は起こらなかったに違いない。保守点検を怠ったという点で〈愛岐ガス〉の法的責任は免れない。

鋳鉄元来の硬直性と脆弱性に、今回は並木町の特殊事情が加わった。これも玄太郎の説明通り、並木町は度重なる下水管の交換により何度もアスファルトが埋め戻された経緯がある。埋め戻しをすればするほど鋳鉄製のガス管に荷重がかかる。更にガス管の上を下水管が走っている部分では、アスファルトからの荷重が下水管を通じてガス管に及んだ。

こうした状態が長年継続された結果、鋳鉄製のガス管は金属疲労を起こしていた。金属疲労を起こした箇所からガス管は破損し、そこからガスが漏れる。地中内を漂ったガスの一部は、密閉度も圧力も低い下水道内に侵入し、やがて家庭の排水回りから漏れたという訳だ。一酸化炭素中毒の被害者のうち、トイレで倒れていた者がいたのもその理由によるものと思われる。

いずれにしろ原因さえ分かれば対策も立てられる。市は直ちにガス管の全面交換を決定し、請負業者の競争入札手続きに入った。この入札に〈愛岐ガス〉が参加するかどうかは定かではないが、この後に待ち構える賠償問題と訴訟を考えれば、そんな余裕は皆無に近いという意見が圧倒的だ。

また、こういう好機を逃さないのが玄太郎の玄太郎たる所以《ゆえん》で、〈香月地所〉は早くも件《くだん》の入札について参加を表明した。率先してガス漏れ事故の原因を突き止めた〈香月地所〉には他の業者にないアドバンテージがある上に、市側も無下《むげ》にはできないので入札前から有利との声がもっぱらだった。

ピンチはチャンスという言葉があるが、玄太郎にとって今回のガス漏れ騒ぎはまさにそれだった。死者を出した事件で不謹慎の誹《そし》りは免れないが、口さがない者は早くも「ガス太り」などと囃し立て始めた。誹謗中傷に近いものだったが、噂を耳にした玄太郎自身がにやにや笑っているのだから始末に負えない。

みち子は車椅子の暴君を見下ろしながら、また深い溜息を吐いた。

4

真野に呼ばれて昭和署に赴くと、応接室に例の車椅子コンビがいたので静は驚いた。

「どうして玄太郎さんがここに」

「いやな、静さんよ。この真野という刑事があんたのことを教えてくれてな」

今日の玄太郎は普段よりも神妙に見えた。

「何でも菅田《すがた》町に住んでいた友だちが亡くなったそうやな」

それで合点した。玄太郎なりに、旧友を亡くした静に弔意を示しているのだろう。

「ええ。一昨日、一酸化炭素中毒でご夫婦とも」

「事件と事故の両面で捜査しているらしいな」

「そのようですね。でも清水家の事件が玄太郎さんにどんな関係があるんですか」

「実は十九日に、こんなことがあった」

間もなく玄太郎が語り出したのはガス管の老朽化による、大量の一酸化炭素中毒者発生事件だった。並木町の事件は新聞報道で知ったが、原因を知らされたのはこれが初めてだった。

「それでな、静さん。あんたの友だちが住んでおった菅田町は、ガス漏れ騒ぎのあった並木町から二ブロック離れた場所に位置しておる」

「じゃあ、清水夫妻の死もガス管の老朽化に起因すると言うんですか」

「いや、この場合はちょぃと事情が違ってくる」

玄太郎は目の前のテーブルに昭和区の白地図を広げる。見れば、確かに菅田町は並木町のすぐ近くだ。

静の目を引いたのは、白地図に書き込まれた直線だ。道路に並行し、細かい数値が記載されている。

「これは都市ガスの配管図ですね」

「ご名答。並木町の事故が道路下のガス管に関係するんやないかと当たりをつけたのも、この配管図をうっすら記憶しとったからでな」

「記憶力が大変よろしいんですのね」

「仕事に関係したことなら忘れんよ」

「でも玄太郎さん。この配管図では並木町と萱田町は全然繋がっていませんよ」

「それはな、萱田町に供給されるガスは別のガス会社のものやからや。〈新名《しんめい》ガス〉ちゅうて、ガス管も樹脂管やったから並木町みたいな事故に遭わずに済んだ。〈愛岐ガス〉は未だに一酸化炭素の混じった古臭い都市ガスを供給しとるが、こっちの方は無毒性の代替天然ガスやしな」

「じゃあ、清水夫妻の死に関係しなくなるじゃないですか」

「これは仮説なんやけどな。萱田町のアスファルトは並木町のものと同じ仕様になっとる」

玄太郎は最近のアスファルト事情についてひとくさり説明を加える。それによれば、萱田町に敷かれたアスファルトは透水性で水溜まりを路床にまで沁み込ませるタイプのものらしい。

「十一月の十九、二十日と名古屋市は早めの寒波に襲われた。すると水を吸っていた路床は当然凍結する。つまりアスファルトの下に分厚い氷の層ができることになる。並木町の地下に漏れ出したガスの一部はこの氷の層に遮られて地上に抜けることもできず、層伝いに地中を移動していく」

「その到達点が菅田荘だったというんですか」

「ガスは菅田荘の真下まで伝播する。そして二十一日の正午から夕方にかけて気温は急上昇した。昭和区では何と最高二十五度やった。凍結していた路床もゆっくりと融けていく。すると今まで氷の層に阻まれていたガスも地上へ向かい始める」

その先は聞かずとも理解できた。解き放たれたガスは下水管から菅田荘内部に侵入し、トイレ・台所といった水回りから噴き出し清水夫妻に襲い掛かる——。

「と、いうのがこのお巡りの推理や」

玄太郎は失礼にも真野を顎で指す。

「あなたの推理じゃないのですか」

「いい線いっとるとは思うが、何せ証拠がない。当時路床がどこでどう融けたのかも立証できん。証明できんモンはどんだけ上手い理屈を捏《こ》ねても絵に描いた餅さ」

自説を貶《けな》されて真野は心外そうな顔をするが、玄太郎は一向に構った風ではない。

「じゃあ、玄太郎さんの考えはどうなんですか」

「わしゃ、分からん」

あまりにあっさりとした返事に拍子抜けした。

「あなたらしくないですね」

「被害者が静さんの知り合いやなけりゃ、もっと無責任な推測もするんやが、あんただって赤の他人に友だちの生き死ににについて要らんことは言われとうないやろう」

言い返す言葉が見つからなかった。

「ただな、このお巡りの推理がいい線いっとるとゆうのは、誰も傷つかずに済むからや。老朽化した鋳鉄製の管から漏れたガスが室内に流れ込んで一酸化炭素中毒。不慮の事故、巡り合わせが悪かった。それで済むんやったら万々歳さ」

「何か言いたそうですね」

「別に」

多少なりとも玄太郎の人となりを知っている静には、口にしない言葉も胸に聞こえてくる。

それで済むのなら万々歳——言い換えれば真実は常に刺々《とげとげ》しく、誰かを傷つけずにはいられないということだ。

悔しいが、静も真実の非情さは知悉《ちしつ》している。四十年近くも裁判官席でその苦さを噛み締めてきたのだから。

「これは静さん、あんたの事件や。あんたがええと考えるようにやりゃあええ」

そう言い残すと、玄太郎はみち子とともに部屋を出ていった。

司法解剖が済むと清水夫妻の遺体は荼毘《だび》に付され、唯一の親族である甥の颯太の許に返された。

二人の葬儀は二十四日、区内の公営斎場で執り行われた。二人とも老齢であったためか参列者は少なく、傍目にも寂しい葬儀に見える。著名人や一端《いっぱし》の組織人でもない限り、齢を経て社会との繋がりが薄くなった者の末路は多かれ少なかれ似たようなものだ。

不意に静は己の葬儀に思いを馳せる。誰が喪主になり、誰と誰が参列するのか。

少ししてから馬鹿馬鹿しいと思って想像を振り払った。特に几帳面でもない自分が死後のことを心配するなぞ、いよいよ老いぼれてきた証拠だ。

記帳台には喪主となった颯太が立っていた。

「この度はご愁傷《しゅうしょう》様でした」

静が頭を垂れると、颯太はもっと深く頭を下げた。

「少しだけお話ししたいのだけれど、お時間はありますか」

「告別式が始まるまで、ちょっと時間があります。親族控室で待っててください」

記帳を済ませると、言われた通り親族控室に向かう。もちろん静は親族ではないので、部屋の中で待機していても居心地の悪さがついて回る。

しばらくして、ようやく颯太がやってきた。

「すいません、お待たせしちゃって」

「いいえ。そんなに急いではおりませんから」

「葬式の喪主は何回やっても慣れません」

「慣れればいいというものでもないでしょう。気にしないでください」

「それで、お話というのは何なんですか」

静は居住まいを正す。正面に座った颯太もその様子から只ならぬ気配を感じたのか、自らも背筋を伸ばした。

「菅田町の近く、並木町で大規模なガス漏れ事故がありました」

「ええ、新聞にも出ましたからね」

「昭和署の刑事さんは、並木町の事件と美千代さん夫婦の一酸化炭素中毒死を結びつけて考えたようです。並木町の地下で漏れたガスが凍結した路床を伝わって、菅田荘の真下にまで辿り着いたという推理です」

静は玄太郎伝手《づて》に聞いた真野の推理を披露した。颯太は感心したように何度も頷いてみせる。

「確かにありそうな話ですね。菅田町というのは並木町から見たら少し坂を上った場所にあるんです。一酸化炭素が凍結した路床を伝わって流れ込んだというのは、とても納得できます」

「でも、わたしは納得できないの」

静は颯太を正面に見据えて言う。

「でも高遠寺さん。偶発的なガス漏れ事故なら、伯父や伯母が遺書を残していなかったことの説明にもなるじゃないですか」

「真野刑事が事故説を採用した理由も、一つにはそれがあります。でも事故だとしても納得できません」

「何がですか」

「現場はキッチンやトイレに繋がる戸が開いていました。戸が開いていたから、下水管を伝ってきたガスが室内に噴き出したという仮説が生きてくるのですが、それがそもそも変です。二人が亡くなったのは二十一日の夕方から夜にかけて。あの日は日中は暑いくらいだったが、朝晩は厳しい冷え込みで体調を崩す人も少なくなかった。そして清水家の暖房器具といえば赤外線の炬燵のみ。おかしいでしょう。炬燵以外に暖房器具がないのなら、戸を閉め切っておくはずです。特に違和感があるのがトイレ。いくらご主人が要介護者だからといって、寒いさなかトイレに通じる戸を開けっ放しなんて理屈に合いません。清潔好きで万事に折り目正しい美千代さんにもそぐわない行動です」

「じゃあ、二人は殺されたっていうんですか」

「その可能性ももちろん検討しました。事故や自殺を装った一酸化炭素中毒死。二人の気づかないうちにガスを室内に蔓延させ、犯行後にその痕跡を消す。玄関ドアは開いていたので、外部から犯人が侵入したとしても不思議ではありません。でも、この他殺説も却下します」

「どうしてですか」

「鑑識は玄関ドアの鍵穴も分析しました。ピッキングなどの道具でこじ開けたような痕跡はありません。そしてこれが一番大きな否定材料なのですが、清水さん夫婦が亡くなって得をする者は誰一人として存在しないのです」

「それは否定しません。伯父伯母を憎んでいるヤツはいませんでしたから」

「それ以外にも金銭的な動機が存在しません。嫌な言い方になりますが、財産と呼べるものは何もなく、生命保険すら加入されていませんでした。現場は物色した様子もなく、金銭目的での謀殺という可能性は最初から排除されていました」

「財産と呼べるものがなかったのは、あのクソ親父のせいですけどね」

「犯罪ですら経済原理は通用します。享楽殺人の場合は殺人自体が目的になりますが、それでもガスで事故死を装うよりは、もっと人目を引くような猟奇的な殺害方法を選択するでしょう。つまり美千代さん夫婦をあんな風に殺害しても、全く誰も利益を得ません。従って他殺説も除外です」

「でも残っている可能性は……」

「ええ、唯一自殺説が残ります。美千代さんの性格を考えれば、これもまた納得し難い話です。だけど彼女の性格から自殺は有り得ないとするのは、わたしや周囲の人の単なる思い込みでしかありません。あるいは押しつけ。あるいはお仕着せ。自分の印象に過ぎないものを相手に強要しているだけの人物像です。本当は弱い人間なのかもしれない。誰かの助けを必要としているのかもしれない……そんな可能性なんて最初っから考えようともせずにね。わたしは長年裁判官を務めていながら、一番重要なことをすっかり失念していたのです。それは、人の心は悪魔でも分からない、という真理です」

颯太の目が左右に泳ぎ始める。だが静は彼の顔を正面から捉えて離さない。

「自殺であれば、十九日に注意喚起のビラが配布されたにも拘《かか》わらず旧式のガス湯沸かし器を使用していた理由も頷けます。いいえ、不完全燃焼の危惧される湯沸かし器だからこそ交換しなかったのでしょう。一酸化炭素中毒死なら、比較的楽に死ねるという俗説が流布しているようですから。それに玄関ドアが施錠されていなかった理由も説明がつきます。今から死出の旅に向かうのに戸締りは必要ない。自分たちの死体を発見してもらうには、却って施錠しない方が親切だ……むしろ、この気遣いこそが美千代さんらしいとも言えます」

「でも、それじゃあ」

「もちろん自殺説を唱えると数々の矛盾点が発生します。遺書が残っていなかったこと、ガス湯沸かし器のあるキッチンはともかく、トイレに繋がる戸が開いていたこと。でも言い換えるなら、その二つの矛盾点さえ解消されれば、二人が自殺したのは確実になります」

静はいったん言葉を切り、颯太の様子を窺う。さっきまで泳いでいた目はまだ怖気づいているようだったが、それでも静の顔を捉えている。

「さっき、犯罪にも経済原理が働くと言いました。しかしそれにも例外があります。経済では推し量ることができないものを護ろうとした場合、人は自分には何の得にもならないことを実行します。たとえば、尊敬している人の名誉を護ることです」

颯太の顔色が変わる。

「美千代さんが自ら命を絶つような真似をするはずがない……彼女を知る者なら、おそらく十人が十人ともそう考えるでしょう。どれだけ苦境に立たされても、どんなに心労が積み重なっても、彼女は決して自分から逃げ出すことはしないと信じています。別の言い方をすれば、自殺という手段は彼女の名誉を著しく傷つけるものなのです。そしてね、颯太さん。彼女の名誉を一番大事にしようとしていたのは、あなただったと思うんですよ」

「俺が偽装工作をしたというんですか」

「真野さんからお聞きしました。あなた、お勤めは、名古屋市役所でしたよね。勤務中にヘルメットをされる仕事だったら、恐らく土木・水道関係でしょう。それならば、二十日の急な〈香月地所〉の調査についても、恐らく申請内容を知っていたのではないですか。だから美千代さん夫婦が亡くなった二十一日以前に並木町のガス漏れについて、いち早く真相を知ることもできた。あなたは並木町でガス漏れが起きたなら、近くに住んでいる美千代さん宅は大丈夫だろうかと二十一日の夜に訪ねてみた。そこで美千代さんたちが無理心中を図ったのを知った。方法はガス湯沸かし器を不完全燃焼させたまま放置しておくこと。その時トイレへの戸は閉まっていたし、遺書も残してあったのでしょうね。だけどあなたは我慢がならなかった。このままでは伯母が苦難から逃げたことになってしまう。それはあの誇り高い女性の墓碑銘に相応《ふさわ》しくない」

やがて颯太はゆっくりと俯き加減になっていく。

「並木町の事故を聞いていたあなたは、咄嗟に二人の死を事故死に見せかけることにしました。そのための作業はとても簡単で、並木町の事故と同様にみせかけるためにトイレへの戸を開けておくことと遺書を回収してしまうことの二つだけ。実際、真野刑事はそう思い込んでしまいましたからね。あなたは他には何も手をつけなかった。余分な工作をしなかった分、事故とも自殺とも他殺とも取れる曖昧な状況を作り出した。だからこそ並木町の事故が表面化した時、一も二もなく事故説に飛びついてしまう。実際に真野刑事がそうなりましたからね」

「証拠は」

　ようやく颯太は口を開いた。

「伯母が無理心中を図ったという証拠はあるんですか」

「ないわ。だからこれは、完全にわたしの妄想。習い性の類いかしら。物事は自分なりに結論を出しておかないと気が済まないの。でも妄想であっても、満更じゃないと思うの。一つだけ心残りなのはね」

「はい」

「美千代さんが残したであろう遺書を誰も読めないこと。あの気丈な美千代さんが、どんな気持ちで自死を選んだのか、その最後の叫びを永遠に聞いてやることができなくなったこと」

　しばらく颯太は俯いたまま微動だにしなかったが、やがてのろのろと懐から封書を取り出した。

渡すか渡すまいか逡巡していたようだが、意を決した様子で静に差し出した。

「火葬する時、棺に入れて焼却するつもりでした」

「これは？」

「伯母の書いた、高遠寺さん宛ての遺書です。俺が部屋へ飛び込んだ時、炬燵の上に俺宛ての遺書と一緒に置いてありました」

「……読んでいい？」

「伯母はそのために書いたでしょうから」

颯太はゆっくりと立ち上がり、ドアに向かう。

「そろそろ告別式が始まりますから……あの、できればその遺書も表に出さないでくれると有難いです」

「あのね、颯太さん」

「はい」

「美千代さんの名誉を護りたいのが、あなた一人だけだなんて思わないでちょうだい」

最後は無言のまま、颯太は部屋を出ていった。

静は短く嘆息して心を落ち着かせると、封書を開いて中から便箋《びんせん》を取り出した。高等女学校の時代をともに過ごした旧友の字に間違いなかった。

彼女の秘めた思いを一字ずつ読んでいると、じわりと目頭が熱くなってきた。

第五話　白昼の悪童

1

「わしを馬鹿にしよるんかあぁっ」

雑踏の中でもそれと分かる老人の怒鳴り声だった。

名古屋駅の改札口を出た静は思わず声のした方に振り向く。怒鳴る老人といえば、すぐに思いつくのはあの暴走老人こと香月玄太郎だが、まさかまた玄太郎がひと悶着《もんちゃく》でも起こしているのか。

振り向いた先は切符売り場だ。自動券売機の前で、見知らぬ白髪頭《しらがあたま》の老人が赤髪の少年に食ってかかっている場面だった。

「別に馬鹿にはしてませんよ」

「ややややかましいっ。わしの真後ろで遅いだの機械に慣れとらんだのぐちぐち言いやがって」

「いや、だから名駅《めいえき》に慣れとらん連れが遅れるってのをケータイで話しとっただけで」

「言い訳をするなああっ」

老人に詰め寄られ、少年はひどく心外そうだった。取り繕《つくろ》っている顔には見えないので、どうやら老人の勘違いと考えた方がよさそうだった。

しかし老人の怒りは一向に収まらない。

「ちっとばっか機械に不慣れなだけで、何でお前みたいなガキにたわけにされなあかんのや。切符一枚でも窓口で人間同士が売り買いをしとった。いかんのは、こんな風に何もかも機械任せにしちまった世の中じゃ。わしのせいじゃない」

老人は迷惑顔の少年にねちねちと説教し始めた。聞くに堪《た》えない手前勝手な言い草で、そもそも自分が勘違いをしたとも考えず、不都合は全て自分以外の責任にしているので耳障《みみざわ》りでしかない。

「そもそも人がやる仕事を機械にさせようというのがだちかん。そんなことを続けよるから、人間同士の触れ合いが少なくなって心が荒廃する。お前みたいな年寄りを敬おうとせんガキが増えくさる」

高齢者である静が聞いても無茶な理屈で、怒りに任せた暴言でしかない。同じ手前勝手でも、玄太郎の放言の方がまだしも一理ある。

誰しも思うことは同じらしく、静の前にいた社会人同士のカップルは露骨《ろこつ》に眉を顰《ひそ》めていた。

「何よ、あれ。ほとんど言い掛かりじゃないの」

「俺、知ってる。ああいうの、逆ギレ老人っていうんだ。昨夜、テレビで特集やってた」

静の耳が彼の言葉に傾く。件《くだん》の特集は静も視聴したので内容も知っていた。

「最近な、窃盗とか暴行とか傷害とか年寄りが起こす犯罪が多くなってるんだって。何でも十年前の三倍なんだと。少年犯罪はやや減少気味なのに、逆に六十五歳以上の高齢者犯罪はうなぎ上りなんだ」

彼の発言は概《おおむ》ね正しい。少年犯罪はその残虐性に注目されがちなので頻発《ひんぱつ》している印象を受けるが、ここ数十年検挙数は減少傾向にある。特筆すべきはやはり高齢者の検挙数が激増している点だ。しかもこうした犯罪の場所は家庭内や病院内に留まらず街中でも頻発しているため、もはや個人の資質の問題では有り得ない。

静は自分が名古屋法科大学で講演した内容を思い出さずにはいられない。講演の際、自分は高齢者による犯罪の増加を憂い、やがて全国の刑務所が老人ホームと化す可能性を示唆したが、それは予想以上に早く現実となる様相を呈している。

「要は老化現象なんだって専門家がコメントしていた」

彼の説明は続く。

「脳には理性とか思考を司《つかさど》る前頭葉《ぜんとうよう》があるだろ。歳を取るとこの前頭葉が萎縮《いしゅく》して機能が低下する。だからあんな風に聞き分けのない、すぐ逆ギレする年寄りが出てくる」

「へえ、性格や病気じゃなくて老化現象なんだ」

「そうそう。だけど実際、老害そのものだよ。見苦しいったらありゃしない。労働力にもなれず、まともに税金も払えず、他人に迷惑かけるだけなら、年寄りなんて全員この国から追い出してほしいよな」

彼の話を拝聴していた娘と静の目が合った。彼女はばつが悪そうに彼の注意を静に向けさせる。今まで話に夢中だった彼も、静を見て口を噤《つぐ》んでしまった。

ばつが悪いのは静も同様だった。知らん顔で通り過ぎる手もあったが、向こうがこちらを認識したのなら無視するのも失礼な気がする。

持ち前の説教好きがむくむくと頭を擡《もた》げたことも手伝い、つい口に出してしまった。

「確かにああなってしまうと老害と言われても仕方ありませんねえ。見苦しいというのも否定できません。斯界《しかい》の権威が言うのであれば、性格や疾病《しっぺい》でないというのもあながち間違いではないのでしょう」

「いやあの、あなたのことを言ったのではなくてですね」

「老化現象は誰にでも訪れる。だからね、彼氏さん。あなたや横のお嬢さんもいつかは年寄りになるんですよ。六十五歳になった時、あなたたちは率先してこの国から出ていってくれるのかしら」

迷路のような名古屋駅地下構内に辟易《へきえき》しながら地上に出る。駅前は地下と異なり、すっきり整理された街並みに映る。静の予備知識では、戦時中の大空襲で焼け野原になった後、徹底した都市計画策定の上で整然とした街並みが実現したらしい。

ただし整然さが街の景観にマイナスに働く場合もある。たとえば同じ名古屋でも栄《さかえ》の方は大小の商業施設が建ち並び、雑然としていながらも繁華街《はんかがい》特有の賑《にぎ》わいがある。それに比べて名古屋駅前は、どこか鄙《ひな》びた印象が拭《ぬぐ》えない。実際、人の流れは栄に取られ、ここ数十年の駅前はいつも閑古鳥《かんこどり》が鳴いているとのことだった。

ところが今、静の眼前ではその閑古鳥を追い払うような槌音《つちおと》が鳴り響いている。JR名古屋駅と同等かそれ以上の範囲に亘って大規模な建築工事が進められているからだ。クレーンの突き出た最上階は雲を突くような高さにある。都内に在住していた静が見ても大規模工事であるのが分かる。とにかく広大な現場で、立ち働いている作業員や建設機械の数が尋常ではない。建築の知識や名古屋市の事情に疎《うと》い静でさえ、完成間近の建築物が駅前の活性化に繋がるであろうことが容易に予想できる。

そもそもどんな建物なのかも知らないのであれこれ想像を膨らませていると、何と自分を呼ぶ声が聞こえた。

「何や、静さんやないかね」

これだけの騒音の中、轟《とどろ》き渡る声の主も珍しい。まさかと思い振り向いてみれば、果たしてその方向に車椅子の老人の姿があった。

「静さんが現場に関心あるとは意外やったな」

静を身内だとでも思っているのか、玄太郎は嬉しそうな顔で自らハンドリムを回してやってくる。それまでハンドルを握っていた介護士のみち子は、ひどく申し訳なさそうに頭を下げている。長年玄太郎の介護をしていれば、この男に気に入られることが当人にとってどれだけ迷惑なのかを知っているからだろう。

「新しい建物に興味がある訳じゃありませんよ。駅前で人と会う約束があるので、やってきただけです」

静が名駅を訪れたのは法曹関係者と面談するためだった。現場を離れたとはいえ、まだまだ関係者から声を掛けられるのは決して悪い気はしない。面談の内容も八割方は後進の指導に関するものなので、静にとっても意義がある。

「ふむ。相変わらず忙しいご身分で結構」

「お蔭《かげ》さまで」

「しかし既に退《しりぞ》いた者を頼らにゃならんとは、法曹の世界も存外に層が薄い。静さんも腹の底では、元身内の不甲斐なさに呆れとるんではないかな」

挑発されていると分かっていても笑えない。ついさっき老害について不愉快な思いをしたので尚更《なおさら》だった。

「老いぼれの繰り言に耳を傾ける組織は将来性がないとでも仰るのかしら。それなら未《いま》だに玄太郎さんの指示を仰ぐ業界というのも、見通し明るいとは言えませんね」

「ああ、わしは直接の関係者なもんでな」

皮肉を返したつもりだったが、切り返しは玄太郎の方が上だった。

「ここの土地の一部には〈香月地所〉の物件が絡んどる。下請けもウチの関連会社やから、言ってみりゃわしの現場みたいなもんや」

玄太郎は傲然《ごうぜん》と胸を張ってみせる。

「〈ミッドランドパーク〉ちゅうてな。展望台つき地上四十六階、建築面積約八千平米。計画ではJRセントラルタワーズよりも一メートル高く、国内四番目の高層建築になる」

まるで自分の息子を自慢するような物言いに苦笑しそうになった。

「高くて大きいのがお好きなのですね」

「当たり前じゃろう、重厚長大は建築屋のロマンよ。わしだって過去に遡《さかのぼ》れるものならピラミッドや万里の長城を建ててみたい」

「ロマンの一方で、無用の長物と嘲《あざけ》る人も存在するのですよ」

「言いたいヤツには言わしときゃいい。ただのランドマークと片づける輩《やから》もおるしな。ただな、静さんよ。地図に残る仕事ちゅうのはそうそうあるものやない。手前が死んでも造ったものが残るというのは、なかなかに意義深いことだと思わんか」

静は前言を撤回する。自分の息子を自慢しているのではない。この爺さまは心の奥底ではまだ子供なのだ。

いや玄太郎に限らない。きっと男という生き物は、ことごとくそういうものなのだろう。

静やみち子が呆れる中、玄太郎だけはうっとりと工事中のビルを眺め続けていた。

所詮、静は過客《かかく》の者であり名古屋市の繁栄を願いはするが切望するでもない。だから〈ミッドランドパーク〉にはさほどの関心もなかったのだが、ネットニュースを見るなり眠気が吹き飛んだ。

『十二月一日、午前九時ころ、中村《なかむら》区名駅一丁目ミッドランドパーク予定地において、建設中のビルの屋上クレーンから鉄骨が落下した。現場は駅前繁華街《はんかがい》の中心であり片側四車線の交差点に面している。鉄骨は重さ約一〇〇キロだがかろうじて工事中の敷地内に落下。車道での被害はなかったものの、鉄骨の真下にいたベトナム人作業員グエン・ナム・タインさんと近くにいた千種《ちくさ》区在住の香月玄太郎さん(70)が病院に搬送された』

思わず二度も読み返した。香月玄太郎――年齢や住所を見れば、あの玄太郎としか考えられない。現場を嬉々として眺めていた光景を思い出す。

自宅の電話番号は教えられている。携帯端末で相手側の番号を呼び出すと、五回コールした後で寝惚《ねぼ》けたような男が電話口に出た。

『はい、香月ぃ』

以前見掛けた孫娘ではない。おそらく同居している息子の一人だろう。こちらの身分と玄太郎の知己であることを告げると、男はひどく冷静に答えた。

『オヤジなら名古屋病院にいるけど……』

「何号室ですか」

『405号室』

必要な情報はそれだけだった。静は礼を言うなり電話を切り、マンションを飛び出す。地下鉄の乗り場に向かうのももどかしく、いつになく大きく手を振ってタクシーを捕まえた。

「名古屋病院へ、大至急」

地上四十六階の高さから重さ百キロの鉄骨が落ちればどうなるか。物理の原理を思い出すまでもない。真下にいた人間は肉も骨も粉々になる。

玄太郎に親近感を抱いた憶えはないはずだったが、どうしてこんなにも心が乱れるのか。説明できない焦燥に突き動かされながら、静は病院を目指した。

鉄骨の下敷きになった要介護の老人。普通に考えれば集中治療室行きだろう。それが一般病室とはどういうことか。既に治療の必要もないという意味なのか。

不安に駆られて405号室のドアを開ける。すると、そこには予想外の光景が広がっていた。

「おお、静さん」

何とベッドに横たわっていたのはみち子で、当の玄太郎は横で車椅子に座っている。

「玄太郎さん。あなた、鉄骨の下敷きになったんじゃないんですか」

「被害を受けたのは、ほれ。この通りみち子さんや。わしはかすり傷一つ負っとらん」

「でもネットニュースにはあなたが下敷きになったたって」

「誤報や」

　玄太郎は事もなげに答える。

「みち子さんがわしの介護士というんで、慌てた記者が間違えたんやろう。何せ名古屋にはわしを殺しとうてうずうずしとる輩がドーム球場一杯はおるからな」

「たとえ鉄骨の下敷きになったところで、この人は死にゃあしませんよ」

　ベッドの上のみち子が玄太郎を恨めしげに睨む。

「鉄骨が現場に落ちて、割れた資材が防塵壁を越えてわたしの方に飛んできたんです。それで玄太郎さんは傷一つなし。本当にどれだけ悪運が強いんだか」

　ふっと違和感を覚えたものの、それよりもベッドの上の怪我人が心配だった。

「みち子さんは大丈夫なんですか」

「片方の足首を怪我しただけで済みましたから。それにしてもわたしがこんな目に遭ってるのに、この爺さまときたら」

「ああ、わしくらいのひねくれ者になるとな、災いも避けて通るようになる。どうせ憎まれるんなら、これくらいにならんと」

　嬉しそうに話していた玄太郎だが、静に向き直った時には表情を硬くした。

「みち子さんは命に別状ない。ただ不憫《ふびん》なのはあのグエンというベトナム人や」

「彼は駄目だったんですか」

「あいつこそが鉄骨の下敷きになりよってな。どうなったのかはまだ聞いておらんが」

地上四十六階から落下した百キロの鉄骨――押し潰された被害者の有様を想像すると胸が塞《ふさ》いだ。

「玄太郎さんの知っている人なんですか」

「いんや。よその施工会社の作業員やから、顔も名前も知らん。しかし結果的にわしら建築主が雇ったことに変わりない。わしらが雇ったのなら、その生き死にには当然責任がある。静さんが来てくれてちょうどよかった。実は頼みがあってな」

玄太郎は車椅子でにじり寄ってくる。

「グエンはみち子さんと一緒に運び込まれた。今もこの病院におる。そこまで連れていってくれんか」

ふとベッドに視線を移すと、みち子が切なそうに訴えている。こんなうるさい爺さまが横にへばりついていたら治るものも治らない――そういう目だった。

「わたしは構いませんけど、そのグエンさんが収容された病室をご存じですか」

「見当はついとる」

いつの間にか話がまとまってしまい、静は車椅子を押して玄太郎を運ぶ羽目になった。

「いったい、鉄骨の落ちてきた原因は何だったんですか」

分からん、と玄太郎は腹立たしそうに言う。

「事故が起きた時点で現場は収拾がつかんくらいに大騒ぎ、わしらも病院に搬送されたから詳細はまだ聞かされておらん」

詳細を聞かされていないのに、何故グエンの居場所に見当がつくのか——静にも薄々分かっている。百キロの鉄骨の下敷きになれば、大抵の人間はベッドではなく棺桶《かんおけ》行きだ。

みち子は九死に一生を得たが、真下にいたであろう作業員は無事には済むまい。互いに不穏さを隠しながら廊下を進んでいると、向こう側から制服姿の男がやってきた。

「香月社長」

「ほお、わざわざお前が来よったか」

「部下から報告を受けて飛んできました。介護士の方が怪我をされたそうで」

その場で慌しく紹介される。男は中村署の署長で海江田《かいえだ》と名乗った。

「それより鉄骨の下敷きになった作業員はどうした」

「即死ですよ。救急隊が駆けつけた時には既に手遅れだったようです」

玄太郎の表情が一層険しくなる。ところが海江田は何を勘違いしたのか、とってつけたような笑みで機嫌を伺ってきた。

「心配ありません、香月社長」

「何がや」

「最上階でのクレーン作業は元請けであるゼネコンの管理だったらしいじゃないですか。

だったら香月社長が責任を問われる謂《いわ》れはありません。逆に被害者の立場だから損害賠償請求ができます」

ああくるなと思った瞬間、予想通り玄太郎の癇癪《かんしゃく》が炸裂した。

「このくそだわけえええっ」

寸前に耳を塞いだので静は被害を免れたものの、直撃を受けた海江田は上半身を硬直させた。

「責任逃れができるとか逆に損害賠償請求できるとか、わしがそんな小賢《こざか》しいことを考えとると思うか」

「いえ、あの」

「他人の懐具合の心配より、おのれら公僕には先にすることがあるやろう。ゼネコンの施工担当者を締め上げて、一刻も早く事故の原因を究明せんかあっ」

いつもながら警察関係者を飼い犬のように扱う言動は不快だったが、言っている内容は至極《しごく》真っ当《とう》なので静は黙っている。

「それよりグエンの遺体は今どこにある。案内せえ」

哀れ怒鳴られた海江田は憤然としながらも玄太郎たちを先導していく。

「グエンは手遅れとか言ったな」

「ええ。何せあの重量の鉄骨が直撃でしたからね。真下にいた人間は堪《たま》ったものではありません。検視官の話では頭部から爪先まで万遍なく潰されているそうです」

「親族はどうしている。ベトナムに置いてきとるのか」

「さあ、それは……」

「何や。まさか身上の調査もしておらんのか」

「何しろまだ今朝がた発生したばかりですし、担当部署の刑事は把握しているでしょうが、わたしのところにはまだ報告が……」

「〈ミッドランドパーク〉の建設は中部政財界の一大トピックスや。違うか」

「仰《おつしや》る通りです」

「その工事中に人死にが出た。ただの事故やと思うな。いちゼネコンの管理責任で済む話でもない。停滞している中部経済の突破口になるかもしれん商業施設や。一度ケチがついたら竣工後の運営に影響が出んとも限らん。この事故の処理が迅速且《か》つ適切にできるかどうか、全てはお前の肩にかかっとる」

「仰る通りです」

玄太郎が畳み掛ける度に海江田の頭が下がっていく。聞けば玄太郎は県警本部長とも昵懇《じつこん》の仲らしい。中村署といえば大規模警察署だから署長は警視正クラス。警察署長であっても本部長が懇意にしている玄太郎に平伏するのは道理だろうが、年を経ながら潔癖症の静には苦々しい思いがある。

一方で、玄太郎ごときに秋波を送るような権力など足蹴にされてしまえという乱暴な考えも頭を過《よぎ》る。年寄りになれば意地が悪くなるのは当然だが、いずれにしても不健全な思考なので胸の奥に封印しておく。

「まだ竣工までには日がある。事故の原因が究明されないまま同様の事故が起きたら、お前責任取れるんか」

事故の責任を警察署長に問うというのも無茶な話だが、海江田は半ば本気にしているらしく顔を強張らせている。こういう小心者に警察署の全権を与えてはいけないのではないか。

恐喝めいた小言と恐縮が続く中、一行はエレベーターで地階に下り、霊安室の前に到着した。部屋の前では刑事と思しき中年男が待機しており、海江田を見るなり敬礼する。男は中村署の八幡《やわた》と名乗った。

ドアを開けるとひやりとした空気が四人を包んだ。室内には遺体を乗せたストレッチャーが置いてある。

玄太郎と静がほぼ同時に手を合わせ、遅れて海江田も合掌する。

「グエンの身内には連絡したのか」

玄太郎に代わって海江田が問い掛けると、八幡は小さく首を振る。

「現場を担当した下請けの会社に問い合わせてみたのですが、請負契約だったらしく、家族状況などはまだ不明です」

「連絡先くらいは仲介した会社が管理しているだろう」

八幡はこれにも首を振る。

「仲介したのは〈愛知ワークステーション〉という民間企業ですが、ずいぶんと杜撰《ずさん》な管理をしています」

「〈愛知ワークステーション〉やと」

横で聞いていた玄太郎の顔に影が差す。海江田も社名に覚えがあるのか、顔を顰《しか》めてみせる。

「玄太郎さん、何かその会社について知っているようですね」

「ああ。表向きは人材斡旋の看板を掲げとるが、実態は地元ヤクザのフロント企業よ。上がりは全部組が吸い上げとる」

「まさか玄太郎さんの会社が、そのフロント企業とツーカーの仲なんですか」

「たわけたことを言いなさんな」

玄太郎は滅相《めっそう》もないというようにぶるぶると首を振る。

「あんだけの大型工事やから千人以上もの作業員が要る。いきおい何社からも人を集めることになる」

つまり玄太郎をもってしても、全ての作業員を把握していなかったということらしい。よくよく考えれば当然の話なのだが、玄太郎はひどく悔しがっている様子だ。

「香月玄太郎一生の不覚」

「自分の会社がフロント企業の従業員を使っていたことがですか」

「彼奴《きやつ》らが現場に噛んでいたのを今の今まで知らんかったことがや。ちゃんと仕事をするんなら、ヤクザやろうがお巡りやろうが文句はない」

ヤクザと同列にされたのが気に食わないのか海江田と八幡は不機嫌そうにしているが、抗議するつもりまではないらしい。

「会社の実態はともかく、現場で汗水垂らして働いとる者にゃ何の罪もない。故郷に家族を残して遠路はるばる出稼ぎに来よったゆうのに、何が悲しゅうてこんな目に遭わにゃならんのか」

玄太郎の憤怒はグエンを襲った不条理に向けられている。仕事の話になれば効率第一、利益最優先が身上の男と決めつけていたので、玄太郎の物言いはいささか意外だった。

「玄太郎さんをちょっとだけ見直しました」

「何をさ」

「少なくとも外国人嫌いでないのには好感が持てます」

「いや、わしは毛唐が大っ嫌いやぞ」

今更、という口調だった。

「鬼畜米英とまでは言わんが、わしも進駐軍には痛い目に遭ったクチでな。ついでに言うとコーラもハンバーガーも好かん。そういうアメリカ人嫌いがベトナム人に親近感を抱くのも調子が良すぎる。そやから、わしは外国人全般が嫌いや」

静は前言を大急ぎで撤回したくなった。

「ただ真面目に働くというのなら、日本人もガイジンも変わりない。好きでもないものを好きと言うのは精神衛生上よろしくないから、好きとは口が裂けても言いとうない。その代わりアメリカ人だろうがロシア人であろうが中国人であろうが韓国人であろうが一切差別はせん。どうや、立派な心掛けやろう」

「ええ、本当にご立派だこと」

「おお、静さんに褒めてもらえて光栄や」

静の皮肉など馬耳東風に受け流すと、玄太郎はハンドリムを操作して自ら遺体に近づく。

「香月社長、何を」

「この男の不運さを目蓋《まぶた》の裏に焼き付ける」

傍目《はため》には好奇心の発露としか映らないだろうが、玄太郎には玄太郎なりの指針がある。死者を冒瀆《ぼうとく》しない限りは静観していようと、静は手出しをしない。

玄太郎の手がそろそろとシーツの端を捲《まく》り上げる。現れたのは見るも無残な遺体だった。

頭部から爪先まで万遍なく潰されているという報告は本当で、身体中至るところに打《だ》撲傷《ぼくきず》が残っている。潰された際に皮膚《ひふ》が引き裂かれたのか、あちこちに縫合痕《ほうごうこん》もある。何カ所も骨折しているらしく、全身がひどく歪《いびつ》な印象を受ける。おそらく病院に担ぎ込まれた時点では頭蓋骨をはじめとして原形を留めなかったものを、せめてもの職業的厚意で修復したのだろう。現役の判事でいる頃、無残な死体写真を何度も目にした静でさえ目を背《そむ》けたくなった。

ところが玄太郎はいささかも怯《ひる》む様子もなく、目を皿のようにして死体を観察している。

「これは何や」

およそ昂《たかぶ》りのない、冷静な声だった。玄太郎が指差す場所にあったのは、臍《へそ》の真下に残る横十センチほどの縫合痕だった。

「何って、遺体を修復した痕でしょう」

八幡はさも当然のように答えたが、静はひと目で違和感に気づいた。

修復のための縫合ではない。その縫合痕だけが古かった。

遅れて八幡も察したらしく、縫合痕に顔を近づけてみた。

「いや……どうやら以前の手術痕のようですな。盲腸を切った痕じゃないですか」

「たわけ。虫垂なら腹の右側やろう。臍の真下にある手術痕なんぞ聞いたことがない」

振り返った玄太郎は静に同意を求める。

「その場所なら盲腸というより、胃かヘルニアかしら」

「この遺体、解剖はしとらんのか」

「香月社長。現場で検視官が事件性なしと検案したら、解剖は行われませんよ」

「じゃあ、やれ」

いつもながらの権柄《けんぺい》ずくだ。

「検視官の判断なんぞ知るか。ええか、この傷痕だけ古いが、かといって相当な古傷というほどでもない。縫合痕が残った状態でこの男は力仕事をしとったことになる。それがわしには腑に落ちん。上手い具合にここは病院や。今すぐ解剖せえ」

「いや、しかし」

「どうせ親族は当分遺体を引き取りには来れん。解剖の費用が捻出できんのなら、わしが出してやる。それとも貴様、不審な点に目を瞑《つむ》ったまま火葬にするつもりか」

無理が通れば道理は引っ込むの諺《ことわざ》通り、この地において玄太郎の無理は検視官の道理を粉砕してしまうらしい。そもそも解剖医のいない病院で司法解剖をすること自体に無理があるが、どこをどう曲げたのか結局は同じ名古屋病院の手術室を借りてグエンの解剖が行われた。

玄太郎たちが待つ中、解剖を終えた執刀医は不可解だという顔で手術室から出てきた。

「それが、どうも妙なんですよ」

執刀医は小首を傾《かし》げて言う。

「縫合痕の下を探ったのですがね、どこにも手術をした痕跡が見当たらないんです」

2

解剖結果を知らされた玄太郎は、病院を後にするとハンドルを握っていた静に話し掛けてきた。

「みち子さんの足は全治二週間だそうだ」

「重傷でなくて何よりです」

「ついては、しばらくわしの足になってくれんか。この車椅子、自走もできるがやはり押してくれる者がおらんと不自由でならん」

車椅子の身の上でもさほど不自由ではないという物言いが、いかにも玄太郎らしい。

「わたしを介護士に雇うには、他にも理由があるんじゃないんですか」

「ほほほ、察しがいい。さすがは静さんや」

玄太郎は自家用の介護車両に静とともに乗り込む。

「建築中に起きた事故……そういう解釈では不満みたいですね」

「静さんは、あの縫合痕が気にならんのかい」

「気にはなりますけど、検視でも解剖でも直接の死因は脳挫傷だったんですよ」

「死因はそうやろうが、しかし腑に落ちん」

「玄太郎さんの依怙地《いこじ》じゃありませんか」

「年寄りが依怙地でなくてどうするね。わしはちょおっとしたことが気になるタチでな。仕様書に隠れた瑕疵《かし》とか納品書の洩れとかを、すぐに見つけちまう。それが結果的に会社を存続させるのに役立った」

「生来の勘、ですか」

「勘というより、同じ仕事を長いことやってりゃ、胡散臭《うさんくさ》いことと危ないことには鼻が利くようになる。それは静さんも同じやろ」

否定はしない。四十年近く判事をしていれば、それなりに観察力も洞察力も培われてくる。理屈を言語化するのは困難だが、しばらく話していれば相手の人となりが見えてくる。

「グエンさんの死が胡散臭いものだとして、玄太郎さんの嫌いなガイジンですよ」

「いんや、貴重な労働力やった。胡散臭いのは現場に〈愛知ワークステーション〉が嚙んどることや」

「偽装請負と決まったわけではないのでしょう。元請けの指示通りに働いてくれたら、〈香月地所〉の社長としては文句ないでしょうに」

「文句はないが因縁はつけたい」

「……何ですか、それは」

「出稼ぎベトナム人たちの労働の対価がクソヤクザに掠《かす》め取られよる。払った賃金が彼奴《きやっ》らの資金源になるかと思うと、はらわたが煮え繰り返る。そやからウチが束ねる現場じゃ、絶対に〈愛知ワークステーション〉の人間は使わんかったんや」

ところが〈ミッドランドパーク〉のような大型工事ではゼネコン主導となり、玄太郎のコントロールが利かなかったという具合だ。

「因縁をつけて火傷《やけど》するのは玄太郎さんの勝手ですけど、それで何が分かるというんですか」

「取りあえず相手の腹を探る。痛い腹なら、探られた際に反応を見せる」

横顔を見ると、玄太郎は少し楽しそうな様子だった。

「とりあえずクレーン作業の担当者から話を訊きたいな。どうせ今頃は中村署の聴取を受けとる最中やろ。おい、クルマを中村署へ回せ」

玄太郎の命令でお抱えの運転手がハンドルを切る。

「捜査に横槍を入れる気満々のように見えます」

「横槍やない。横車や」

「本当に口の減らない年寄りだこと」

「なに、足が動かん分、口が動くだけや」

「わたしを巻き込むのを前提で動いているように見えますけど」

「巻き込むのは謝るよ。しかし静さんよ。出稼ぎに来たベトナム人が不慮の事故で客死した。本来なら遺族に支払われるべき賠償金がどうなるのか、ゼネコンが遺族に対してどんな態度を取るのか、職業的興味が湧かんか」

「まさか知らん顔をするというのですか」

「これが同じ日本人同士ならゼネコンも頰かむりもせんやろうが、もしグエンが不法就労者だったら話も変わってくる」

静の脳裏に過去の不愉快なニュースが甦る。世界に名だたる技術大国ニッポンの大手ゼネコン。だが技術が優れているからといって企業理念が立派とは限らない。大手ゼネコンには過去に談合を行ったという前科もある。

「大手ゼネコンが外国人労働者をどんな風に扱うか、その目と耳で確かめたいと思わんか」

玄太郎は巧みに静の職業倫理を突いてくる。現役を退いたとはいえ、心身に沁みついた道理が容易《たやす》く変質するはずもない。静は忌々しく思いながらも、玄太郎と行動をともにせざるを得ない。

「中村署に赴《おもむ》く前に確かめたいことがあります。鉄骨が落下してきた時の状況を詳しく聞かせてほしいですね」

「今朝、現場におったのは半分偶然みたいなものでな。九時から大名古屋ビルで商工会議所の寄り合いがあった。早く到着したんで、ほんの気晴らしに工事現場に出向いた訳さ」

「あなたはほんの気晴らしで工事現場を覗くんですか」

「自分の会社が絡んだ現場なら当然さ。静さんだって、自分の担当した裁判の上級審でどんな判決が出るかは気になるやろう」

暇だからといって、わざわざ上級審の法廷まで足を運ぶことはしない。

「事故は午前九時に発生したんでしょう」

「正確に言うと作業開始が九時からで、鉄骨が落ちてきたのはそれより前だ。作業開始前のまったりとした雰囲気を愉しんでいたら」

「作業中でなくても構わないんですか」

「おおさ。静さんだって、誰もいない法廷に立つと気が落ち着くやろう？」

そろそろ冗談とも本気ともつかないことを口にし始めた。この辺りが常識と非常識の境界線だろう。

「作業開始直前には点呼と安全確認、それから申し送り事項の伝達がある。鉄骨が落ちてきたんは、それよりも前やった。まだ敷地内に作業員が揃わんうちにいきなりや」

「だけど、真下にグエンさんが立っていた。ひょっとしたらみち子さんともども、鉄骨が彼を直撃する瞬間を目撃しましたか」

それはない、と玄太郎は言下に否定した。

「現場と歩道の境には高さ三メートルほどの防塵壁がある。直撃の瞬間は見ておらんし、見ておったらみち子さんも片足を怪我するだけでは済まんかったろう」

「精神面への影響ですね」

「ちゅうかなあ、当分食卓に肉料理やカツオのたたきが並ばんようになるのが一番痛い」

「ふざけないでください」

「別にふざけとりゃせん。両方ともわしの好物や。食えんようになったらわしの健康面に支障が出る。そうなれば〈香月地所〉全体の士気にも影響する」

馬鹿らしくなったので質問を中断した。つまり至近距離にいながら、玄太郎とみち子の証言にはあまり価値がないということだ。

玄太郎の予想した通り、中村署では工事関係者が事情聴取を受けている最中だった。〈ミッドランドパーク〉の建設には松中工務店・小林組・馬島建設・志水建設の四大ゼネコンが関わっているが、このうちクレーン作業を担当していたのは小林組の人間だという。

「クレーン運転には免許が必要でな。来年からクレーン免許とデリック免許が統合されるせいもあって、どうしても免許を持っているヤツはゼネコンに多い」

「それはいいのですけれど、現在事情聴取中の担当者をどうするのですか。まさか取り調べに乱入するつもりじゃないでしょうね」

「そんな非常識なことはせんよ」

静がほっとしたのも束の間、玄太郎は事もなげに言う。

「ひと言、挨拶くらいはする」

もう驚いたり憤慨したりするのも馬鹿馬鹿しかった。

一般人が取調室に向かおうとすれば、当然署員の制止が入る。ところが海江田に話を通しているのか、玄太郎が名乗ると制止の手が下がる。ここでも無理が道理を引っ込めているようで、静は玄太郎を乗せた車椅子を横倒しにしたくなる。

このまま取調室に無理やり乱入させられるのはごめんだ——そんな風に考えていると、

廊下の向こう側から作業着姿の男が警官に付き添われて歩いてくる。どうやら旧知の仲らしく、男は玄太郎を見るなり駆け寄ってきた。

「香月社長じゃないですか」

「ご苦労やな、椛名《かばな》」

玄太郎は付き添っていた警官に命じて、別室を用意させる。事情聴取を終えてひと息吐《つ》いているはずの椛名が、玄太郎を前に再び緊張しているのが痛々しい。

「どうして香月社長がこんなところにいらっしゃるんですか」

「決まっとる。クレーン作業の現場責任者であるお前に話を訊きたかったからや」

「警察には今しがた話しました」

「わしも工事関係者や。警察に言わんかったことも細大洩らさず話せ」

椛名はヘビに睨まれたカエルのような顔でぽつりぽつりと話し出した。

問題の屋上クレーンは小林組の作業員が操作するものであり、椛名は現場を監督する主任に過ぎないとのことだった。

「刑事さんからはクレーンの管理責任と業務上過失を問われました」

「当然やろう。人一人が死んどるんや。まさかグエンが外国人であるのをいいことに責任逃れ補償逃れをするつもりか。そんなことを目論んでみい。相手が大手やろうが省庁やろうが、建築業界に籍を置いたことを死ぬほど後悔させてやる。おのれの会社に泥を塗る算段なぞ三分でできるぞ」

「やめてくださいよ。わたしだって真っ当な建築屋です。取らなきゃならん責任は取りますよ。ただですね、今回の事故はウチの責任かどうかは微妙なところなんですよ」

「説明せえ」

「わたしの班であのクレーンを動かした者はおりません」

玄太郎の眉がぴくりと上がった。

「鉄骨が落下したのは午前八時五十分頃ですが、事故発生の際わたしの班は全員揃っていました。始業前ですが点呼を取ったので確かです。点呼を取り終え、さあこれからだという時に敷地内で落下事故が起きたとの報告が入りました」

「ふん。最上階を担当していたお前たちには全員アリバイがあるということか。そんなら点呼の始まっていなかった他の工区の誰かがクレーンを運転したと言い張るんやな」

「言い張るも何もそうとしか考えようがありません」

「誰かがクレーンを操作したのは間違いないんやな」

「事故発生の連絡を受けてすぐにクレーンを点検したのですが、間違いなく操作した痕跡が残っていました」

「他の施工会社の人間を疑ってみたか」

「全工区に問い合わせをしていますが、その時間に最上階まで行ったという人間は未だ名乗り出ていません」

話を聞いているうち、静の胸がざわつき始めていた。

さっきまでは単なる事故だと思い込んでいたが、作業時間外に本来は操作しない者がクレーンを動かしたことになる。そうなれば鉄骨が落ちたこともグエンが圧死したことも偶然では済まなくなる。

「中村署では事件性ありと考え始めたようです。クレーンの運転士が不明だと説明した途端、事情聴取の担当者が交代しましたからね」

「担当部署はどこに代わった」

「組対《そたい》ですよ」

「グエンは〈愛知ワークステーション〉の斡旋《あっせん》だった。ヤクザもんにも手を突っ込むつもりか」

「それはどうでしょう」

椛名はどことなく煮え切らない口調だった。

「たちの悪い会社なのはウチだって重々承知してますがね。会社の風評と安定した労働力の確保は、また別の問題ですから。そんなことはわたしが言わなくても、香月社長ならとうにご承知でしょう」

先刻玄太郎も口にした、真面目に働いてくれさえすれば、会社の素性が怪しくても不都合はないという理屈だ。

玄太郎も敢えて反論しようとしない。言うこと為すこと奔放な玄太郎でさえ、同じ穴のムジナなのだろうか。

傑物といっても所詮はこの程度か――そう落胆しかけた時、玄太郎がやってくれた。

「知った風な口を利くな、小僧」

声を一段落とし、梳名を正面から睨み据える。

「承知をした覚えはない。篩《ふるい》にかけとるだけや。建築屋に蔓延《はびこ》る道理だろうが、わしが気に食わなかったら直ちに潰してやるわ」

「篩にかけるとは大した言い草でしたね」

介護車両に戻るなり、静は開口一番そう告げた。

「いったいあなたは何様のつもりなんですか。まるでヤクザの物言いそのものでしたよ」

「やっぱり静さんの好みに合わんかったかね」

「好みの問題ではなく公序良俗の話です」

「ほっほっほ、公序良俗とはいかにも静さんらしい。最近じゃ反社会的勢力と呼ばれておるが、ああいう連中も静さんの趣味ではあるまい」

「趣味でヤクザをやる人もいないでしょう」

「ヤクザちゅうても色々おるさ。行き場をなくした半端ものもおりゃ、弱い者を食いものにするのが沁みついたような外道《げどう》もおる。十把一絡《じっぱひとから》げにするのは、あまりようない」

「ご高説を伺う限り、その区別は玄太郎さんの独断のように聞こえますね」

「そりゃそうさ。ヤクザの正邪を判断するような法律はあるまい。だからどこの警察でもヤクザとは持ちつ持たれつのところがある。よほどのことがない限り、相手を殲滅《せんめつ》しようとはせんだろ」

「何となく建築業界の自己弁護のように聞こえますね」

「言い訳はせんよ。建築屋と言いながら建前だけでは商売が立ちゆかん」

笑う気にもなれなかったが、この世の全てを法律で裁けると思っているほど世間知らずではない。ただ玄太郎の物言いに同調するのが癪に障るのだ。

「それで、今度はどこに行こうというんですか」

「本来なら家に呼びつけるところやが外出ついでである。おい、港区の入国管理局へ回せ」

「玄太郎さん、入国管理局ってあなた」

「前に昭三さんの件で出張ってきた笹島というヤツがおったやろ。あいつを巻き込んでやろうと思ってな」

玄太郎の隠然とした権力が入国管理局にまで及んでいるのか、それとも前回の蛇頭《じゃとう》の事件で借りがあるせいか、入国管理局で玄太郎が来意を告げると五分も待たぬ間に笹島が対応に出た。

「今朝、〈ミッドランドパーク〉の建設現場で外国人労働者が鉄骨の下敷きになった」

「存じております。先刻、中村署から照会があったばかりですよ」

「その件で教えろ」

　玄太郎はここでも権柄ずくの態度を崩さないが、前回の事件で思い知ったのか笹島は諦め顔で嘆息する。

「蛇頭の事件と同様、捜査協力いただけるのでしょうか」

「役に立つかどうかは、お前たち次第やろう」

　笹島は頭を振ってから話し始める。

「グエン・ナム・タイン、ベトナム人。二十三歳、ダナン出身。中村署が現状把握している情報はこれが全てだそうです」

「請負契約やからな。雇った施工主もそれ以上の情報を必要とせん。おそらく本人からの聞き書きで、証明になるようなものはコピーすらあるまい」

「中村署では下請けを通してグエンの身上書を照会中と聞いておりますが」

「つれて来たんは興道会《こうどうかい》のフロント企業や。期待するだけ無駄や」

「でしょうね。興道会と〈愛知ワークステーション〉との関係はウチも把握しております」

「そっちにも話がいっておるやろ。作業開始前にクレーンを操作した者がおる。ただの過失やない」

「グエンは狙われたということですか。しかし香月社長。地上四十六階から標的を狙うのは不可能ですよ。具合よく真下にグエンが歩いていたというのも信憑性に欠ける。偶発的な事故と見る方が妥当ではありませんか」

「その口ぶりでは、お前も事故と信じきっとるようではないな」

「……この件と関係があるかどうかは不明ですが、気になることが一つ」

「言うてみい」

「〈愛知ワークステーション〉の関係者が死亡したのは、これが初めてではないんですよ」

この程度の情報なら開示可能なのだろう。勿体ぶるような様子は全くない。

「先月の五日、ホアン・ヴァン・ミンというやはりベトナム人が名古屋港の埠頭《ふとう》で死んでいました。死因は溺死。死亡する二週間前に来日していましたが、観光ビザで入国したにも拘《かか》わらず〈愛知ワークステーション〉から名目上は、請負契約で港の建築作業に従事していました」

「つまり不法就労者か」

「観光ビザの期限が切れたので、ずっと追跡調査をしていたんです。そのさなかに死体で発見されたものですからね。仲介した〈愛知ワークステーション〉に問い合わせても、偽造ビザで騙《だま》されたからこちらが被害者だと言い張るばかりで一向に埒《らち》が明きません」

「溺死と言ったな。事件性はないのか」

「埠頭の波打ち際に浮かんでましてね。乱暴された痕《あと》はなし、本人が誰かと争っている場面を目撃した者もいません。ただし、履いていた靴には足を滑らせた痕もありません」

「ふん、他殺も考えられるということか。港署の捜査は進んでいるのか」

どうでしょうねえ、と笹島は気乗り薄な返事をする。

「これが日本人、親族のいるような場合なら捜査も進むのでしょうけど、身寄りのない不法就労者となると……ウチもそうですけど、日々発生する案件に対して人員が絶望的に不足しています。いきおい重要案件が優先されますから、ホアンの事件はこのまま事故死で済まされる可能性が高いですよ」

聞きながら静は無力感に苛《さいな》まれる。中央官庁、わけても司法に携わる部署は慢性的な人手不足に陥っている。静自身が現役だった頃も、案件処理に忙殺された記憶しかない。人手不足を解消するには人員の補充をすればいいのだが、予算の都合もあって満足な増員は望めない。結局は税金泥棒などと罵《ののし》られながら、私生活を削って滅私奉公する職員が頻出する。事件に優先順位をつけるのは本意ではないが、効率を求めなければ業務が円滑にならないのも事実だ。

「ふん、クレームの来ない仕事には熱が入らんか」

「そういう訳では……」

「解剖くらいはしたんやろうな」

「ええ。名古屋市には監察医制度がありますからね。それは日本人もベトナム人も区別なく」

「解剖の結果を知りたい」

「いや、死因は紛れもない溺死ですよ。肺にたっぷり海水が入っていました」

「知りたいのは死因やない。傷や」

「外傷がどうかしましたか。一日近く水中にありましたが、漂流物との衝突や海中生物に食い荒らされていた痕はあまりなかったはずですが」

「グエンの腹にはな、まだ新しい縫合痕があった。念のために腹をかっ捌《さば》いてみたが中を手術した痕跡は見当たらなかったそうや」

「……少しお待ちください」

玄太郎に何ごとか示唆を受けたらしく、笹島は訝《いぶか》しげな顔をして中座する。数分後、戻ってきた時には明らかに動揺の色を見せていた。

「香月社長。これはいったいどういうことですか」

息せき切りながら差し出したのは解剖報告書だ。

「所見に明記してあります。ホアンの下腹部に縫合痕があります」

静は玄太郎の横から報告書を眺める。丁寧な図絵が記載されているので、縫合痕の位置はすぐに分かった。

臍《へそ》の真下、横十センチの縫合痕。

グエンの身体に残っていたものとまるで同じではないか。

「こうなると偶然では済まされんな」

「グエンの傷も同様ですか」

「位置といい、長さといいな。直近に手術をした痕跡がなかったのも一緒や」

畳み掛けられて笹島は黙り込む。

「解剖報告書と一緒に、グエンについても確認したんです。彼も入国時は観光ビザでした。やはり不法就労者だったのですよ」

「ますます共通点が増えた訳やな」

「中村署の案件が絡めば合同捜査になるでしょうし、当然ウチも関与せざるを得ません。しかし……」

「しかし、どうした」

「被害者はともに不法就労のベトナム人です。合同捜査になったとしても、人員を割けるかどうかは警察の判断如何でしょうね」

「お前たちはどうする。ただ指を咥《くわ》えて見ているつもりか」

「入国警備官にも捜査権はありますが、裁判所の許可が得られた場合だけです。二つの事件の類似性だけで裁判所の許可が得られるかどうか断言はできません」

「お前の断言なんぞ要らん」

矢庭《やにわ》に玄太郎の声が凶悪になる。

「国籍も証拠の有無も関係ない。徹底的に調べろ。それがお前らの仕事やろうがあっ」

「我々は命令で動くものです。決して個人の裁量で捜査できるものではなく」

「命令ならわしがしてやる」

「そんな無茶な」

「入国管理局は法務省の管轄やから不可侵とでも思ったか。言うておくが法務省にも知り合いはたんとおるぞ」

「脅迫ですか」

「脅《おど》されるのが嫌なら自分から動け」

これ以上玄太郎に喋らせたら面倒なことになる。静は二人の会話に割って入る。

「安心なさい。脅すというのは香月さんなりの発破《はっぱ》なのですよ」

「そうでしたか」

「でもこの事案はわたしも非常に興味があります。元判事として、名古屋入国管理局がどのような動きを見せてくれるのか、しっかり見届けたいと思います」

庁舎を出ると、玄太郎は意外そうな顔を向けてきた。

「まさか静さんが乗ってくるとは思わんかったな」

「乗ったのではありません。玄太郎さんの暴走を止めようとしたんです」

「まあ、結果オーライさ。入国管理局も元判事の口から捜査不充分を論《あげつら》われては立つ瀬もないやろうし、入国警備官や局長も首の辺りが涼しかろうて」

「わたしが彼らを論うような真似をすると、本気で思ってるんですか」

「静さんの性格ではせんやろなあ。しかしやっぱり結果オーライでな。役所なんてのはどこも一緒やが、外側から圧力をかけんと機敏に動かん。わしの会社では使えん奴ばっかりや」

3

不本意ながら静自身が玄太郎の横暴に加担する羽目となったが、その甲斐あってか捜査の陣容には大きな変化が生じた。中村署と港署が合同捜査に移行し、且つ名古屋入国管理局とも協力体制を敷くことになったのだ。

加担したからには事件の終結まで見届けるのが筋というものだろう。静はこれも不本意ながら、玄太郎と行動をともにする。

「玄太郎さんの介助をするのに異存はないのですよ」

香月邸の応接間で、静はひとしきり抗議する。

「犯罪らしきことが水面下で行われているという推察も同意します。ですが、捜査関係者をまるで飼い犬か何かのように呼びつけるというのは感心しません」

「構わんよ。別に感心してほしくてやっとるんじゃない」

「同席する身としては非常に不愉快です」

「しかしなあ、静さんよ。わしは見ての通り半身不随の憐れな年寄りなものでなあ。介助があっても、警察にわざわざ出向くのがしんどうてならん」

「都合のいい時だけ年寄りぶらないでちょうだい。言っておきますけど、わたしの方が十も年上なんですよ」

「なあに、精神年齢は似たようなもんやよ」

「つくづく失礼な人ですね」

「歳を食えば仕方ないと諦めることが増えてくる。世間に阿《おもね》り、若いヤツらに意見するのが億劫《おっくう》になってくる。老兵は去るのみなどとカッコをつけとるが、所詮《しょせん》は引かれ者の小唄であるのを認めたくないだけの話や。だが、あんたは違う。静さんには、世間にも老いにも負けない芯がある」

「褒めても何も出ませんよ。それに、いくら現場関係者であっても、個人的なプライドや意地だけで犯罪捜査に介入するのは正当な行為ではありません」

「ああ、正当だとはわしも思っとらんよ。わしは静さんと違って、法的に正しいことやら行儀のいい良識やらにはとんと興味がない。個人的なプライドや意地っちゅうのも間違いやないさ。しかしそれだけでもない」

「他に何かあるんですか」

「病室では静さんの手前、照れもあって二人で小芝居を打ったけどな。みち子さんの怪我、実はわしを庇《かば》った上で負ったものや」

玄太郎の視線が不意に不穏さを帯びる。

「資材の欠片《かけら》は、わしに向かって飛んできよった。車椅子の身やから咄嗟《とっさ》に避けることもできん。これはもうあかんと思った時、みち子さんが車椅子の前に出よった」

静は頷きもしなかった。予想していた通りだったからだ。

病室で二人の話を聞いた時に覚えた違和感の正体がこれだ。車椅子を押している状態で資材が飛散したのなら、みち子ではなく玄太郎が被害を受けるはずではないか。

「みち子さんには介助をしてもらっとるが警護を依頼した覚えはない。あれは仕事の範囲を越えておる。それより何より自分は無傷な癖に、女子に怪我をさせたのが情けのうて情けのうて」

「とばっちりを受けた仕返し、ですか」

「けじめさ。このまんまじゃ顔向けできん」

顔向けできないのはみち子に対してなのか、それとも玄太郎自身に対してなのか。おそらく両方なのだろうと静は思う。玄太郎というのは、そういう男だ。

約束の時間になり、来訪者が姿を現した。名古屋病院の霊安室で見掛けた八幡という刑事、名古屋入国管理局の笹島、そして初対面のひどく人相の悪い男の三人だ。

「二人はともかく、お前は誰や」

相手の人相が悪かろうが武器を持っていようが、玄太郎の傍若無人ぶりはいささかも減じない。そういう反応に慣れていないのか、人相の悪い男はおずおずと名刺を差し出した。

「愛知県警捜査四課の広海《ひろみ》です」

捜査四課といえば暴力団担当の部署だ。フロント企業が絡んでいるので、紐づけられたのだろうかと静は考える。

「ふん、この機に乗じて興道会の胸元に手を突っ込むつもりか」

「手を突っ込みついでに臓腑を握り潰したいくらいには考えています」

「元気があるのは結構だが、外国人の不法就労だけで逮捕状を請求するつもりか」

「さすがにそれは無理筋ですね」

広海は頭を掻きながらつまらなそうに言う。

「フロント企業である〈愛知ワークステーション〉が不法就労を真っ向から否定しています。おそらく証拠になるような文書は全て廃棄しているでしょう。フロント企業として表の収益を上納している訳ですから、おいそれと潰したくない。三年以下の懲役若しくは三百万円以下の罰金というのは相当な痛手でしょう。また、仮に不法就労で立件できたとしても会社と興道会との関連を立証するのは困難でしょう。四課でもずいぶん前から〈愛知ワークステーション〉に目をつけていますが、未だに尻尾を摑みきれていない有様なんです」

「おのれには覇気が感じられえんっ」

玄太郎は先刻と真逆のことを口走り、広海をどやしつける。

「あんな若造に、何を腰を引いとる」

「あそこの社長をご存じですか」

「商工会の集まりで挨拶してきよった。金村《かねむら》とかいったな。オーダーメイドの背広を着せてもどこぞのチンピラにしか見えん貧相なヤツや」

「チンピラかどうかはともかく、なかなか隙を見せない狡猾《こうかつ》な男です」

「いやしくも暴力団担当なら、週に一度は強制捜査するくらいの気概を見せせんか。世に喧伝《けんでん》されているように、違法すれすれの取り調べをすりゃあ自白の一つや二つは簡単に引き出せるやろう」

「無茶言わんでください。わたしたち警察にとって反社会的勢力の撲滅は最重要の課題ですが、あくまで公務員なんですから」

まさに静が思っていることを代弁してくれた。だが生半《なまなか》な弁解は却って玄太郎の不信と怒りに油を注ぐようなものだった。

「そんなんやから市民から税金泥棒や何やとケチをつけられる。税金で食っておる身分なら、一度くらい納税者が快哉《かいさい》を叫ぶような働きを見せんかあっ」

強持《こわも》てのする面相なので一般人からこんな扱いを受けることもないのだろう。広海は半ば呆気にとられたように目を白黒させる。

「大体あれもできんこれも困難やというなら、何故わしの前にのこのこ現れた。まさか捜査が行き詰まった時のために予防線を張りにきたのか」

「違います。八幡から興道会について問い合わせがありまして。いや、こいつは同期でして、わたしが中村署にいた時は同じ刑事課で」

「お前らのなれそめなんぞ聞きとうない。そういうのは結婚式場でやれ」

「……最近、興道会に絡んで妙な動きがあるんです。まだ何の確証もないんですが」

「話せ」

「それについてはまずわたしから先に話した方がいいでしょう」

戸惑い気味の広海を制し、笹島が割り込んできた。

「先の丸亀氏の事件では香月社長にもご協力いただきました。あの一件で薄々お察しかと存じますが、現在名古屋市内にはかつてないほど不法滞在の外国人が増えています。もちろん自ら入国した者もいますが、多くは蛇頭のような組織に半ば無理やり連れてこられた連中です。莫大な渡航費用を借金で賄い、その返済でいいようにこき使われる。ビザを偽造した上で3Kの職場に放り込み、給料はほとんどピンハネ。食費にも事欠く有様だから借金なんて返せるあてもなく、奴隷みたいな生活が続くっていう寸法です」

「新しいビジネスモデルっちゅうことか」

「被害者が現れ難《にく》い犯罪ですからね。ヤツらも味をしめたのでしょう。五年前に比較して不法就労の外国人は名古屋入国管理局管轄下だけで二倍以上に増加しています」

「じゃあ、ここからは捜査四課の話ですね」

阿吽《あうん》の呼吸で広海が後を継ぐ。

「実は不法滞在の外国人が増加しているのと同様、市内で爆発的に増えている犯罪があります。覚醒剤の売買です」

覚醒剤と口にした時、広海はわずかに顔を顰《しか》めて見せた。どうやら覚醒剤を心底嫌っているらしい。

「検挙数だけでも千件以上。証拠不充分だったり途中で逃げられたりしたものも含めれば三倍以上でしょう。従来よりも単価を下げて若年層にも売りまくっている。お蔭で中毒患者も激増、市内の収容施設はどこも満杯です。しかし何よりけったくそ悪いのが、中毒患者が増えたのと時を同じくして興道会の懐具合が温まったらしいって噂です」

「覚醒剤の供給元が興道会やちゅうのか」

「言った通り確証はありませんが、激増している覚醒剤の入手ルートは従前のものとは全く別のルートですし、一番効率のいいシノギですからね」

「確証はないと言うたな。しかし疑う根拠は何かしらあるやろう」

「流通している覚醒剤の純度はどれも一定しており、値段も同一です。供給元はかなり大がかりな組織と考えられますが、県内の主だった暴力団はそれぞれ別の販売ルートを持っていて競合している状態です」

「同じ供給元から複数の流通ルートという可能性はないのか。リスクの分散は企業経営のイロハや」

企業経営を引き合いに出され、広海はまたも困惑顔になる。

「流通ルートを複数にすると、その分売人も増えますからリスクも倍増します」

「ああ、そう言や覚醒剤販売は犯罪やったな」

覚醒剤売買が犯罪でなくて、いったい何だというのだろう。

「腑に落ちないのは覚醒剤をどうやって国内に持ち込んだのかです。国内での製造拠点は見当たらず、考えられるのは密輸。しかし名古屋税関の警戒態勢を強化しても水際で食い止められた覚醒剤はわずか数十グラム。いったいどんな方法で運んでいるのか。そこに八幡からの照会があったって次第です」

「そうか」

説明を聞き終わらないうちに玄太郎はぼそりと呟いた。およそ玄太郎のものとは思えないような陰々滅々とした声だった。

勘の鋭い玄太郎のことだ。おそらく自分と同じ考えに至ったのだろう。静自身おぞましいと感じたが、可能性としては一番理にかなっている。

「グエンとホアンの臍下《せいか》にあった縫い合わせ痕、あれは腹ん中に覚醒剤を詰め込んだ名残ちゅうことか」

「はい。パケ入りの覚醒剤を体内に隠してしまえば税関も素通りできます。ベトナムで腹に仕込み、税関を通過させてから中身を取り出す。生きたカバンという訳です。グエンもホアンもそうした運び屋の一人だったのではないでしょうか」

「殺されたのは口封じのためか」

「そう考えるのが妥当でしょう。多くの不法滞在者が借金という弱味を握られている中、その二人は反旗を翻したのかもしれません。ただ、何度も言うようですが確証がありません」

広海は悔しさを言葉尻に滲《にじ》ませる。

「運び屋にさせられたベトナム人の腹から覚醒剤を取り出したのは医療従事者でしょう。グエンの縫合痕を見る限り素人の手際とは思えません。おそらくは興道会御用達の医療従事者が存在するのでしょうが、こちらはまだ緒に就いたばかりで手掛かりさえありません」

「入国管理局で不法滞在者が判明しているのなら、片っ端から問い詰めたらどうや」

これには八幡が答える。

「無理でしょうね。彼らは多額の借金という弱味を握られている上、ホアンとグエンの死で不安に怯えています。二人の死が口止めであるのはもちろん、格好の見せしめにもなっていますからね。わたしたち警察が脅しても宥《なだ》めてもすかしても決して口を割ろうとはしないでしょう。国籍や民族に関係なく、死に勝る恐怖はありません」

悲観的な観測だが正鵠《せいこく》を射ている。ただでさえ寄る辺ない身の上で生殺与奪の権を握られていては、自由に話すことさえ叶わない。支配者の機嫌を損ねぬよう、息を殺して這いつくばっているより他にない。

「もちろんわたしも広海も推論を述べているだけです。現時点では何の物的証拠もない訳ですから」

「そんだけ喋っておいて今更何吐《ぬ》かす。お前らお巡りたちも怪しいと踏んだから、わしに言うたんやろう」

八幡は叱られた犬のように頭《こうべ》を垂れた。見かねたように、今度は笹島が口を出す。

「わたしの立場で言うことでもありませんが、不法滞在者・不法就労者を脅して証言させる方法がない訳ではありません。強制送還をちらつかせるのも一つの手でしょう。しかし八幡さんが言ったように、強制送還される前にグエンたちのように嬲《なぶ》り殺しにされる可能性があれば、完黙を選ぶのは自明の理です」

玄太郎への説得には違いないが、聞きようによっては違法紛いの捜査を回避するための予防線とも取れる。いずれにしても男が三人雁首《がんくび》を揃えて、ヤクザや中国マフィアに頭を垂れたのも同じだった。

短い付き合いだが、奔放な分、玄太郎の流儀は分かりやすい。権力には権力、暴力には暴力という、およそ司法制度を無視した野人の流儀だ。しかしその流儀も相手に対抗し得る力があってこそ成立する。子飼いの警察官も入国警備官も力不足では為す術がない。

「お前らの推理が正しいとしたら、覚醒剤はどこに保管していると思う。いくら需要があったとしても、腹から取り出したものを右から左へと売り捌《さば》ける訳やないやろう」

「十中八九、〈愛知ワークステーション〉の社長の自宅、あるいは事務所でしょう」

広海がゆっくりと面を上げて言う。

「興道会としては上納金さえ納めてもらえればいいのですから、余計なリスクは避けたがるでしょう。以前、銃器不法所持の一斉捜査をした際も、ブツは下部組織が管理していましたから」

「早い話、そいつの家から覚醒剤が出りゃあ一件落着ちゅうこっちゃな」

「しかし何の証拠もなしに強制捜査はできませんよ。裁判所だって許可してくれません」

「許可を待つやと。そんな悠長なことを言うておるから、人の身体を容れものにしようなどと悪辣《あくらつ》なことを考えるくそだわけが我が物顔でのさばるんや」

しかし、と次は八幡が引き継ぐ。

「こうして合同捜査をしていても、依然としてホアンもグエンも事故死ではないかという意見があります。特にグエンの事案では、地上四十六階から真下を歩いている人間にピンポイントで鉄骨を落とせるのかという問題が残ります。いくら相手がヤクザやフロント企業であっても、疑わしいだけでは手も足も出ません」

玄太郎がまたしても凶暴な顔つきになったその時だった。

ぴろろろろろ。

八幡の胸元から着信音が鳴った。あまりに場違いな音に、玄太郎は毒気を抜かれたようだった。

「失礼します」

露骨に安堵した表情で八幡は携帯電話を取り出す。だが向こう側の声を聞いていた顔がみるみるうちに強張っていく。

「本当ですか、それは。いや、疑義を唱えるつもりはないんですが……了解、いますぐ戻ります」

電話を切ると、八幡は困惑気味に口を開く。

「たった今、中村署に犯人が出頭してきたそうです」

「何やと」

玄太郎が腰を浮かしかけるが、もちろん下半身不随の身で持ち上がるはずもない。だが静には玄太郎の驚きが手に取るように分かる。

「チャン・バー・フンという二十八歳のベトナム人です。やはり〈愛知ワークステーション〉の斡旋らしいですね。本人は殺意などなく、クレーンの操作を誤ったと供述しているそうです」

ふん、と玄太郎は鼻で嗤《わら》う。

「見え透いとるなあ。静さんはどう思うね」

「木戸銭を払う価値もないお芝居ですね」

「静さんが桟敷《さじき》に座っとったらどうする」

「すぐに席を立ちます。玄太郎さんならどうするんですか」

「舞台に座布団を投げ込んで滅茶滅茶にしてやる。おいお前ら、中村署に案内せえ」

本来、出頭してきた被疑者に弁護士と家族以外の者が面会するなど有り得ないはずだが、「被疑者の雇用主」とか「雇用主といえば親も同然」などと無茶な理屈を振り回して、ちゃっかり玄太郎はチャン・バー・フンなる青年と対面することに成功した。

「香月玄太郎や。会うのは初めてやが、お前が建てているビルの会社の親玉ちゅうのは知っとるか」

普段であれば精悍《せいかん》に見えるであろうチャンの浅黒い顔も、今は萎《しお》れた花のような有様だ。玄太郎の乱暴さはいつもながらだが、それでもチャンに対してはどこか遠慮が仄《ほの》見える。

「知ッテマス。香月サン、会社ノ名前ニモナッテマス」

「クレーンの操作を誤ったとお巡りには話したそうやが、お前は作業前の点呼の際には返事をしたそうやないか。現場を仕切っとったウチの兼平が記録に残しとる」

「トモダチニ、返事ヲカワッテモライマシタ」

「ほう、代返か。その友だちというのは誰や」

「……迷惑カカルノデ言エマセン」

「クレーンを誤操作したということやが、お前元々クレーン免許なぞ持っとらんやないか。無免許なのにどうしてクレーンを操ろうなんて考えた。それも作業開始時間前に、点呼を誤魔化してまで。うん？」

「免許ヲ取ル時間ガナクテ……デモ早ク運転デキルヨウニナリタクテ」

「クレーン運転士には別に日当が加算されるからな。そんなに乗りたいのだったら教本くらいは読んだのか」

「イイエ」

「教本も読まずに慣れないクレーンを操作して、見事に鉄骨を持ち上げたのか。嘘を吐《つ》くならもうちいとマシな嘘を吐かんかあっ」

とうとう辛抱できなくなったらしく、玄太郎の癇癪《かんしゃく》が破裂した。

「さっきから聞いとりゃあ、ようもまあ辻褄の合わんことを三つも四つも。大概にしときゃあ」

ネイティヴの名古屋弁であっても玄太郎が怒っているのは理解できるのか、チャンは口を半開きにして慄《おの》いていた。

「誰に命令された。自分が誤操作したと自首したら駄賃をたんとやると言われたか。言うとくがお前がやったのは労働安全衛生法違反や。知っとるか。おまけに人が死んどる」

「タダノミスナラ、書類送検デ済ムッテ……」

「たわけ。第六十一条第二項違反は五十万円以下の罰金やが、この場合は人が死んでおるから業務上過失致死になるぞ。言うまでもなく、こっちはもっと罪が重い」

さすが現場にしばしば顔を出すだけあって、労働関連法規はひと通り知っているらしい。静はほんの少し玄太郎を見直した。

「人命なんぞ国や地域によって高うもなるし安うもなるが、生憎《あいにく》この国ではそこそこ尊重されておってな。少なくても人生の一部を棒に振るくらいの刑罰は科せられる。お前はそれでええのか。これから嬉しいことや楽しいことがいくらでも待っとるというのに、ずっと監獄の中で悪党どもの顔色を窺って生きなあかんのやぞ。人生の何分の一かをドブに棄てる代償にいったい何を約束されたあっ」

いいように怒鳴られ、チャンは玄太郎の視線から逃れるように俯いてしまう。

「……イルカラ」

「うん？　何やと」

「ベトナムニハ家族イマス。戻ッテモ生活デキナイ。デモ、ココニ居タラ、刑務所ニ入ッテイテモ沢山《たくさん》ノオカネヲ送ッテクレルンデス」

「それが身代わりの代償か。お前の代償のために、同じベトナム人の命がタダ同然に扱われるんやぞ」

チャンは唇を真一文字に結び、両目を潤ませている。だが二度と口を開こうとはしなかった。

静は胸を突かれる思いだった。

正義も、法律も、同胞愛も、貧困の前では何の意味も持たない。悲しいかな貧困が犯罪の温床になるというのは紛れもない事実だ。生存本能が潰《つい》えない限り、人は飢えると獣にも悪魔にも堕《お》ちる。そういう過程で堕ちた罪びとを裁判官席から何百人と見てきた静には、チャンの無言が声なき訴えに思える。

「くそったれがあ」

やがて玄太郎はチャンから視線を外して、ひと声咆《ほ》えた。

不本意にも同調したくなった。


チャンとの面会を終えて部屋を出ると、外に仏頂面の男が立っていた。

「社長、お疲れ様です」

「兼平よ、首尾はどうや」

ではこの男が、玄太郎の話に出てきた施工担当の兼平か。

「社長の見立て通りでした。点呼の際にいなかった者がグエン以外にもう一人いました」

「誰や」

「瑞慶覧《ずけらん》という男で四十四区の現場主任をしていました。〈愛知ワークステーション〉の社員で、点呼を取っていた当人です。もちろんクレーン免許も取得していました」

「四十四区。最上階の二つ下か。どうやってそいつは捜査の網から逃れとった」

「ネタを聞いたら腰砕けになるような手品ですよ」

「言え」

「四十四区の作業員全員が〈愛知ワークステーション〉の息がかかった外国人でした」

「……そいつら全員が偽証したっちゅう訳か」

「実際は十分遅れの点呼だったようです。十分あれば最上階から四十四区までは楽勝です」

「よう調べたな。しかし、どうやって暴いた」

「目を掛けている若いベトナム人がいるんです。警察や法廷では証言させないことを条件に、やっと訊き出したんです」

「それなら瑞慶覧ちゅうのを締め上げるしかないか」

「金村社長の子飼いと聞いてます。ヤクザ者を締め上げるのに異存はありませんが……」

「ちょっと、あなたたち」

堪らず静が二人の会話に割り込む。

「わたしの前で反社会的な言動は慎んでくださらない？」

「聞かんかったことにしてくれんか、静さんよ」

「ダメです」

「実行部隊はわしやのうて、関連会社の血の気が多いヤツらなんやけど」

「それじゃあ、犯人グループとやってることが同じじゃないですか」

「目には目、歯には歯というてなあ」

「選《よ》りに選って、わたしにハムラビ法典を説くつもりですか」

すると玄太郎は悪戯《いたずら》を咎《とが》められた子供のような目を向けてきた。

いったい、この爺さまの精神年齢はいくつなのだろう。

「まあ瑞慶覧を締め上げたところで、全部手前でひっ被《かぶ》られたらそこで終いやからな。うん。これは悪手や」

「じゃあ社長。あの外道《げどう》たちをどうされるつもりですか」

兼平は真面目な顔で焚きつけてくる。玄太郎の下で働いていると皆、好戦的になってしまうのだろうか。

「短い間とはいえ、同じ現場で働いていた仲間です。それをあんな風に殺すなんて、あいつら人間じゃねえ」

「まあ、このご婦人の前では抑えときゃあ。昂《たかぶ》るな、兼平。ここはひとつ正々堂々といこうやないか」

4

翌日、静は玄太郎とともに新栄《しんさかえ》のビルの前に立っていた。

「あなたの言う正々堂々というのは、本当に、救いようのないくらい正々堂々なのですね」

「いやあ、照れるな」

「褒めてません」

何ということもない普通の雑居ビルだが、この四階に〈愛知ワークステーション〉の事務所が入っている。玄太郎の戦法とは、今から金村社長と直接対決するというものだった。

「玄太郎さんのことだから、もう少し策略なり深慮遠謀なりを巡らせるものだと思ってました」

「そいつは申し訳なかった。しかしな、時には相手の懐に飛び込んでみるのも一興やないか」

「飛び込む相手を間違ってます。表向きは一般企業であっても、本性は反社会的勢力なんですよ」

「そやから、ここから先は静さんの同行は要らんよ。なあ」

玄太郎は真横で仁王立ちしている兼平に目を向ける。

「ほれ。兼平も自分が呼ばれた理由をちゃあんと知っとる」

「こういう時のお供こそ、広海さんや八幡さんが相応《ふさわ》しいと思いますけれど。兼平さんも兼平さんです。業務上の命令でもないのに、こんな暴走爺さんに付き合わなくてもいいんですよ」

「いや、高遠寺さん。自分はこういう際の要員なんですよ」

誇らしさはなく、逆に含羞《がんしゅう》を孕《はら》んだ口調だった。

「まさか、あなた」

「昔はスジ者でしてね。実刑食らいそうになる寸前で社長に拾われました。堅気《かたぎ》になってからも仕事にスジ者が突っかかってくることも少なくないですし。だから、こういう役回りはお巡りさんよりも向いてるんじゃないでしょうか」

「どうやね静さん。ウチの会社は多士済々やろう。かかかかか」

呆気に取られ危うく流されそうだったが、すんでのところで踏み止まる。

「アクセルが二つもあるようなクルマで突っ込むつもりですか。やはりわたしが同行します」

「しかし静さん」

「しかしも案山子《かかし》もありません。みち子さんの代わりにという約束でしたよね。みち子さんなら、きっとついていくと主張するはずです」

自分がブレーキ役に徹すれば玄太郎が暴走することも兼平が腕力に訴えることも抑えられる。敵方も静のような年寄りの前では行動を慎むだろうという読みがある。

「そこまで言うんなら仕方ないなあ」

玄太郎は渋々ながら申し出を承諾し、静と兼平を従えて敵陣に乗り込む。

「よくおいでくださいました、香月会頭」

迎えに出た金村春夫《はるお》というのは、確かに上等の服を着せても貧相にしか見えない男だった。身体つき云々の問題ではなく、まず立ち居振る舞いがいただけない。己の卑小さ小狡《こずる》さを隠そうと必死になっているのが垣間見えるのだ。艶々とした靴や高価そうな船来時計にしても、やけにけばけばしい室内の内装もそうだ。本来なら身に着ける者、住む者を装飾するはずの高級品が、逆に当人の卑賤さを際立たせている。

金村に同席している社員たちも褒められたものではない。さほど広くもない事務所の中、五人もの屈強な男たちが金村を護衛するように取り囲んでいる。人相は広海並みに悪いが、一方で広海のような剛健さは露ほども感じられない連中だ。

「もっと早くにアポをいただいていればホテルの一室でも用意したものを」

「要らん。どこで喋ろうと内容に変わりがあるか」

「ということは業務提携とか、そういう類いの話ではないのですね」

「はっ、業務提携やと。ふん、香月玄太郎もえろう見くびられたものよ。おのれと手を組むくらいなら里山の狐狸《こり》どもと商売した方がなんぼかマシや。今日はな、忠告に来てやった」

いくら何でも敵の本陣にいるのだ。もう少し下手に出られないのかと呆れたが、玄太郎の性分を考えればないものねだりなのだと諦める。

しかし金村は玄太郎の物言いに敏感に反応した。矢庭に目つきを悪くしたかと思うと、さあ今から因縁をつけますとでもいうように首を傾げてみせた。

「忠告ですか。さて会頭からお叱りを受けるような覚えは、一向に思いつきませんが」

「〈ミッドランドパーク〉の建設現場でグエンちゅうベトナム人が鉄骨の下敷きになって死んだ」

「存じてますよ。ウチで斡旋した作業員ですから。彼には可哀想なことをしました。身寄りや正しい連絡先さえ分かればウチも少なくない見舞金を提供する所存なんですが……」

「盗人猛々《ぬすっとたけだけ》しいことを吐かすな。グエンを殺したのはおのれや。いや、おのれらと言うべきかな」

「何を言い出すかと思えば」

金村は今までの丁重さをかなぐり捨てて、語気を荒くしてきた。

「先日も中村署の八幡とかいう刑事が来ましたけどね。何でわたしがグエンとか言う作業員を殺さなきゃいけないんですか。聞いたら証拠らしい証拠もないと言いやがる。門前払い食わせてやりましたよ。で、会頭はどんな根拠でわたしに因縁を吹っかけるんですかね」

「四十四区で点呼したのはおのれんとこの瑞慶覧とかいう男らしいな」

「ええ、こいつですよ」

金村の隣に立っていた男が半歩前に出る。酷薄《こくはく》そうな目と浅薄《せんぱく》そうな唇が印象的だった。

「その男が四十四区の作業員全員に偽証を強要したのはネタが割れとる」

「だから、どうして瑞慶覧がそいつを殺さなきゃいけないんだ」

「おのれの命令やからや。ヤクザ者が手前の判断だけで人を殺すもんかい。そんな度胸があるんなら他の仕事で成功しとるわ」

「これ以上、勝手なことを言ったら名誉毀損《きそん》で」

「今朝な、ここにおる兼平がおのれんとこの息がかかった作業員全員を集めた」

金村と瑞慶覧が同時に目を見開く。

「集めてな、シャツを捲《めく》らせた。皆嫌がったらしいがそこはそれ上下関係でな。見ものやったらしいぞ。何せ作業員二十四人全員の腹に縫合痕があった。どれもこれも同じ位置同じ長さ。ホアンとグエンだけやないとは思ったが、まさか全員やったとはな。カバン代わりに使った後は給料のピンハネに再利用とはコストパフォーマンスのいいこっちゃ」

玄太郎が覚醒剤密輸の件を得々と話し始めると、居並ぶ男たちが顔色を変えた。

「会頭。縫合痕だけじゃ何の証拠にもなりませんよ。第一、グエンが他殺だという推理には無理がある。地上四十六階だぜ？　クレーン運転の名人ならともかく、下を歩いている人間に命中させるなんて至難の業だ」

「それについちゃあ、ひとつ考えがある」

気色ばむ金村にも、玄太郎は眉一つ動かさない。

「警察もおのれもグエンが歩いているところを狙ったように言うとるが、その前提がそもそもの間違いやとしたらどうや」

「何を言ってるのかさっぱり」

「鉄骨が落ちてくるよりずっと前、グエンは殴り殺されていたとしたらどうや」

金村の表情が固まる。こんなに容易《たやす》く感情を露わにして、フロント企業とはいえ社長が務まるのだろうかと、静は妙なところで心配する。

「計画的な犯行ではないなあ。きっと現場に来たグエンがおのれの不利になるようなことを口走ったんやろ。覚醒剤密輸の件をネタに脅迫する側に回ったか、さもなきゃピンハネに耐えかねて警察に訴えるとでも言い出したのか。現場には武器になりそうな得物《えもの》が溢れ返っとる。建材にコンクリートに鉄筋。一番お誂《あつら》え向きは鉄パイプか。得物でグエンを殴り殺したはいいが、もうすぐ作業が始まる。作業員が集まってくれば不審な死体が見つかる。隠すような場所も思い当たらない。考えた末のアイデアが事故に見せかけることや。それでクレーン運転の免許を持った瑞慶覧が屋上に急行して、グエンが倒れた上に鉄骨を落とす。死体が動くはずもないから、まあ命中率は高いわな。死体の真上に落ちなくても、直撃を受けて吹っ飛ばされたと言えば大抵は納得する。鉄パイプで殴打した痕も鉄骨に潰されるから目晦《めくら》ましになる。殴ったのはおのれ、鉄骨を落としたのは瑞慶覧。まあ、そういう役割分担か」

事前に玄太郎の推理を聞かされた静も、なるほどと思った。正確性に欠ける隠蔽工作だとは思ったが、その場で思いついた計略ならばありそうな話だ。建設現場の事故に見せかけるというのも、現場で働いている者ならではの着眼点だろう。だからこそ、現場仕事に明るい玄太郎にはすぐに看破されたのだが。

おそらく図星だったのだろう。金村と瑞慶覧は笑う余裕さえ失くし、敵意のこもった目で車椅子の老人を睨んでいる。

「咄嗟《とっさ》の思いつきにしちゃあなかなかやった。しかし所詮は思いつきよ。いざ警察が探りを入れ始めたら慌て出した。そこでチャンに因果を含めて罪を被《かぶ》せようとした。何と三度目の利用になる訳やが、さすがに三回はあくどいな。ティーバッグもそこまで使い回しはせんぞ」

「黙って聞いてりゃ、全部想像ばかりじゃねえかよ」

主導権を奪おうとでもいうのか、金村は似合わぬ胴間声《どうまごえ》を張り上げる。

「証拠を出せっつんだよ、証拠を」

「化けの皮が剝がれるのが早いのう。まだ話の途中やぞ」

「で、忠告っつうのは何なんだよ」

「自首せえ」

「はあ？」

「証拠なんぞ後になりゃあいくらでも出てくる。咄嗟の思いつきならグエンを殴った凶器も現場に放置したまんまやろ。現場からはコンクリートひと欠片《かけら》も持ち出さんように通達を出しといた。今頃、中村署の連中が廃材置き場を浚《さら》っとる頃や。天網恢々疎《てんもうかいかいそ》にして漏らさず。すっぱり諦めて全部吐《は》いてしまえ」

「能天気な会頭さまだな。やっぱり年を取るとダメだわ」

金村は笑いながら玄太郎に近づいてくる。

「コンクリートひと欠片も持ち出させんだと。へっ、事故から何日経ったと思ってるんだ。使った鉄パイプは警察がいなくなってから処理すりゃいい。まだ完成していない最上階のどこかに埋め込んでもいいな」

「やっぱり鉄パイプやったか」

「……警察の監視があっても日々出入りするダンプの積荷全部を調べる訳にもいくまい。証拠なんて出やしないさ。おっと、録音でもされてるかな」

おどけた様子で口を押さえる。だが今までの言葉を吟味しても、金村が自分の犯行と認めた箇所は見当たらない。

「仮に録音されていても、俺が会頭にイチャモンつけられているようにしか聞こえないから、いいや。だけど会頭、あんた噂ほど賢くもなけりゃ悪辣《あくらつ》でもないな。水戸黄門を気取ったつもりか？　敵の陣地に乗り込んでくるんなら、それ相応の準備はしておくもんだ。最初のうちこそどきどきしたが、とんだ尻切れトンボじゃねえか」

瑞慶覧をはじめとした男たちが嘲《あざけ》るように唇を歪める。周りの反応に勇気づけられたのか、金村は更に顔を近づけてくる。

「なあ、香月さん。あんた昔は確かに名古屋一帯でブイブイ言わせていた立志伝中の人物だけど、そろそろ老害になっちゃいませんか。確証のない推論に腰砕けの証拠固め。最後は自分の威光で相手がひれ伏すと思ってる。あんたの時代は終わったんだよ。表の世界にしても、裏の世界にしても」

挑発されたが、玄太郎は応えようとしない。その沈黙がますます金村を増長させた。

「もうとっくに世代交代は始まってる。老兵は消えゆくのみだろ？　さっさと引退しちまいなよ。あんたの力じゃ、不法滞在者一人救ってやれない。ただでさえ歳食ってんのに、おまけに車椅子の要介護ときた。あんたは何の役にも立たない、世間の厄介者だ。ああ、世間の厄介者といえば、そこの婆さんも同類だったっけ」

金村は静に視線を移す。品のない目だと思った。判事時代、好奇心剝き出しの傍聴人たちを裁判官席から呆れて見下ろしていたものだが、まだ彼らの視線の方がわずかに上品だ。

「あんたのことも知ってるぞ。元判事さんなんだってな。さぞかし昔は偉そうに判決下《くだ》してたんだろうが、老害という点じゃこの車椅子の爺さんといい勝負だ。ウチの評判聞いてものこのこ同行したのは、自分の威光で俺たちを黙らせるつもりだったか。あのさ、爺婆《じじばば》が睨んだくらいじゃハエも落ちないって。怪我する前に病院なり老人ホームなりにすっこんでてくれ」

静が思わず反論しようとした時、玄太郎がようやく口を開いた。

「一つだけいいか」

「何だよ」

「それ以上、顔を近づけるな。おのれは口が臭い」

金村はむっとした様子だったが、玄太郎が自ら車椅子を反転させたので追撃しようとしなかった。

「なあ、金村よ」

「何だよ」

「また来る」

「そうかい。その時は手厚く迎えてやるよ」

男たちの嘲笑に送られ、玄太郎一行は事務所を出る。エレベーターから降り、ビルから出ても静の鬱憤は晴れない。

「あの場で大立ち回りしなかったのは称賛に値します」

「ありがとうよ」

「でも、玄太郎さんには汚名でしょうね」

「いんや。馬鹿に何を言われても応えんな。それより兼平よ、お前の見立てはどうやった」

「およそモノを隠せるような場所は見当たりませんでした。やはり覚醒剤を隠しているのは自宅の方でしょう」

「わしもそう思う」

「待ってください。あなたたちの目的は最初から覚醒剤の在り処《あか》を探ることだったんですか」

「そうさ。外見や建物図面だけでは隠し戸棚があるかどうかも分からんから、まず事務所を内見する必要があった」

「犯行を問い詰めたのは見せかけだったたんですね」

「証拠不足なのは承知の上やからな。前にも言うたが、要は金村の居場所から覚醒剤が見つかりゃ後はどうにでもなる。今日の事務所訪問は可能性の一つを潰す作業さ」

今日一日で色んなことに呆れたが、これが最大だった。呆れてモノも言えないというのは本当にあるのだと思った。

「しかし社長。これで自宅が決定的に怪しいのは分かりましたが、怪しいだけでは警察は動いてくれませんよ」

「そうやろうな」

「証拠を押さえるために住居侵入する手もありますが……」

「ちょっと、兼平さん」

「金村の自宅は要塞ですよ。四方に高さ二メートルほどの塀を巡らせて、常時八台の監視カメラが稼働しています」

「ふん。大方、警察や商売敵に踏み込まれるのを想定しての外装やろう。ヤクザ者の自宅は大抵そうなっとる。それより兼平。頼んどいたものはできたか」

聞かれた途端、兼平は困惑顔になった。

「一応、セッティングは終了しました。後は試運転を残すのみですが……しかしアレを何に使用するつもりなんですか、社長」

「わしが今まで商売道具を遊びで使ったことがあるか」

「だから怖いんです」

何やら剣呑《けんのん》な雰囲気に静が首を突っ込む。

「いったい何の話ですか」

「うーん、これはいくら静さんでも理解してくれんやろうな」

玄太郎は腕組みをしたまま首を横に振る。横顔を見て猜疑心《さいぎしん》が湧き起こる。悪戯を思いついた悪童の笑顔そっくりだったからだ。

悪い予感ほど的中するもので、翌日兼平からの電話を受けた際も、静は不安しか覚えなかった。

『大変です、高遠寺さん』

兼平の慌てた声が不安に拍車をかける。

「どうしたんですか。どうせ玄太郎さんが何かやらかしたんでしょうけど」

『殴り込みです』

すぐには意味が把握できなかった。

「まさか。単身、車椅子でヤクザの自宅にですか。いくら玄太郎さんだって、そんな無茶は」

『社長は無茶が標準仕様なんです』

もはや悲鳴に近かった。

『今朝出社してみれば例の試作機と社長が姿を消してたんです。早出の社員に問い質すと、「悪人狩りに行ってくる」と残して会社を出たそうで』

水戸黄門ではなく破れ傘刀舟《とうしゅう》の方だったか。

『ウチの若い社員に運転させて金村の自宅に直行したそうで。都合がいいんだか悪いんだか、あいつの自宅も同じ千種区なので、今追いかけている最中なんです』

「わたしにどうしろと仰るんですか」

『社長を止めてください。みち子さんが身動き取れない今、社長の抑止力になれるのは高遠寺さんしかいないんです』

核兵器でもあるまいし、と思ったが口にはしなかった。

「分かりました。わたしはどうしたらいいんですか」

『高遠寺さんのマンションに向かいます。そこでピックアップしますから五分ほどお待ちください』

大急ぎで身支度してマンションを出ると、ちょうど兼平の運転するクルマが横付けされたところだった。社用車らしくドアに〈香月地所〉と社名ロゴが入っているのがどこか微笑ましい。

「すみません、高遠寺さん。本当に頼る人がもうあなたしかいなくて」

「それは構わないんですよ。退官した身とはいえ、今でも世の中の平穏を願っている人間ですから。でも、例の試作機って何のことですか。確か金村の事務所を出た際も、そんなことを話していましたよね」

「人工知能建機ですよ」

「……婆あにも分かるように説明してくださいな」

「人工知能で制御する建築機械です。数年前から地元の電子メーカーとウチとで共同開発していたプロジェクトでしてね。建設機械の多くはハンドルやレバー以外にもペダルを使用するんですが、人工知能を搭載することによって手足を駆使する必要がなくなり、操縦者は目の前のタッチパネルを操作するだけでいいんです。大手の自動車メーカーでも将来の自動運転を見据えて開発中ですが、乗用車に比べて建機は稼働範囲が限られている分、設定が楽なんです」

「それはつまり、下半身が麻痺していても建機を運転できるということですね」

「元々の発想は、障害者でも健常者と同じパフォーマンスを発揮できるようにというコンセプトだったんです。半分はウチの社長が障害を持っているという事情もあるんですが……」

「後の半分は違うんですね」

「……子供のアニメで、主人公がロボットに乗り込んで操縦するのがあるじゃないですか。どうも半分はあのノリじゃないかと思うんです。ウチの社長、無類の機械好きですから」

「その、玄太郎さんが持ち出した建機というのは何だったんですか」

「パワーショベルです」

「子供に危険なオモチャを与えないでください」

目的地に近づくにつれて嫌な予感が募っていく。金村の自宅は閑静な住宅街の中にあるという。まさにそこへ危険なオモチャに乗り込んだ暴走老人が驀進《ばくしん》中なのだ。

「あの家です」

やがて兼平が指差す方向に禍々《まがまが》しい光景が広がっていた。

子供の声が聞こえる瀟洒《しょうしゃ》な低層住宅の中にあって、ひときわ異彩を放つ建物がある。百坪ほどの広い敷地に建ったスレート葺き二階建て住宅。異様なのは四方に張り巡らされた頑丈そうな塀で、確かに要塞にも見える。

六メートル道路に停められた大型トラックはパワーショベルを運んできたものだろう。運転席を見れば、若い男が唖然とした顔で金村邸を眺めている。

彼の視線の先に破壊があった。試作機だからなのだろう、全体を玄太郎の好きなイタリアン・レッドに染められたパワーショベルが金村邸の塀に鉄の爪を食い込ませていた。操縦席に座っているのは紛れもなく玄太郎で、上半身をベルトで固定している。

がしがし。

意外に軽やかな音とともに塀が瓦解していく。その様はメレンゲの砂糖菓子が突かれて崩れる過程によく似ていた。

「玄太郎さんっ」

「社長おっ」

二人は声の限り叫んでみたが破壊の轟音に掻き消されて玄太郎の耳には届かないらしい。

いや、ひょっとしたら聞こえないふりをしているのかもしれない——そう思わせるほど玄太郎は喜色満面でパワーショベルを操っていた。

全く男ときたら！　今までの不安が一気に怒りと昂奮に転化する。玄太郎を阻止したい気持ちと歓声を浴びせたい気持ちが綯《な》い交ぜになる。

がしがしがし。

玄太郎の破壊は進み、遂に正面の塀があらかた崩れ落ちて邸宅の玄関が曝《さら》け出される。

「この野郎っ」

玄関ドアを開けて出てきたのは金村と瑞慶覧ほか数名の男たちだ。何人かは拳銃を構えているではないか。

「よう、金村」

いったんエンジンを止めた玄太郎が操縦席から顔を覗かせる。

「こ、香月のジジイ」

「約束通り、また来た」

「来るのは事務所の方じゃねえのかよっ」

「悪いな」

玄太郎は束の間金村を見据えてから言った。

「あれは嘘や」

「手前ェ、アタマ湧いてんじゃねえのかっ」

「おのれは人となりに蟲《むし》が湧いとる。おまけに想像力が絶望的に貧困や」

年下の人間に教えを説く顔ではない。獲物の断末魔に聞き惚れる捕食動物のそれだった。

「先《さっき》は老害やとか世間の厄介者やとか好きなことを吐かしよったな。それは否定せんよ。年寄りは頭が固い。我《が》が強《つよ》うて腰が弱い。そりゃあ嫌われもするさ。そやけどおのれもやがて歳を取るんや。おのれが七十の爺になった時に、わし以上のパフォーマンスを発揮できる自信がないんやったら粋《いき》がるな、このくそだわけ」

「……たったそれだけの理由でパワーショベル持ち出したのかよ」

「おのれは愚弄したらあかん人間を愚弄した。わしともう一人な」

言い終わるなり、玄太郎は首を引っ込めて再度パワーショベルを起動させる。

「や、やめろおおっ」

金村の絶叫と銃声が同時だった。だが玄太郎に向けて発射された銃弾は堅牢《けんろう》な機体に弾かれるだけだった。

しかし、このままではいつか玄太郎にも命中する——静が気を揉んだ時だった。

「突入っ」

突如、静たちの真横から号令が上がり、数人の警察官と機動隊員たちが出現した。

「金村春夫以下そこの数名。銃刀法違反の現行犯で逮捕する」

警官隊の先頭に立っているのは広海だった。後方には八幡の顔も見える。あっと思いパワーショベルに目を向ければ、玄太郎はしてやったりという顔をしている。

現行犯逮捕。相手は拳銃を使用しているから警察の強制立ち入りも合法だ。ここまでがワンセットの計略だったか。

操縦席を睨んでやると、玄太郎はついと視線を逸《そ》らせた。

自宅を急襲された金村はひとたまりもなかった。何の備えもなく警官隊に踏み込まれ、書斎の戸棚に隠していた数十キログラムの覚醒剤を押収されたのだ。銃刀法違反に覚せい剤取締法違反が重なり、金村以下居合わせた男たち全員が連行されていった。しかも覚醒剤のパッケージからは一様にルミノール反応が検出されたので、金村はますます窮地に立たされた。

「金村がぽつぽつとグエン殺しを自供し始めました」

香月邸に報告をしにきた広海の第一声だった。

「県警でも名うての取調主任が責め立てていますからね。ホアン殺しも含めて余罪が山ほど出てくるでしょう」

心なしか前回よりも強面《こわもて》の表情が緩んでいるように見えた。

「それから香月社長の器物損壊の件ですが……」

「ああ、あれはな。試作機の調子を試そうとしたんやが、途中で勝手が分からんようになってなあ。金村と、特にご近所には迷惑をかけたが、もうあれは年寄りのうっかりでな」

静は後ろで聞いていて頭を小突いてやりたかった。

器物損壊罪は故意犯なので、過失によって起きた場合には責任を問えない。玄太郎は高齢である上に障害を負っているので、二重の意味で過失を主張しやすい。もちろん玄太郎の弁解は法律の適用を見透かした上でのものだ。こと悪辣さにかけては金村や瑞慶覧など足元にも及ばない。

「……検察は不起訴を検討しているそうです」

「そうかそうか。報告ご苦労やったな」

「それからこれは上司からの伝言ですが、あまり無茶をなさらないようにと」

「わしの無茶は標準仕様やと伝えておけ」

すごすごと広海が退出した後、玄太郎がおずおずとこちらを振り向いた。

「何か言いたそうやな、静さん」

「じゃあ、ひと言だけ」

「聞こまいか」

玄太郎の唇が緊張に締まる。

「みち子さんが退院したら給料を上げてやってくださいな」

「今でも充分な金額やと思うが」

「あなたの介護には危険手当が標準仕様です」

解説

瀧井朝世

高遠寺静、大正生まれの八十歳。日本で二十人目の女性裁判官となり、東京高裁の判事を務めた女性だ。引退して十六年経つが今でも法科大学院の客員教授や講演の依頼はひっきりなしで、忙しい毎日を送っている。

香月玄太郎。静より十歳年下というから七十歳だろうか。名古屋の不動産会社〈香月地所〉の代表取締役で、商工会議所の会頭、町内会の会長などを務める地元の名士。警察はじめ各所に顔が利き、周囲を怒鳴り散らし、時に暴走する激しい性格。脳梗塞で倒れてからは車椅子生活を送り、介護士の綴喜みち子の世話になっている。

二人がコンビを組む『静おばあちゃんと要介護探偵』。タイトルを見て、中山七里読者なら「おやっ」と思い、そしてニヤリとしたのではないか。彼らはすでに、他の中山作品に登場しているのだから。

高遠寺静は『静おばあちゃんにおまかせ』（文春文庫）に登場している。この連作集の主人公は静の孫、円と彼女の知人の刑事、葛城公彦である。円は法曹界を目指す学生で、両親を事故で亡くしたため祖母にひきとられたという経緯がある。葛城が捜査に行き詰まるたびに事件のあらましを円に語ると、彼女は鮮やかな推理を披露してみせる――が、じつは円も静おばあちゃんにアドバイスをもらっている、というのが基本パターンだ。いわば安楽椅子探偵ものである。

　香月玄太郎は中山のデビュー作『さよならドビュッシー』（宝島社文庫）に登場している。ピアノに人生を捧げる少女、香月遥を巡るミステリーで、ピアニスト岬洋介が活躍する人気シリーズの第一作だ。祖父と両親、叔父、従姉妹と暮らす遥だが、ある夜祖父、玄太郎の部屋から出火。全身やけどを負い指が動かなくなった少女のレッスンを請け負った岬洋介は香月家に通うようになるが、また不穏な事件が起こり……という内容。

『静おばあちゃんにおまかせ』は連作集とはいえ、全体を通して大きな物語が進行しそれが完結するので、続篇があると予想、あるいは期待した読者は少なかっただろう。長篇『さよならドビュッシー』に関しても同じことが言えるが、玄太郎はすでに『さよならドビュッシー前奏曲《プレリュード》　要介護探偵の事件簿』（宝島社文庫）で再登場している。これは『さよなら～』の前日譚で、彼と彼に振り回されるみち子がさまざまな事件を解決していく。最終話では岬洋介も登場する。

　作中、過去に玄太郎の采配で解決した事件もあるため警察が彼に逆らえない、といった言葉があることや、他の作品で起きた出来事を考えると、本作の時間軸は『要介護探偵の事件簿』の後、『さよならドビュッシー』と『静おばあちゃんにおまかせ』より前の時期が舞台と判断できる（『さよなら〜』に、玄太郎は二年前に脳梗塞で倒れて歩けなくなった、という記述があり、そこから考えると、彼はたったの二年間のうちにどれだけ事件に遭遇しているんだ、という話になる）。ちなみに本書に登場する神楽坂美代は『要介護探偵の事件簿』によるとその界隈のマドンナであり、求婚した男性の数は両手でも足りず、今なお白髪紳士たちの視線を浴び続けているという。本作の玄太郎の態度にも納得である。

静と玄太郎は名古屋で出会い、いくつかの不可解な事件や出来事に遭遇していく。他作品で互いに探偵役を担ってきた者同士だからといって推理合戦で闘うのではなく、二人ともほぼ同時に同じ真相にいきあたるところはさすが。彼らが闘わせるのは推理ではなく、自分にとっての正義である。法曹界で潔癖に生きてきた静と、実業界で金と権力を勝ち得てきた玄太郎では、やはりものの考え方が違う。だが、二人の意見はそれぞれまっとうで、正論というのはひとつではないと分かる面白さがここにある。

信念は違っても、彼らに共通しているのは市井の善良な人々を守りたい、という姿勢だ。中山の作品ではしばしば現代の実社会の問題点が提示されるが、本作は主役の二人の年齢が年齢なだけに、老人を狙った詐欺や認知症、介護といった高齢化社会を象徴する時事的話題が盛り込まれている。具体的に書くとネタバレになるので避けるが、また別の問題も浮かび上がってくることも読めば分かる。ただ、どの事件にも共通するのは、それが搾取の問題となっている点だ。どれも、強い立場の者に財産なり命なり、何か大切なものを奪われたのに見過ごされていく、弱い立場の者たちの話になっている。玄太郎がそうした力に対して、力（権力もあれば物理的な暴力もあり）で対抗していくのは、単に構図が逆転しただけで同じことの繰り返しかもしれないが、それでも痛快に感じるのは、彼が立ち向かうのが主に警察や反社会的勢力など、市井の人間に比べたら圧倒的な力を持つ組織だからだろう。また、彼の暴走っぷりにはっきり不快感を露わにする静の存在がいるのも、作品を通して暴走を全肯定しているわけではないと伝わり、絶妙なバランスだ。

彼らが遭遇するのは殺人や傷害事件もあれば、事件性を感じさせない出来事から意外な犯罪が見えてくるケースもある。物理トリックあり、ある種のハウダニットやホワイダニットもあり、毎回違う角度の謎を用意して飽きさせない。手がかりを少しずつ開陳して読者に推理させるというよりも、二転三転のスピーディな展開で読ませていく手法だが、第一話で玄太郎たちが一瞬で解き明かしてしまう大理石のオブジェの中に遺体が入っていた謎などは、読者も少し考えればわかったのではないだろうか。いずれにせよ、中山がアクロバティックな発想で読者を心地よく翻弄してくれる作家であることは実感できるだろう。

本作はすでに続篇『銀齢探偵社　静おばあちゃんと要介護探偵2』（文藝春秋）が刊行されている。こちらは二人が東京で再会するが、玄太郎は都内の病院に入院してしまい、また違った関係性のなかでの活躍が描かれていく。魅力的な謎と老老コンビの活躍で楽しませてくれるが、最終話の最後の一行に、その先を知っている読者としては切なくなる。

静も玄太郎も、思考力、行動力、ブレのなさは超人的だが、実は中山自身も相当である。正直、この人、人間ではないんじゃないか、という気さえしている。

一九六一年生の彼は少年時代から読書を好み、高校生の頃にミステリーの新人賞への応募をはじめ、三次予選を通過することもあったが受賞には至らなかったため「才能がない」と思って学生時代のうちに執筆を辞めてしまう。卒業後は「休みの日には本も読めるし映画も観られる」という理由でサラリーマンになる道を選択。だが、二〇〇六年に島田荘司氏のサイン会に行ったのを機に、本人いわく「魔が差して」その日のうちにノートパソコンを購入して小説を書き始め、書き上げた原稿を『このミステリーがすごい！』大賞に応募したところ最終選考まで残ったという（その作品はのちに『魔女は甦る』として刊行された。現・幻冬舎文庫）。二年後に『さよならドビュッシー』で同賞の大賞を受賞し、四十八歳でデビュー。昨年作家生活十周年を迎えたが、これまでの単行本の刊行点数はなんと、約六十点。本人は「それまでずっとインプットばかりでアウトプットしていなかったから、たまりにたまっていたんですよね」と言うが、一冊一冊の濃度を考えると、とても一人でこなした仕事とは思えない数だ。

では、どんな執筆生活を送っているのかというとこれがもう、紹介する際には必ず「よい子は絶対真似しないでください」と注釈をつけたくなる内容。一日に一冊本を読み、一本映画を鑑賞し、原稿を二十五枚書くというのが習慣だそうで、ずっとパソコンに向かって睡眠時間は毎日二〜三時間、横になって寝ることは少ないと言う（「パソコンの前で寝落ちしないのか」と聞いたら「しょっちゅう」とのこと）。何度も席を立つと集中力が途切れるからと、トイレは一日一回しか行かない身体にしたという（どうやって？）。水分を我慢しているわけではなく、脳溢血の予防のため、必ず一日1・5リットルは水を摂取している。運動は、夜中に50メートルのダッシュを何本か。健康診断の値は良好だそうで、実際会えばいつも肌ツヤもよければ歩くスピードも速く、じつに健康的だ。

記憶力も半端なく、作品内で言及される法律や医学ほかさまざまな知識や、実際に起きた事件の概要などは以前読んだものを憶えているという。観た映画はコマ割りで説明できるというから、先述の通り、本当に人間かどうかもはや半信半疑である。こうした話はＷＥＢ本の雑誌のサイトで連載している「作家の読書道」でインタビューした時にご本人から聞いたことだ。幼い頃からの読書遍歴だけでなく、作家としての姿勢など丁寧に語ってくれているので、ご興味あればぜひサイトをご覧あれ。きっと、玄太郎や静のような、あるいはそれ以上の信念の強さ、ブレのなさを感じるはずだ。

楽しかったその取材の席で、こうも言っていた。「予想を裏切って期待を裏切らない、これだけは金科玉条のように守っています」。この筋金入りのエンターテインナーの引き続きの〝暴走〟を予想して、期待してやまない。

（ライター）

文春文庫

静《しずか》おばあちゃんと要介護探偵《ようかいごたんてい》

定価はカバーに表示してあります

2021年2月10日　第1刷
2024年2月25日　第7刷

著　者　中山七里《なかやましちり》
発行者　大沼貴之
発行所　株式会社 文藝春秋

東京都千代田区紀尾井町 3-23　〒102-8008
ＴＥＬ 03・3265・1211㈹
文藝春秋ホームページ　http://www.bunshun.co.jp

落丁、乱丁本は、お手数ですが小社製作部宛お送り下さい。送料小社負担でお取替致します。

印刷・TOPPAN　製本・加藤製本
Printed in Japan
ISBN978-4-16-791639-8

（　）内は解説者。品切の節はご容赦下さい。

中山七里
静おばあちゃんにおまかせ
警視庁の新米刑事・葛城は女子大生・円に難事件解決のヒントをもらう。円のブレーンは元裁判官の静おばあちゃん。イッキ読み必至の暮らし系社会派ミステリー。　（佳多山大地）
な-71-1

中山七里
静おばあちゃんと要介護探偵
静の女学校時代の同級生が密室で死亡。事故か、自殺か、他殺か？　元判事で現役捜査陣の信頼も篤い静と、経済界のドン・玄太郎の〝迷〟コンビが五つの難事件に挑む！　（瀧井朝世）
な-71-4

新田次郎
山が見ていた
夫を山へ行かせたくない妻が登山靴を隠す。その恐ろしい結末とは。少年をひき逃げした男が山へ向かうと。切れ味鋭く人間の業を抉る初期傑作ミステリー短篇集。新装版。　（武蔵野次郎）
に-1-46

西村京太郎
「ななつ星」極秘作戦
十津川警部シリーズ
太平洋戦争末期、幻の日中和平工作。歴史の真相を探ろうと豪華クルーズ列車「ななつ星」に集った当事者の子孫や歴史学者らに、魔の手が迫る。絶体絶命の危機に十津川警部が奔る！
に-3-52

似鳥《にたどり》　鶏《けい》
午後からはワニ日和
「怪盗ソロモン」の貼り紙と共にイリエワニ、続いてミニブタが盗まれた。飼育員の僕は獣医の鴇《とき》先生と事件解決に乗り出す。個性豊かなメンバーが活躍するキュートな動物園ミステリー。
に-19-1

似鳥　鶏
ダチョウは軽車両に該当します
ダチョウと焼死体がつながる？　――楓ヶ丘動物園の飼育員「桃くん」と変態(?)「服部くん」、アイドル飼育員「七森さん」、そしてツンデレ女王の「鴇先生」たちが解決に乗り出す。
に-19-2

貫井徳郎
追憶のかけら
失意の只中にある松嶋は、物故作家の未発表手記を入手するが、彼の行く手には得体の知れない悪意が横たわっていた。二転三転する物語の結末は？　著者渾身の傑作巨篇。　（池上冬樹）
ぬ-1-2

貫井徳郎
空白の叫び（全三冊）
外界へ違和感を抱く少年達の心の叫びは、どこへ向かうのか。殺人を犯した中学生たちの姿を描き、少年犯罪に正面から取り組んだ、驚愕と衝撃のミステリー巨篇。（羽住典子・友清　哲）
ぬ-1-4

貫井徳郎
壁の男
北関東の集落の家々の壁に絵を描き続ける男。彼自身は語らないが、「私」が周辺取材をするうちに男の孤独な半生と悲しい真実が明らかに。読了後、感動に包まれる傑作。（末國善己）
ぬ-1-8

乃南アサ
紫蘭の花嫁
謎の男から逃亡を続けるヒロイン、三田村夏季。同じ頃、神奈川県下で連続婦女暴行殺人事件が……。追う者と追われる者の心理が複雑に絡み合う、傑作長篇ミステリー。（谷崎　光）
の-7-1

乃南アサ
暗鬼
嫁いだ先は大家族。温かい人々に囲まれ何不自由ない生活が始まったが……。一見理想的な家に潜む奇妙な謎に主人公が気付いた時、呪われた血の絆が闇に浮かび上がる。（中村うさぎ）
の-7-3

早坂　吝《やぶさか》
ドローン探偵と世界の終わりの館
ドローン遣いの名探偵、飛鷹六騎が挑むのは奇妙な連続殺人。廃墟ヴァルハラで繰り広げられる命がけの知恵比べとは？　定石破りの天才が贈る、意表を突く傑作ミステリ。（細谷正充）
は-56-1

東野圭吾
秘密
妻と娘を乗せたバスが崖から転落。妻の葬儀の夜、意識を取り戻した娘の体に宿っていたのは、死んだ筈の妻だった。日本推理作家協会賞受賞。（広末涼子・皆川博子）
ひ-13-1

東野圭吾
予知夢
十六歳の少女の部屋に男が侵入し、母親が猟銃を発砲。逮捕された男は、少女と結ばれる夢を十七年前に見たという。天才物理学者が事件を解明する、人気連作ミステリー第二弾。（三橋　暁）
ひ-13-3

（　）内は解説者。品切の節はご容赦下さい。

東野圭吾
ガリレオの苦悩
〝悪魔の手〟と名乗る人物から、警視庁に送りつけられた怪文書。そこには、連続殺人の犯行予告と、湯川学を名指しで挑発する文面が記されていた。ガリレオを標的とする犯人の狙いは？
ひ-13-8

東川篤哉
魔法使いは完全犯罪の夢を見るか？
殺人現場に現れる謎の少女は、実は魔法使いだった!? 婚活中の女警部、ドMな若手刑事といった愉快な面々と魔法の力で事件を解決する人気ミステリーシリーズ第一弾。（中江有里）
ひ-23-2

東川篤哉
魔法使いと刑事たちの夏
切れ者だがドMの刑事、小山田聡介の家に住み込む家政婦マリィは、実は魔法使い。魔法で犯人が分かっちゃったけど、どうやって逮捕する？　キャラ萌え必至のシリーズ第二弾。
ひ-23-3

東川篤哉
さらば愛しき魔法使い
八王子署のヘタレ刑事・聡介の家政婦兼魔法使いのマリィは、数々の難解な事件を解決してきた。そんなマリィの秘密を、オカルト雑誌が嗅ぎつけた？　急展開のシリーズ第三弾。
ひ-23-4

藤原伊織
テロリストのパラソル
爆弾テロ事件の容疑者となったバーテンダーが、過去と対峙しながら事件の真相に迫る。乱歩賞&直木賞をダブル受賞した不朽の名作。逢坂剛・黒川博行両氏による追悼対談を特別収録。
ふ-16-7

福田和代
バベル
ある日突然、悠希の恋人が高熱で意識不明となってしまう。感染爆発が始まった原因不明の新型ウイルスに、人間が立ち向かう術はあるのか？　近未来の日本を襲うバイオクライシスノベル。
ふ-45-1

誉田哲也
妖《あやかし》の華
ヤクザに襲われたヒモのヨシキが、妖艶な女性・紅鈴に助けられたのと同じ頃、池袋で、完全に失血した謎の死体が発見された――。人気警察小説の原点となるデビュー作。（杉江松恋）
ほ-15-2

松本清張
風の視線（上下）
津軽の砂の村、十三潟の荒涼たる風景は都会にうごめく人間の心を映していた。愛のない結婚から愛のある結びつきへ。〝美しき囚人〟亜矢子をめぐる男女の憂愁のロマン。（権田萬治）
ま-1-17

松本清張
事故　別冊黒い画集(1)
村の断崖で発見された血まみれの死体。五日前の東京のトラック事故。事件と事故をつなぐものは？　併録の「熱い空気」はTVドラマ「家政婦は見た！」第一回の原作。（酒井順子）
ま-1-109

松本清張
疑惑
海中に転落した車から妻は脱出し、夫は死んだ。妻・鬼塚球磨子が殺ったと事件を扇情的に書き立てる記者と、国選弁護人の闘いをスリリングに描く。「不運な名前」収録。（白井佳夫）
ま-1-133

麻耶雄嵩
隻眼の少女
隻眼の少女探偵・御陵みかげは連続殺人事件を解決するが、18年後に再び悪夢が襲う。日本推理作家協会賞と本格ミステリ大賞をダブル受賞した、超絶ミステリの決定版！（巽　昌章）
ま-32-1

麻耶雄嵩
さよなら神様
「犯人は○○だよ」。鈴木の情報は絶対に正しい。やつは神様なのだから。冒頭で真犯人の名を明かす衝撃的な展開と後味の悪さが話題の超問題作。本格ミステリ大賞受賞！（福井健太）
ま-32-2

丸山正樹
デフ・ヴォイス　法廷の手話通訳士
荒井尚人は生活のため手話通訳士になる。彼の法廷通訳ぶりを目にし、福祉団体の若く美しい女性が接近してきた。知られざるろう者の世界を描く感動の社会派ミステリ。（三宮麻由子）
ま-34-1

宮部みゆき
とり残されて
婚約者を自動車事故で喪った女性教師は「あそぼ」とささやく子供の幻にあう。そしてプールに変死体が……。他に「いつも二人で」「囁く」など心にしみいるミステリー全七篇。（北上次郎）
み-17-2

（　）内は解説者。品切の節はご容赦下さい。

人質カノン
宮部みゆき
深夜のコンビニにピストル強盗！　そのとき、犯人が落とした意外な物とは？　街の片隅の小さな大事件と都会人の孤独な肖像を描いたよりすぐりの都市ミステリー七篇。（西上心太）
み-17-4

ペテロの葬列（上下）
宮部みゆき
「皆さん、お静かに」。拳銃を持った老人が企てたバスジャック。呆気なく解決したと思われたその事件は、巨大な闇への入り口にすぎなかった——。杉村シリーズ第三作。（杉江松恋）
み-17-10

ソロモンの犬
道尾秀介
飼い犬が引き起こした少年の事故死に疑問を感じた秋内は動物生態学に詳しい間宮助教授に相談する。そして予想不可能の結末が！　道尾ファン必読の傑作青春ミステリー。（瀧井朝世）
み-38-1

花の鎖
湊　かなえ
元英語講師の梨花、結婚後に子供ができずに悩む美雪、絵画講師の紗月。彼女たちの人生に影を落とす謎の男K……。三人の女性たちを結ぶものとは？　感動の傑作ミステリ。（加藤　泉）
み-44-1

望郷
湊　かなえ
島に生まれ育った私たちが抱える故郷への愛、憎しみ、そして憧憬……屈折した心が生む六つの事件。日本推理作家協会賞・短編部門を受賞した「海の星」ほか全六編を収める短編集。（光原百合）
み-44-2

きみの正義は　社労士のヒナコ
水生大海
学習塾と工務店それぞれから持ち込まれた二つの相談事。無関係に見えた問題がやがて繋がり……（表題作）。社労士二年目のヒナコが、労務問題に取り組むシリーズ第二弾！（内田俊明）
み-51-4

熱望
水生大海
31歳、独身、派遣OLの春菜は、男に騙され、仕事も切られ、騙す側になろうと決めた。順調に男から金を毟り取っていたが、一転、逃亡生活に。春菜に安住の地はあるか？（瀧井朝世）
み-51-3

三津田信三
黒面の狐
敗戦に志を折られた青年・物理波矢多が炭鉱で起きる連続怪死事件に挑む！　密室の変死体、落盤事故、黒い狐面の女……。ホラーミステリーの名手による新シリーズ開幕。（辻　真先）
み-58-1

三津田信三
白魔の塔
炭坑夫の次は海運の要から戦後復興を支えようと灯台守の職を選んだ物理波矢多。二十年の時を超える怪異が待ち受けるとも知らず……。大胆な構成に驚くシリーズ第二弾。（杉江松恋）
み-58-2

山口恵以子
月下上海
昭和十七年。財閥令嬢にして人気画家の多江子は上海に招かれたが、過去のある事件をネタに脅される。謀略に巻き込まれた彼女の運命は……。松本清張賞受賞作。（西木正明）
や-53-3

薬丸　岳
死命
若くしてデイトレードで成功しながら、自身に秘められた殺人衝動に悩む榊信一。余命僅かと宣告された彼は欲望に忠実に生きると決意する。それは連続殺人の始まりだった。（郷原　宏）
や-61-1

矢月秀作
刑事学校
大分県警刑事研修所・通称刑事学校の教官である畑中圭介は、小中学校時代の同級生の死を探るうちに、カジノリゾート構想の闇にぶち当たる。警察アクション小説の雄が文春文庫初登場。
や-68-1

矢月秀作
刑事学校Ⅱ　愚犯
大分県警「刑事学校」を舞台にした文庫オリジナル警察アクション第二弾！　成長著しい生徒たちは、市内の不良グループの内偵をきっかけに、危険な犯罪者の存在を摑む。
や-68-2

柚月裕子
あしたの君へ
家裁調査官補として九州に配属された望月大地。彼は、罪を犯した少年少女、親権争い等の事案に懊悩しながら成長していく。一人前になろうと葛藤する青年を描く感動作。（益田浄子）
ゆ-13-1

（　）内は解説者。品切の節はご容赦下さい。

横山秀夫
陰の季節
「全く新しい警察小説の誕生！」と選考委員の激賞を浴びた第五回松本清張賞受賞作「陰の季節」など、テレビ化で話題を呼んだ二渡が活躍するD県警シリーズ全四篇を収録。（北上次郎）
よ-18-1

横山秀夫
動機
三十冊の警察手帳が紛失した――。犯人は内部か外部か。日本推理作家協会賞を受賞した迫真の表題作他、女子高生殺しの前科を持つ男の苦悩を描く「逆転の夏」など全四篇。（香山二三郎）
よ-18-2

横山秀夫
クライマーズ・ハイ
日航機墜落事故が地元新聞社を襲った。衝立岩登攀を予定していた遊軍記者が全権デスクに任命される。組織、仕事、家族、人生の岐路に立たされた男の決断。渾身の感動傑作。（後藤正治）
よ-18-3

横山秀夫
64（ロクヨン）（上下）
昭和64年に起きたD県警史上最悪の未解決事件をめぐり刑事部と警務部が全面戦争に突入。その狭間に落ちた広報官三上は己の真を問われる。ミステリー界を席巻した究極の警察小説。
よ-18-4

米澤穂信
インシテミル
超高額の時給につられ集まった十二人を待っていたのは、より多くの報酬をめぐって互いに殺し合い、犯人を推理する生き残りゲームだった。俊英が放つ新感覚ミステリー。（香山二三郎）
よ-29-1

吉永南央
萩を揺らす雨
紅雲町珈琲屋こよみ
観音さまが見下ろす街で、小さなコーヒー豆の店を営む気丈なおばあさんのお草さんが、店の常連たちとの会話がきっかけで、街で起きた事件の解決に奔走する連作短編集。（大矢博子）
よ-31-1

吉永南央
その日まで
紅雲町珈琲屋こよみ
北関東の紅雲町でコーヒーと和食器の店を営むお草さん。近隣で噂になっている詐欺まがいの不動産取引について調べ始めると、因縁の男の影が……。人気シリーズ第二弾。（瀧井朝世）
よ-31-3

連城三紀彦
わずか一しずくの血
群馬の山中から白骨化した左脚が発見された。これが恐るべき連続猟奇殺人事件の始まりだった。全国各地で見つかる女性の体の一部に事態はますます混沌としていく……。（関口苑生）
れ-1-19

若竹七海
依頼人は死んだ
婚約者の自殺に苦しむみのり。受けていないガン検診の結果通知に当惑するまどか。決して手加減をしない女探偵・葉村晶に持ちこまれる事件の真相は少し切なく、少し怖い。（重里徹也）
わ-10-1

若竹七海
悪いうさぎ
家出した女子高生ミチルを連れ戻す仕事を引き受けたわたしはミチルの友人の少女たちが次々に行方不明になっていると知って調査を始める。好評の女探偵・葉村晶シリーズ、待望の長篇。
わ-10-2

若竹七海
さよならの手口
有能だが不運すぎる女探偵・葉村晶が帰ってきた！　ミステリ専門店でバイト中の晶は元女優に二十年前に家出した娘探しを依頼される。当時娘を調査した探偵は失踪していた。（霜月　蒼）
わ-10-3

若竹七海
静かな炎天
持ち込まれる依頼が全て順調に解決する真夏の日。不運な女探偵・葉村晶にも遂に運が向いてきたのだろうか？　「このミス」2位、決してへこたれない葉村の魅力満載の短編集。（大矢博子）
わ-10-4

若竹七海
錆びた滑車
尾行中の老女梅子とミツエの喧嘩に巻き込まれ、ミツエの持ち家の古いアパートに住むことになった女探偵・葉村晶。ミツエの孫ヒロトは交通事故で記憶を一部失っていた……。（戸川安宣）
わ-10-5

若竹七海
不穏な眠り
相続で引き継いだ家にいつのまにか居座り、死んだ女の知人を捜してほしいという依頼を受ける表題作ほか三篇。満身創痍のタフで不運な女探偵・葉村晶シリーズ。NHKドラマ化。（辻　真先）
わ-10-6